GRETA JÄNICKE

MS Kristiana
Märchenhochzeit auf Island

Weitere Titel der Autorin:
MS Kristiana – Sommerliebe am Fjord
MS Kristiana – Eine Liebe am Ende der Welt

Über die Autorin:

Greta Jänicke lebt mit ihrer Familie und dem neurotischen Kater Klaus-Peter am Niederrhein. Sie arbeitet im Vogelschutz und setzt sich aktiv für Tierrechte ein. Mit den Romanen über die *MS Kristiana* widmet sie sich einem Herzensprojekt. Die Jungfernfahrt führte nach Norwegen, im zweiten Band ging die Reise nach Neuseeland. Greta Jänicke ist Mitglied bei DELIA, der Vereinigung deutschsprachiger Liebesroman-Autoren und -Autorinnen.

Greta
Jänicke

MS Kristiana

Märchenhochzeit auf Island

Roman

lübbe

Dieser Titel ist auch als E-Book erschienen.

Die Bastei Lübbe AG verfolgt eine nachhaltige Buchproduktion. Wir verwenden Papiere aus nachhaltiger Forstwirtschaft und verzichten darauf, Bücher einzeln in Folie zu verpacken. Wir stellen unsere Bücher in Deutschland und Europa (EU) her und arbeiten mit den Druckereien kontinuierlich an einer positiven Ökobilanz.

FSC www.fsc.org MIX Papier aus verantwortungsvollen Quellen FSC® C014496

Originalausgabe

Textredaktion: Marion Labonte, Labontext
Umschlaggestaltung: Guter Punkt, München | www.guter-punkt.de
unter Verwendung von Illustrationen von © mbbirdy/iStock; Andrew_Mayovskyy/Getty Images; ablokhin/Getty Images; Rawpixel/Getty Images; JMrocek/Getty Images
Kartenillustrationen: Christl Glatz | Guter Punkt, München
Satz: Dörlemann Satz, Lemförde
Gesetzt aus der Minion
Druck und Verarbeitung: GGP Media GmbH, Pößneck
Printed in Germany
ISBN 978-3-404-18518-4

2 4 5 3 1

Sie finden uns im Internet unter luebbe.de
Bitte beachten Sie auch: lesejury.de

Prolog

Adrian stand auf der Terrasse seines Hauses in Svolvær. Von allen Seiten dieser Anhöhe konnte er das Wasser sehen, doch er hielt nur den Weg im Auge, der hier heraufführte.

Ob sie seine Einladung annahm? Er hatte ihr geschrieben, hatte ihr in einem langen Brief seine Gedanken erläutert und seine Gefühle offenbart.

Jetzt, nachdem er eine Entscheidung getroffen hatte, durchlebte er ein Wechselbad der Gefühle zwischen Unsicherheit und Hoffnung, die am Ende eines Tages einer tiefen Enttäuschung Platz machten. Sie kam nicht! Nicht an diesem Tag – vielleicht nie.

Adrian dachte an die letzten Wochen, an seine erste Fahrt durch die norwegischen Fjorde als Kapitän der *MS Kristiana.* Auf dieser Reise hatte er Eva nach vier Jahren wiedergesehen. Anfangs hatte es ihn gestört, dass seine Frau als Schiffsärztin mit an Bord war, doch ihr Verhältnis zueinander hatte sich verändert. Das lag sicher auch an der Angst, die sie um ihre gemeinsame Tochter Fenja ausgestanden hatten. Auf der zweiten Fahrt mit der *MS Kristiana* nach Neuseeland war es Adrian sogar zeitweise gelungen, den Grund seiner Trennung von Eva zu vergessen: Sie hatte sich gegen das Kind entschieden, das sie erwartete.

Seine Hände umklammerten das Geländer. Der Schmerz, dass dieses Kind, das er sich so sehr gewünscht hatte, nicht leben durfte, ließ ihn auch jetzt nicht los.

Adrian atmete tief durch. Das alles lag mehr als vier Jahre

zurück. Vier lange Jahre, in denen nicht nur er selbst, sondern auch Eva sich verändert hatte. In den vergangenen Wochen hatte es einige sehr innige Momente mit ihr gegeben, sie waren einander wieder nähergekommen. Er wusste, dass sie ihn immer noch liebte …

Es wurde Zeit, endlich zu verzeihen. Und während er das versuchte, tauchte wie immer das Gesicht einer anderen Frau vor seinem inneren Auge auf. Dunkles, lockiges Haar und faszinierend braune Augen. Jasmin Andres, die Hotelmanagerin an Bord der *MS Kristiana.* Die Zusammenarbeit mit ihr war angenehm, aber Adrian hatte vor allem die privaten Treffen sehr genossen.

Zwei Frauen, die in seinem Leben eine große Rolle spielten. Er hatte eine Entscheidung treffen müssen – und sich dabei ausschließlich auf sein Gefühl verlassen. Jetzt wusste er, was er wollte und mit welcher der beiden er sich ein gemeinsames Leben wünschte. Die Entscheidung lag nun ausschließlich bei ihr …

Über eine Stunde stand Adrian noch auf der Terrasse. Mit der Dämmerung zog ein kühler Wind auf. Fröstelnd wandte er sich um und ging zurück ins Haus.

Kapitel 1

Alles war still, als Eva am Nachmittag die Villa ihres Vaters in Blankenese betrat. Fenja war bei ihrer besten Freundin, ihr Vater Clemens wie immer um diese Zeit in der Geschäftsstelle seiner Reederei am Hafen. Wo sich Fiona Steidl, seine Geliebte, aufhielt, wusste Eva nicht. Es interessierte sie auch nicht.

Langsam stieg sie die breite Treppe nach oben. Ihr Zimmer befand sich am Ende des Ganges, hier wohnte sie in der kurzen Zeit zwischen den Fahrten der *MS Kristiana*, hier lebte Fenja, wenn Eva auf See war. Wenige Monate nachdem Adrian sich von ihr getrennt hatte, war sie zusammen mit ihrer gemeinsamen Tochter aus dem eigenen Haus zurück in ihr Elternhaus gezogen.

Ihr Schritt verharrte kurz, als sie am Gästezimmer neben der Bibliothek vorbeikam. Darin hatte Adrian übernachtet, während seines kurzen Aufenthalts in Hamburg. Ihr Vater und auch sie selbst hatten ihn dazu eingeladen, doch er hatte erst zugestimmt, als Fenja ihn regelrecht angebettelt hatte.

Eva wusste, wie sehr ihre Tochter sich wünschte, dass sie und Adrian wieder zueinanderfanden. Sie selbst hätte ihr diesen Wunsch nur zu gerne erfüllt. Doch ihr war klar, dass sie ihrem Mann Zeit lassen und ihn nicht bedrängen durfte. Und so hatte sie seinen jüngsten Entschluss, auf die Lofoten zu reisen, kommentarlos akzeptiert. Er hatte versucht, sich ihr zu erklären, und gesagt, dass er über vieles nachdenken müsse. Das gelinge ihm dort besser als im Haus seines Schwiegervaters, hatte er gesagt.

Eva war sicher, dass er ihr den Schwangerschaftsabbruch immer noch nicht verziehen hatte. Dabei war es gar nicht sein Kind gewesen, aber das wusste Adrian nicht. Sie wäre außerstande gewesen, dieses Kind zu lieben, hätte immer Magnus, den Vater, in ihm gesehen. Vielleicht, wenn Adrian die genauen Umstände kannte …

So oft hatte Eva mit dem Gedanken gespielt, ihm endlich die Wahrheit zu sagen. Nicht zuletzt, weil sie damit rechnen musste, dass Magnus ihr zuvorkam. Einmal hatte sie kurz davor gestanden, Adrian alles zu gestehen, doch letztendlich war die Angst, ihn dadurch endgültig zu verlieren, größer gewesen.

Und jetzt war er in Svolvær, im Haus seiner verstorbenen Eltern, und sie war hier in Hamburg. Sie sehnte sich nach ihm, wünschte sich, wenigstens seine Stimme zu hören. Ungeduldig zog sie das Handy aus der Tasche, widerstand aber der Versuchung, ihn anzurufen.

Lass ihm Zeit, bedräng ihn nicht!

Das hatte sie schon einmal getan – daraufhin hatte er einen Job auf einem Forschungsschiff in der Arktis angenommen und war jahrelang unerreichbar für sie gewesen. Das wollte Eva nicht noch einmal riskieren.

Sie machte sich ein wenig frisch und zog sich um, dann setzte sie sich auf das Bett und ließ den Blick durch ihr Zimmer gleiten. Wie so oft in den letzten Tagen war ihr tatsächlich langweilig! Früher, als sie noch in der Uniklinik gearbeitet hatte, wäre das undenkbar gewesen. Selbst auf der *MS Kristiana* wusste sie mehr mit sich anzufangen, auch wenn der Dienst auf dem Schiff mit der in einer Akutklinik nicht zu vergleichen war. Eva gestand sich nicht zum ersten Mal ein, dass ihr die Arbeit in einem Krankenhaus fehlte.

Sieht mein Leben jetzt immer so aus? Ein ständiger Wechsel zwischen Langeweile, unbefriedigendem Job auf einem Kreuz-

fahrtschiff und der unerfüllten Sehnsucht nach dem Mann, den ich liebe und zurückgewinnen will?

Sie schreckte auf, als es an ihrer Tür klopfte. »Ja, bitte!«, rief sie, doch es rührte sich nichts.

»Herein!«, forderte sie laut, aber vergeblich.

Gereizt erhob sie sich und riss die Tür auf. Davor stand niemand, auch der Flur war leer. Eva vermutete schon, dass ihre Ohren ihr einen Streich gespielt hatten, doch dann bemerkte sie ihn: den Geruch von Iris und Jasmin.

Ein Schauder durchfuhr Eva. Diese Duftmischung hatte sie bereits auf der letzten Fahrt mit der *MS Kristiana* mehrfach wahrgenommen. Und sie kannte nur einen Menschen, der sie benutzte. »Kristiana«, flüsterte Eva entsetzt. Ihre Halbschwester war seit über zehn Jahren verschollen, aber schon in Neuseeland hatte es Anzeichen gegeben, dass sie sich in ihrer Nähe aufhielt, darunter ein verschwommenes Foto …

Eva hoffte inständig, dass sie sich irrte.

Ihr Vater hatte Kristianas Mutter Torid bereits kennengelernt, bevor er in Bergen die marode Foss-Reederei übernommen und sie der Tychsen-Reederei angeschlossen hatte. Er hatte ein Verhältnis mit der schönen Norwegerin begonnen und über viele Jahre daran festgehalten.

Seitdem hatte Eva ein schwieriges Verhältnis zu ihm. Sie hatte um die Einsamkeit ihrer Mutter gewusst, nachts hatte sie oft ihr verzweifeltes Weinen vernommen, wenn Clemens wieder einmal Zeit in Norwegen verbrachte. Auch Eva war eifersüchtig auf diese andere Familie und zudem der festen Überzeugung, dass Kristiana seine Lieblingstochter war. Darunter hatte sie zeitlebens gelitten.

Sie hatte sich oft gefragt, warum ihre Eltern zusammengeblieben waren, ihrer Meinung nach wäre ein harter Schnitt für alle das Beste gewesen.

Ihre Halbschwester lernte Eva erst nach dem Tod ihrer eigenen Mutter kennen. Damals war sie sechzehn Jahre alt gewesen, ein verzweifelter Teenager, der mit der Situation nicht zurechtkam. Erst als ihr Vater Kristiana in die Hamburger Villa holte, erfuhr Eva, dass auch Torid nicht mehr lebte. Doch das brachte die beiden Mädchen nicht näher.

Fortan lebte jede ihr eigenes Leben, was nicht nur am Altersunterschied von acht Jahren lag. Nach dem Abitur konzentrierte Eva sich auf ihr Medizinstudium und hatte mit Kristiana nur noch wenig zu tun. Als ihre Halbschwester volljährig wurde, zog es sie immer öfter in ihre norwegische Heimat. Bis sie vor zehn Jahren nicht mehr zurückkehrte. Alle Versuche von Clemens, sie zu finden, blieben vergeblich. Er wusste nicht einmal, ob sie überhaupt noch lebte.

Eva wurde mit einem Mal bewusst, dass sie immer noch in der Tür stand. Der Gang vor ihr blieb leer, kein Geräusch war zu hören. Der Duft nach Iris und Jasmin hatte sich verflüchtigt.

Aber sie hatte ihn gerochen! Und sie hatte das Klopfen an der Tür gehört. Jemand spielte ihr einen üblen Streich. Kristiana?

»Hallo!«, rief sie.

Nichts.

»Hallo?«, rief sie noch einmal. »Wer ist da?«

Wieder keine Antwort. Eva fühlte sich zunehmend unbehaglich, in ihr wuchs das beklemmende Gefühl, dass irgendwo in den Schatten des Ganges, in einer der Türnischen oder hinter den Möbeln, jemand stand und lauerte. Sie erschauerte, hatte Gänsehaut am ganzen Körper. Hastig wandte sie sich um, trat zurück ins Zimmer, warf die Tür hinter sich zu und drehte den Schlüssel um, so schnell es ihre zitternden Finger erlaubten.

Reglos verharrte sie auf der Stelle. Ihr Herz pochte wild, und sie lauschte angestrengt, ohne die Klinke aus den Augen zu lassen. Versuchte jemand, sie von außen herunterzudrücken?

Sie konnte sich dieses plötzliche Gefühl einer Bedrohung, die dort draußen irgendwo auf sie lauerte, nicht erklären. *Du musst dich beruhigen*, beschwor sie sich selbst. Sie atmete tief durch und schloss für einen Moment die Augen. *Du bildest dir das alles nur ein.*

Und dann passierte es wieder: ein Klopfen an der Tür …

Erschrocken zuckte Eva zusammen.

»Mama?«

Eva drehte den Schlüssel um und riss die Tür auf.

Vor ihr stand Fenja und schaute sie überrascht an. »Wieso hast du abgeschlossen?«

Weil ich einen Parfumduft wahrgenommen habe, und weil ich mich plötzlich beobachtet fühlte.

Das war keine nachvollziehbare Erklärung für ihre sechzehnjährige Tochter. Zudem wollte sie das Mädchen nicht beunruhigen. »Keine Ahnung. Wahrscheinlich war ich in Gedanken.« Sie lachte nervös auf.

Fenja musterte sie prüfend. »Irgendwie bist du gerade komisch.«

»Ich bin doch nicht komisch! Wieso bist du eigentlich zu Hause? Wolltest du nicht bei Sophie übernachten?«

Zum Glück ließ Fenja sich leicht ablenken. Sie verzog missbilligend das Gesicht. »Sophie hat heute Abend ein Date mit Levin.« Ihr Tonfall spiegelte ihre Eifersucht, auch wenn sie so tat, als wäre es ihr gleichgültig.

»Tut es sehr weh?«, fragte Eva mitfühlend.

»Quatsch! Ist mir doch egal, was die beiden machen. Ich ärgere mich nur darüber, dass Sophie wegen eines Typen die Verabredung mit mir absagt. Das ist so uncool.«

»Ja, total uncool«, bestätigte Eva und nahm ihre Tochter

tröstend in die Arme. Liebeskummer tat weh … in jedem Alter. Besonders wenn der Junge, in den Fenja sich verliebt hatte, mehr Interesse für ihre beste Freundin zeigte.

Sie hätte ihrer Tochter sagen können, dass sie nur zu gut wusste, wie sie sich gerade fühlte. Ihre Gedanken wanderten zu Adrian und Jasmin Andres. Zu dem Moment, an dem sie auf der *MS Kristiana* beobachtet hatte, wie er die Hotelmanagerin an sich gezogen und geküsst hatte. Der Schmerz in ihr brannte bei der Erinnerung noch genauso wie an jenem Abend auf der Tasmanischen See.

Aber dann hatte er doch mit ihr, Eva, das Schiff verlassen und war mit ihr nach Hamburg gereist. Und nicht mit dieser Jasmin.

Und ich bin immer noch seine Frau!

Drei Tage lang war das ein tröstlicher Gedanke gewesen – bis er auf die Lofoten abgereist war. Seither hatte sie nichts von ihm gehört. Und damit war die Angst, ihn für immer zu verlieren, wieder da.

»Schon gut, Mama.« Fenja befreite sich aus der Umarmung. »So schlimm ist es nun auch wieder nicht.«

»Nicht?« Eva suchte ihren Blick. »Ich hatte den Eindruck, du magst diesen Levin. Jedenfalls hast du ziemlich viel von ihm gesprochen.«

»Ich habe nie mit dir über Levin gesprochen.«

»Nicht mit mir.« Eva schaute sie mit gespielter Verzweiflung an. »Warum solltest du auch ausgerechnet mit deiner Mutter über das reden, was dich bewegt? Aber es war nicht zu überhören, wie du mit Sophie am Telefon über ihn geschwärmt hast.«

»Ja, ich finde Levin toll.« Fenja lachte. »Ich bin auch ein bisschen verliebt in ihn. Aber die Freundschaft zu Sophie ist mir wichtiger, also kann sie ihn gerne haben«, sagte sie lächelnd.

Eva schämte sich, als ihr bewusst wurde, dass sie ihre eigenen Gefühle auf ihre Tochter übertragen hatte. Fenja war lediglich traurig, weil der geplante Abend mit ihrer besten Freundin ins Wasser fiel.

»Sollen wir etwas unternehmen?«, schlug sie vor. »Wir könnten zusammen ins Kino gehen.«

»Schon gut.« Fenja winkte ab. »Ich habe mich jetzt mit Amelie und Lioba verabredet. Also, wenn du nichts dagegen hast.«

»Nein, geh nur.« Eva lächelte, obwohl sie enttäuscht war. Sie hätte gerne einen Abend mit ihrer Tochter verbracht. Alles war besser, als allein in der Villa ihres Vaters herumzusitzen und sich zu langweilen. Kein Wunder, dass sie allmählich Halluzinationen entwickelte.

Am nächsten Morgen vertrieb sie sich die Zeit in den Colonnaden. Sie liebte diesen Teil ihrer Heimatstadt, insbesondere den Anblick der Häuser aus der Gründerzeit. Gemütlich flanierte sie durch den Säulengang und betrachtete die Auslagen der eleganten Geschäfte, betrat jedoch keines von ihnen.

Am Ende der Straße blieb sie an der Esplanade stehen und überlegte, ob sie ihrem Vater einen kurzen Besuch in der Reederei abstatten sollte. Sie hatte ihn seit zwei Tagen nicht gesehen, er verließ die Villa in Blankenese frühmorgens, bevor sie aufstand, und kam abends erst spät zurück, wenn sie schon wieder im Bett lag. So war es immer schon gewesen. An erster Stelle stand die Reederei.

»Eva! Wie schön, dich zu sehen«, riss eine Stimme sie aus ihren Gedanken. Eva hob den Blick und sah Lothar Beck mit ausgebreiteten Armen auf sich zukommen. Sie freute sich aufrichtig, den ehemaligen Kollegen aus der Uniklinik zu sehen. Inzwischen arbeitete er in einem nahegelegenen Krankenhaus als Chefarzt der Unfallchirurgie. Eva mochte Lothar sehr, als

Menschen und auch als Kollegen, er brannte für das Gleiche wie sie.

»Hallo, Lothar!«, rief sie fröhlich und umarmte ihn.

»Wie geht es Fenja?«, wollte er wissen. Er hatte sie nach einem schweren Unfall behandelt, und Eva war sicher, dass die schnelle Genesung ihrer Tochter vor allem ihm zu verdanken war.

»Danke, ausgezeichnet.«

»Das freut mich. Hast du Zeit?«, fragte er. »Ich würde dich gerne zu einem Kaffee einladen.«

Eva lächelte ihn an. »Ich habe eine bessere Idee. Ich bin ziemlich hungrig und würde dich gerne zum Essen einladen.«

»Sehr gerne. Das ist eine hervorragende Idee.« Er hatte die Worte kaum ausgesprochen, da klingelte sein Handy. Er entschuldigte sich kurz bei Eva und nahm das Gespräch an. Mit angespannter Miene lauschte er dem Anrufer. »In Ordnung, ich komme sofort«, sagte er schließlich und legte auf.

»Es tut mir leid«, wandte er sich an Eva. »Ich muss zurück ins Krankenhaus. Komplikationen bei einer Patientin.«

»Schade.« Eva empfand Bedauern um das verpasste gemeinsame Mittagessen, gleichzeitig aber ertappte sie sich dabei, ihn um seine berufliche Erfüllung zu beneiden. »Du hast es gut«, entfuhr es ihr.

Er suchte ihren Blick. »Eva, ich mache dir das Angebot gerne noch einmal«, sagte er ernst. »Die Stelle als Stationsärztin bei uns ist immer noch frei. Ein Wort von dir reicht, und ich setzte mich dafür ein, dass du sie bekommst. Du kannst sofort anfangen.«

Eva stieß einen Seufzer aus. »Du weißt, dass das nicht geht. Ich habe einen Vertrag mit der Reederei. Und ganz so uninteressant ist der Job nun auch nicht.« Sie zwang sich zu einem Lächeln. »Wenn du mal Urlaub machen willst, solltest du eine Kreuzfahrt bei uns buchen.«

»Klingt verlockend.« Er grinste.

Eva kam eine Idee. »Nein, mal im Ernst: Unsere nächste Fahrt geht nach Island. Da wolltest du doch schon immer mal hin, wenn ich mich richtig erinnere. Oder warst du in der Zwischenzeit schon dort?«

Lothar schüttelte den Kopf. »Leider nicht. Ich bin in den letzten Jahren nicht viel zum Reisen gekommen. Auch dieses Jahr habe ich noch fast alle Urlaubstage. Du weißt ja, wie es im Krankenhaus zugeht.«

Eva nickte. Leider wusste sie das nur noch in der Theorie.

»Ich muss los.« Er umarmte sie noch einmal und eilte davon. »Ich rufe dich an«, rief er ihr über die Schulter zu.

»Ja«, erwiderte sie, aber das hörte er schon nicht mehr. *Und jetzt?* Eva beschloss, ihr ursprüngliches Vorhaben in die Tat umzusetzen und ihren Vater in der Reederei zu besuchen.

Das moderne Gebäude mit Glasfront stand in der Nähe des Hafens. Über dem Eingang prangte das Emblem des Unternehmens, drei übereinanderliegende Wellen und die Aufschrift *Tychsen – All Seas Cruises.*

Eva betrat die Eingangshalle und machte sich auf den Weg zu den Aufzügen.

»Wo wollen Sie denn hin?«, rief eine der beiden Empfangsdamen unfreundlich, als Eva an der Rezeption vorbeiging, ohne sich anzumelden. Eva stöhnte innerlich auf. Offensichtlich war das eine neue Mitarbeiterin, die nicht wusste, wer sie war. Ihre Kollegin mischte sich hastig ein. »Ihr Vater ist in seinem Büro, Frau Dr. Fredriksen.«

Eva nickte ihr zu und ging weiter. Im Weggehen hörte sie, wie die Frau zischte: »Das ist die Tochter des Chefs!«

Evas Lächeln erstarb schlagartig, als der Aufzug kam, die Tür aufging – und ihr ausgerechnet Jasmin Andres gegenüberstand.

Eva grüßte knapp und wich einen Schritt zur Seite, ohne die

Frau anzusehen. Sobald die Hotelmanagerin ausgestiegen war, betrat Eva den Aufzug und atmete erleichtert auf, kaum dass die Tür sich lautlos schloss.

Ihr Vater war allein in seinem Büro. Er saß hinter seinem Schreibtisch und sah auf, als Eva eintrat. Sofort breitete sich ein Lächeln auf seinem Gesicht aus. »Wie schön, dass du mich besuchst.«

»Hast du denn Zeit?«

»Für dich habe ich immer Zeit!«

Sie wussten beide, dass das nicht stimmte. Er bestellte Kaffee und gab Anweisung, dass er ansonsten die nächste halbe Stunde nicht gestört werden wollte. Aber bereits nach fünf Minuten kam ein Anruf aus der Niederlassung in Bergen.

»Es tut mir leid«, entschuldigte er sich bei Eva. »Aber das ist wichtig.«

»Natürlich.« Eva trat an das raumhohe Fenster mit dem überwältigenden Blick auf den Hamburger Hafen. Ihre Gedanken allerdings wanderten nach Bergen, in die Vergangenheit. Sie hatte ihren Vater ein paarmal auf Reisen zum Hauptsitz der ehemaligen Foss-Reederei begleitet und sich dort in Adrian Fredriksen verliebt.

Er war als erster Offizier angestellt und hatte seinerzeit maßgeblichen Anteil an den Verkaufsverhandlungen gehabt.

Magnus Foss hasste Adrian dafür, er war der Meinung, dass Adrian ihm dadurch alles genommen hatte. Denn auch wenn er damals noch ein Teenager gewesen war, hatte sein Onkel ihn bereits zu seinem Nachfolger bestimmt.

»Das kommt mir gerade sehr ungelegen!«, rief ihr Vater plötzlich laut und riss Eva aus ihren Gedanken.

Er beendete das Gespräch, und Eva ging zurück zum Schreibtisch. »Es tut mir leid«, entschuldigte sich Clemens erneut und stand auf. »Ich muss sofort nach Bergen.«

Eva ließ sich ihre Enttäuschung nicht anmerken. »Probleme?«

»Es geht um den Bau des neuen Schiffes. Offensichtlich ist meine Anwesenheit dringend erforderlich.«

Natürlich, dachte Eva. »Schade«, sagte sie, und fügte hinzu: »Wir sehen uns viel zu selten, obwohl wir unter einem Dach leben.«

Ihr Vater wirkte sekundenlang betroffen. »Ja«, sagte er schließlich, mehr nicht. Dann packte er seine Aktentasche, verabschiedete sich mit einer kurzen Umarmung und ging.

»Möchtest du eine Tasse Tee?« Fiona Steidl stellte zwei Tassen auf den Küchentisch. Eine schob sie vor Eva.

»Gerne. Danke.« Eva lächelte der Freundin ihres Vaters zu. Sie hatte bisher nie viel von der Frau gehalten und war fest davon überzeugt, dass sie nur wegen seines Vermögens mit Clemens zusammen war. Außerdem waren seine Beziehungen auch für ihre Fernsehkarriere hilfreich. Jetzt allerdings war Eva froh, als Fiona sich ebenfalls setzte. »Und ich bin froh, dass du da bist«, sagte sie ehrlich. »Ich glaube, ich hätte es allein heute Abend nicht ausgehalten.«

Fiona schwieg und rührte Zucker in ihren Tee. »Ich weiß genau, was du über mich denkst«, sagte sie plötzlich.

Eva versuchte gar nicht erst, etwas abzustreiten.

»Eva, ich liebe deinen Vater wirklich«, sagte Fiona leise und suchte ihren Blick. »Am Anfang, das gebe ich zu, war es ziemlich genau so, wie du vermutest. Ich fand es angenehm, dass er viel Geld und gute Beziehungen zu den Leuten hat, die mich voranbringen.« Ihre Miene wirkte plötzlich gedankenverloren. »Aber dann habe ich den Menschen Clemens Tychsen kennengelernt. Ich mag seinen Humor, seine direkte Art. Seine Fürsorge für die Menschen, die er liebt.« Fiona nahm kurz Evas Hand. »Vor allem dich liebt er sehr.« Sie lächelte. »Und er hat sich, was mich betraf, keine Illusionen gemacht. Trotzdem war er immer für mich da. Er hat mich aufgefangen, wenn es mir nicht gutging. Er hat mich getröstet, wenn ich schlechte Kritiken bekam. Wir mögen die gleichen Bücher, Filme, den gleichen Wein und reisen beide gerne. Weißt du was …« Fiona lachte. »Ich war selbst überrascht, als ich irgendwann bemerkte, dass ich deinen Vater liebe. Alles andere tritt dahinter zurück.«

Schweigen breitete sich im Raum aus. Draußen dämmerte es bereits. Alles wirkte plötzlich anders, unwirklich fremd und vertraut zugleich.

»Danke für deine offenen Worte«, sagte Eva ehrlich. »Ich bedaure gerade, dass ich mir nie die Mühe gemacht habe, dich richtig kennenzulernen.«

»Das macht nichts. Dazu haben wir noch genug Gelegenheit«, erwiderte Fiona behutsam. Sie leerte ihre Tasse, dann erhob sie sich. »Kann ich dich allein lassen?«

»Ja.« Eva bemühte sich um ein Lächeln. »Danke, Fiona.«

Fiona lächelte zurück. »Ich hab noch was. Hier ist ein Brief für dich angekommen.« Sie zog den verschlossenen Umschlag aus ihrer Handtasche.

Eva erkannte Adrians Handschrift sofort. Der Brief kam aus Svolvær.

Fiona bedachte sie mit einem langen Blick. »Ich bin da, wenn du mich brauchst«, sagte sie und verließ die Küche.

In diesem Moment gab es für Eva nur noch diesen Brief, der all ihre Hoffnungen ins Unermessliche steigen ließ. Sie drückte ihn fest an ihr Herz, dann eilte sie nach oben in ihr Zimmer und setzte sich aufs Bett. Hoffnungsvoll öffnete sie den Umschlag.

Kapitel 2

»Ja, ich will«, sagte die Frau in dem weißen Hochzeitskleid.

Der Mann schaute ihr tief in die Augen. »Ja, ich will«, erwiderte er mit fester Stimme und streifte ihr den goldenen Ring über den Finger. Als er sie in die Arme nahm, ertönte leise Musik. Der Abspann des Films begann.

Zutiefst ergriffen seufzte Leonie auf. »Genau so möchte ich einmal heiraten«, entfuhr es ihr.

Ben, der neben ihr auf dem Sofa saß, nahm den Arm von ihren Schultern und schaltete den Fernseher aus. Ihre Worte kommentierte er nicht.

Leonie, die den Abend sehr genossen hatte, fühlte sich mit einem Mal unbehaglich. Glaubte er etwa, dass sie einen Heiratsantrag von ihm erwartete? »Bitte versteh das nicht falsch«, sagte sie. »Ich will nicht, dass du mich heiratest.«

»Das willst du nicht?« Seiner Miene war nicht zu entnehmen, was er dachte.

Du lieber Himmel! Natürlich wollte sie mit ihm zusammen sein, ihn irgendwann auch heiraten. Aber sie kannten sich noch nicht lange. Inzwischen war sie sogar froh, dass Malte sich damals eine Woche vor der geplanten Hochzeit von ihr getrennt hatte. Genau dadurch hatte sie Ben kennengelernt.

»Doch, ich will …« Ihre Antwort klang, als hätte er ihr gerade einen Antrag gemacht. »Nein, eigentlich nicht …«, korrigierte sie. »Ich meine … also, was ich sagen will …« Leonie brach ab, fühlte sich hilflos. Egal, was sie sagte, es wurde nur schlimmer. Sie atmete tief durch. »Der Film war sehr schön«, sagte sie schließlich. »Und ich hätte nicht gedacht, dass eine Hochzeit im herbstlichen Island so märchenhaft und romantisch sein kann.« Sie atmete tief durch. »Genau das war es, was ich dir sagen wollte.«

Ben grinste. »Bei mir ist hängengeblieben, dass du mich nicht heiraten willst.«

Leonie hob abwehrend die Hände. »Nein, nein, nein, das habe ich so nicht gesagt. Nur eben jetzt nicht.«

»Du bist dir also nicht sicher?« Er schaute sie an, scheinbar ernst, doch in seinen Augen lag ein belustigtes Funkeln.

»Ich bin mir sogar sehr sicher. Nur im Moment …« Wieder brach sie ab, weil in diesem Moment sein Handy klingelte und sie einer Antwort enthob. Offensichtlich war die Reederei am Apparat, doch Leonies Gedanken wanderten zu dem Moment im vergangenen Sommer, in dem sie die SMS von Malte geöffnet hatte. Sie hatte sie von ihrem Handy gelöscht, doch Leonie kannte jedes Wort auswendig: *Es tut mir leid, aber ich kann dich nicht heiraten. Ich habe mich in eine andere verliebt.*

Nein, der Schmerz über die geplatzte Hochzeit tat schon lange nicht mehr weh. Er war bereits auf der *MS Kristiana* verflogen, auf ihrer Fahrt durch die norwegischen Fjorde, in der Luxuskabine, die sie und Malte eigentlich für ihre Hochzeitsreise gebucht hatten.

Und dann lernte sie Ben kennen. Er war der Erste Offizier an Bord, und sie wusste, dass sie ihr Leben mit ihm teilen wollte. Jedenfalls den Teil seines Lebens, den er an Land verbrachte.

Ursprünglich hatte sie geplant, zu ihm nach Hamburg zu ziehen. Es war Ben gewesen, der sie überzeugt hatte, in Düsseldorf zu bleiben. Hier hatte sie ihren Arbeitsplatz in einem Reisebüro, hier lebten ihre Freunde und ihre Schwester nach dem Tod ihrer Eltern vor ein paar Jahren.

»Hier hast du die Menschen, die dir wichtig sind, um dich

herum«, hatte Ben gesagt. »Ich möchte nicht, dass du allein in Hamburg sitzt und nur darauf wartest, dass ich nach Hause komme. Mir macht es nichts aus, zwischen meinen Seereisen nach Düsseldorf zu fahren.« Bens Eltern lebten seit vielen Jahren auf Mallorca. Sein Bruder Max hingegen wohnte zusammen mit seiner Familie in Langenfeld, nur wenige Kilometer von Düsseldorf entfernt. Ein Grund mehr für Ben, seine Zeit an Land in Düsseldorf zu verbringen.

Bens Umarmung riss sie aus ihren Gedanken. Leonie hatte nicht mitbekommen, dass er das Telefonat beendet hatte. »Ich muss nach Hamburg«, sagte er leise. »Spätestens am Wochenende bin ich zurück.«

»Ja.« Mehr brachte Leonie nicht hervor. Sie bemühte sich um ein Lächeln, wollte ihm nicht zeigen, dass der schnelle Abschied sie bedrückte. Wenn sie an der Seite eines Seemannes leben wollte, musste sie sich mit kurzen und langen zeitweiligen Trennungen abfinden. Sie liebte Ben so sehr, dass sie dazu bereit war.

»Aber so ganz bereit dann offenbar doch nicht?« Mahnend schaute Iris sie an. »Ich glaube nicht, dass das Leben an der Seite eines Seemannes so einfach ist. Du solltest dir das gut überlegen. Du musst …« Sie brach ab, als Leonie sie wütend anschaute. »Schon gut, du musst selbst wissen, was du tust, Schwesterherz.«

»Ja, genau.« Leonie wusste, wie schwer es für ihre Schwester war, genau das zu akzeptieren. Immer wieder fiel Iris in alte Gewohnheiten zurück. Sie hatte sich schon immer ständig in Leonies Leben eingemischt, weshalb Leonie den Kontakt zu ihr so weit wie möglich gemieden hatte. Selbst über die geplatzte Hochzeit informierte sie Iris erst in letzter Sekunde, stellte ihr Handy aus und war für Iris nicht mehr erreichbar. Das war der

Höhepunkt des Konflikts zwischen ihnen gewesen. Erst als Iris ihr nachreiste und sie in Trondheim auf der *MS Kristiana* überraschte, kam es zur Aussprache. Seither hatte sich ihr Verhältnis zueinander spürbar verbessert, und sie trafen sich regelmäßig.

Heute waren sie zum Essen bei ihrem Lieblingsgriechen verabredet.

»Ich freue mich jedenfalls, dass du mich angerufen hast«, sagte Iris nach einer Weile des Schweigens. »Normalerweise ist doch Kerstin deine erste Ansprechpartnerin.«

Das stimmte. Normalerweise war es ihre beste Freundin, der Leonie sich zuerst anvertraute. »Kerstin ist in München bei ihrer Mutter«, erklärte sie.

»Verstehe!« Iris beugte sich tief über den Salat, den sie als Vorspeise bestellt hatte. Die Worte *»ich bin also nur die zweite Wahl«* lagen in der Luft.

Leonie legte ihr Besteck beiseite. »Ja? Wirklich?«

Iris hob den Kopf, begann plötzlich zu lachen. »Es tut mir leid«, entschuldigte sie sich. »Natürlich verstehe ich, dass du lieber mit deiner Freundin als ausgerechnet mit deiner Schwester reden willst. Zumal ich mich in der Vergangenheit einfach zu oft eingemischt habe. Ich versuche ja, mich zu ändern, manchmal gelingt mir das, aber leider nicht immer. Ich arbeite dran, versprochen.«

»Das habe ich nicht gemeint. Ich habe mich nicht mit dir verabredet, weil Kerstin nicht da ist, sondern weil ich dich sehen wollte«, sagte Leonie lächelnd. »Na gut«, schränkte sie gleich darauf ein, »und weil Ben nicht da ist. Ich fühle mich ohne ihn ein bisschen einsam.«

»Du wirst dich mit einem Mann, der zur See fährt, öfter einsam fühlen«, kam Iris auf den Ausgangspunkt ihrer Unterhaltung zurück.

»Nein … Ja …« Leonie sammelte ihre Gedanken. »Ich weiß

natürlich, dass er immer wieder wochenlang unterwegs sein wird. Aber er wollte bis zur nächsten Reise bei mir bleiben, und jetzt ist er doch weggefahren. Und ich weiß nicht genau, wann er wiederkommt.« Ihre Stimme wurde leise, als sie mit den Worten schloss: »Oder ob er überhaupt je zu mir zurückkommt.«

Iris starrte sie an. »Du spinnst!«, rief sie entrüstet.

»Ja, vielleicht.« Leonie stocherte lustlos in ihrem eigenen Salat herum. »Aber ich mache mir eben so meine Gedanken.«

»Völlig umsonst! Ben ist nicht wie Malte. Er schickt dir keine SMS, um mit dir Schluss zu machen …« Iris brach ab, starrte an Leonie vorbei. »Wenn man vom Teufel spricht«, raunte sie. »Dreh dich nicht um.«

Die Aufforderung führte dazu, dass Leonie wie von selbst den Kopf wandte und direkt in Maltes Gesicht schaute.

»Ich hab dir gesagt, dass du dich nicht umdrehen sollst«, zischte Iris.

Malte begann zu strahlen und kam zu ihnen an den Tisch. »Hallo, Leonie.« Das Lächeln schwand, als er zu Iris blickte. »Iris!« Er nickte knapp, dann wandte er sich wieder Leonie zu. »Wie geht es dir?«

»Danke, gut«, sagte sie. »Und dir?« Sie bereute die Frage, kaum dass sie sie ausgesprochen hatte.

Seine Miene nahm einen leidenden Ausdruck an. »Du fehlst mir«, sagte er leise.

Iris stieß einen schnaubenden Laut aus, den er geflissentlich ignorierte.

»Mir ist klar geworden, dass ich einen großen Fehler gemacht habe. Ich hätte mich nie von dir trennen dürfen!«

»Zu spät!« Iris wedelte mit der Hand, als wolle sie ihn verscheuchen. »Wenn du uns dann bitte in Ruhe essen lassen würdest.«

Malte aber sah nur Leonie an. »Darf ich dich in den nächsten Tagen mal zu einem Kaffee einladen? Wir könnten ein wenig über alte Zeiten plaudern …«

»Über unerfreuliche Erinnerungen meinst du wohl«, fiel Iris ihm spöttisch ins Wort. »Ich glaube kaum, dass Leonie dazu Lust hat.«

Diesmal sah Malte ihr direkt ins Gesicht. »Du hast dich kein bisschen verändert. Wieso begreifst du eigentlich nicht, dass Leonie alt genug ist, ihre eigenen Entscheidungen zu treffen?«

»Und wieso begreifst du nicht, dass es in Leonies Leben längst einen anderen Mann gibt?«

Für den Bruchteil einer Sekunde wirkte Malte verunsichert. »Warum lässt du das zu?«, sagte er vorwurfsvoll zu Leonie. »Vielleicht wären wir inzwischen verheiratet, wenn sie sich nicht immer eingemischt hätte.«

Er hat sich wirklich kein bisschen geändert, dachte Leonie und lehnte sich zurück. »Irgendwie bringst du da etwas durcheinander. Iris hatte überhaupt nichts mit unserer Trennung zu tun. Du hattest dich neu in deine Ex verliebt …«

»… die inzwischen Geschichte ist.«

Leonie fuhr unbeeindruckt fort: »Und das war gut so, sonst hätte ich Ben nie kennengelernt.«

»Doch, aber dann hättest du Ben auf deiner Hochzeitsreise getroffen!« Iris grinste. »Und du wärst es gewesen, die Malte verlassen hätte. Ich hätte mich jedenfalls darüber gefreut.«

Malte schnappte empört nach Luft, aber offenbar fiel ihm keine passende Antwort ein. »Glaubst du, dass du mir je verzeihen kannst?«, wollte er von Leonie wissen. Dem Blick, mit dem er sie jetzt anschaute, hatte sie früher nie widerstehen können. Heute berührte er sie nicht mehr.

»Ich habe dir längst verziehen.«

Malte strahlte.

»Trotzdem will ich keinen Kontakt mehr mit dir haben.«

Maltes Lächeln erlosch.

»Leb wohl, Malte.«

Abrupt wandte er sich um und ging zur Tür.

»Ich habe fast ein wenig Mitleid mit ihm«, behauptete Iris grinsend.

»Ich glaube dir kein Wort«, erwiderte Leonie trocken, worauf sie beide in lautes Lachen ausbrachen.

Iris zuckte die Schultern. »Oje, jetzt denkt er vermutlich, dass wir über ihn lachen. Der Arme …«

»Dieses geheuchelte Mitleid steht dir nicht.« Leonie widerstand der Versuchung, sich nach Malte umzudrehen. Denn er tat ihr wirklich ein bisschen leid. Immerhin hatte sie diesen Mann einmal geliebt, und im Grunde seines Herzens war er nicht ganz so übel, wie Iris ihn sehen wollte. Nun gut, ein kleines bisschen vielleicht. Also, die Sache mit der Trennung kurz vor der Hochzeit war schon ziemlich schlimm gewesen. Und dass er es ihr lediglich per SMS mitgeteilt hatte, war niederträchtig gewesen. Die Unsicherheit, dass ihr so etwas wieder passieren konnte, begleitete sie bis heute.

»Mistkerl!«, stieß sie hervor.

»Genau«, stimmte Iris ihr zu, dann brachen sie erneut in lautes Lachen aus.

»Ben ruft nicht an«, klagte Leonie zwei Tage später. »Ich habe nur eine knappe Nachricht bekommen, dass es ihm gutgeht und er sich bald meldet.«

Krakenhaft hielt sie das durch Malte verursachte Trauma umfangen, saugte sich an ihr fest und ließ sie nicht los. Dass Iris ihre Sorge nicht teilte, nicht einmal zu verstehen schien, machte es für Leonie nicht besser.

»Ben ist nicht Malte!« Iris klang ungeduldig. »Er wird sich melden.«

»Ja … Wahrscheinlich …«

»Nicht wahrscheinlich, sondern bestimmt!«, sagte Iris energisch und beendete unmittelbar darauf das Gespräch.

Leonie stieß einen tiefen Seufzer aus und versuchte telefonisch bei Kerstin ihr Glück. Ihre beste Freundin war gerade nach Hause zurückgekehrt. Vielleicht war sie deshalb noch gestresst, jedenfalls brachte sie für Leonies Sorgen auch kein Verständnis auf.

»Mach dir nicht so viele Gedanken«, sagte sie unbekümmert. »Ben meldet sich bestimmt bei dir.«

»Hast du dich mit Iris abgesprochen?«, fragte Leonie verstimmt.

Kerstin lachte. »Ich habe Iris seit Wochen nicht gesehen.«

»Ich würde ja gerne glauben, dass ihr recht habt. Aber warum versteht ihr beide nicht, dass ich Angst habe, Ben zu verlieren!«, klagte Leonie.

»Ich verstehe dich sehr gut«, sagte Kerstin ruhig. »Aber …«

»… aber Ben ist nicht Malte«, unterbrach Leonie sie. »Genau das muss ich mir schon ständig von Iris anhören. Aber du weißt doch, was an dem Abend vor Bens Abreise passiert ist.« Sie hatte Kerstin gleich am nächsten Tag von dieser peinlichen Situation rund um den isländischen Liebesfilm erzählt, und es hatte Leonie sehr empört, dass Kerstin darüber gelacht hatte. Auch jetzt klang die Stimme ihrer Freundin unangemessen amüsiert, als sie sagte: »Du brauchst dringend Ablenkung. Was hältst du davon, wenn wir uns heute Abend treffen. Dann können wir in aller Ruhe reden.«

»Ja, gerne. Beim Griechen?«

Wieder zögerte Kerstin. »Wir können doch auch mal etwas anderes ausprobieren. Ich hab da so eine Idee.«

Leonie war wenig begeistert. Es ging ihr gerade nicht darum, ein neues Restaurant und neue Gerichte kennenzulernen, sie brauchte nur jemanden, der ihr zuhörte. »Aber da sitzen wir doch gemütlich. Und es kann nicht jeder hören, worüber wir reden.«

»Vertrau mir einfach«, bat Kerstin. »Ich habe das perfekte Restaurant für uns.«

»Ja, aber …«

»Tut mir leid, aber ich muss jetzt Schluss machen. Ich hole dich um sieben ab«, sagte Kerstin hastig und beendete ohne eine weitere Erklärung das Gespräch. Fassungslos starrte Leonie auf das Smartphone in ihrer Hand.

»Stimmt etwas nicht?«, fragte Ute. Die Kollegin saß am Schreibtisch nebenan und musterte sie interessiert.

»Irgendwie stimmt im Moment überhaupt nichts«, stieß Leonie bitter hervor. Sie atmete tief durch. »Gehen wir heute Mittag zusammen …«

»Ich kann nicht«, sagte Ute hastig, bevor Leonie ihren Satz zu Ende gebracht hatte. »Ich treffe mich mit …« Sie zögerte und vermittelte Leonie damit das Gefühl, nur nach einer Ausrede zu suchen. »… mit meiner Mutter«, schloss sie. Ein verlegenes Lächeln umspielte ihre Lippen.

Für Leonie ein weiteres Zeichen dafür, dass die Kollegin log. »Dann eben nicht«, murmelte sie und konzentrierte sich auf ihren Monitor.

Unbehagliche Stille breitete sich aus, bis ein Kunde das Reisebüro betrat. Er wollte dem Herbst entfliehen und irgendwohin, wo die Sonne schien und er im Meer schwimmen konnte.

Leonie suchte nach entsprechenden Angeboten, recherchierte im Internet und telefonierte mit Reiseveranstaltern. Trotzdem verließ der Mann nach einer Stunde das Reisebüro ohne Buchung.

»Ich muss eine Nacht darüber schlafen«, sagte er. »Ich melde mich.«

»Ich melde mich!«, stieß Leonie hervor. »Das heißt mit anderen Worten: Wir sehen ihn nie wieder.« Sie wandte sich an Ute. »Hast du heute eine Reise verkauft?«

Ute nickte stolz. »Herr Retkowski hat zwei Wochen Karibik gebucht.«

Uwe Retkowski war Stammkunde. Ute hatte am Morgen eine Auswahl attraktiver Urlaubsorte für ihn herausgesucht – erfolgreich, denn der alte Herr hatte sofort für sich und seine Frau gebucht.

Ute erhob sich und griff nach ihrer Handtasche. »Ich bin dann mal weg.« Sie räusperte sich. »Es könnte sein, dass ich meine Mittagspause ein wenig überziehe.«

Leonie nickte und sah ihrer Kollegin nach, bis die gläserne Eingangstür hinter ihr ins Schloss gefallen war. »Lasst mich doch alle allein«, murmelte sie. Sie fühlte sich einsam, sehnte sich schmerzlich nach Ben. Ihr Blick blieb ausgerechnet an einem riesigen Pappaufsteller der *MS Kristiana* im Schaufenster hängen. Darüber hing eine kitschgelbe Sonne, ebenfalls aus Pappe, blaue Folie symbolisierte das Meer.

Leonie stand auf und betrachtete das Modell zum ersten Mal genauer. Angeblich war alles maßstabsgetreu. Da vorn, das war ihre Kabine gewesen. Wehmütig schob sie ihren Zeigefinger durch die ausgestanzte Balkontür … und der gesamte Pappaufsteller kippte um. »Mist!«, fluchte sie laut.

Sie versuchte, das Schiff wieder aufzurichten, aber es kippte prompt zur anderen Seite.

»Verdammtes Teil!« Leonie schlug entnervt mit der Faust dagegen. Sogleich durchzog ein hässlicher Riss den Schiffsrumpf, ausgehend von Deck 9, dem Deck der Offiziere. Ausgerechnet.

Leonie erschrak. War das ein schlechtes Omen? »Nein«, sagte sie laut. »Das ist nur ein dämliches Pappteil. Das hat nichts mit mir und Ben zu tun.«

Sie versuchte, den Aufsteller mit Klebeband zu reparieren, doch jetzt war er so instabil, dass er immer wieder umkippte.

Vor dem Schaufenster hatte sich inzwischen eine Gruppe von Jugendlichen versammelt, die ihr lachend zuschauten. Ihre Kommentare konnte Leonie durch die Scheibe nicht verstehen, und das war auch gut so. Ihre Laune hatte inzwischen einen absoluten Tiefpunkt erreicht.

Dann brach plötzlich der obere Kabinenteil ab, und dieses Mal drang das Johlen der Jugendlichen sogar durch die dicke Glasscheibe.

Leonie benötigte zwei Rollen durchsichtiges Klebeband, bis sie die *MS Kristiana* zumindest notdürftig geflickt hatte. Das Ergebnis war nicht sehr ansehnlich. Sie war gerade fertig, als Ute aus der Mittagspause zurückkehrte.

Und noch während die Kollegin die Tür öffnete und mit ihr ein kalter Luftzug hineinwehte, kippte das Schiff in Zeitlupe um und verlor ein Stück des Bugwulstes.

»Jetzt klebe ich das verdammte Ding nicht mehr!«, rief Leonie erbost.

»Warum auch?« Ute schaute sie erstaunt an. »Im Lager haben wir noch mindestens drei von den Dingern.«

Leonie ließ sich auf ihren Schreibtischstuhl fallen. »Das darf doch wohl nicht wahr sein! Ich habe meine ganze Mittagspause mit diesem blöden Teil vertrödelt.«

Leonie warf noch einen Blick in den Spiegel, bevor sie die Wohnung verließ. Sie hatte sich umgezogen, auch wenn sie nicht wusste, welches Restaurant Kerstin für den Abend ausgesucht hatte. Ihre Wahl war auf das weiße Kleid gefallen, das sie auch auf der *MS Kristiana* manchmal getragen hatte. Darin fühlte sie sich nicht overdressed, und es passte sehr gut zu ihren roten Locken. Die Erinnerungen führten sie zurück zu ihrer ersten Begegnung mit Ben. Sie schmunzelte bei dem Gedanken daran, dass sie ihn damals für einen Kellner im Schiffsrestaurant gehalten hatte.

Ben, immer wieder Ben. Sie konnte nicht aufhören, an ihn zu denken. Nicht zuletzt, weil er sich überhaupt nicht meldete. Deshalb gelang es ihr auch nicht, sich auf den Abend zu freuen. Wenn Kerstin sie wenigstens in ihr Lieblingsrestaurant begleitet hätte. Wieso wollte sie ausgerechnet heute etwas Neues ausprobieren?

Als Leonie das Haus verließ, stand Kerstin bereits wartend neben ihrem orangefarbenen kleinen Wagen, auf dem scheinbar planlos unzählige bunte Punkte aufgebracht waren. Dabei gab es durchaus ein System für die Verzierung von Kerstins heißgeliebtem *Oskar*: Jeder neue Rostfleck wurde mit einem Punkt überklebt.

Leonie hatte den Eindruck, dass seit ihrer letzten gemeinsamen Fahrt einige neue Punkte dazugekommen waren. »Dass diese Kiste immer noch fährt«, sagte sie grinsend.

»Pst«, zischte Kerstin. »Oskar ist empfindlich. Er springt nicht an, wenn du so verächtlich über ihn redest.«

Leonie bemerkte, dass Kerstin einen eleganten Rock und nicht wie üblich eine Jeans trug. Außerdem hatte sie ihre Haare hochgesteckt. »Jetzt sag bloß nicht, wir gehen in irgendeinen Nobelschuppen!«

»Sag ich auch nicht.« Kerstin grinste fröhlich und stieg in den Wagen.

Leonie sah sie durchdringend an, nachdem sie auf dem Beifahrersitz Platz genommen hatte. »Wohin fahren wir?«

»Lass dich überraschen«, war alles, was ihre Freundin erwiderte.

»Ich bin heute so gar nicht in Stimmung für Überraschungen.« Leonie unternahm noch einen Versuch, sie umzustimmen. »Lass uns doch lieber zum Griechen fahren.«

»Keine Chance!« Kerstin lachte. »Dazu freue ich mich viel zu sehr auf ...« Sie brach ab, als hätte sie zu viel gesagt.

»Worauf freust du dich?«, hakte Leonie sofort nach.

»Auf dein Gesicht beim Betreten des Restaurants.«

»Eigentlich will ich nur mit dir quatschen, und das geht beim Griechen sehr gut«, murrte Leonie.

Kerstin grinste lediglich zur Antwort und konzentrierte sich auf die Straße. Als sie nach einer Weile die Rheinpromenade erreichten, fuhr sie mit einem Mal ungewohnt langsam. Fast kam es Leonie so vor, als wüsste sie nicht genau, wo sich ihr Ziel befand. Nach ein paar Minuten bog sie auf einen Parkstreifen vor einem Schiffsanleger ein und stellte den Motor ab.

»Bist du sicher, dass wir hier richtig sind?«

»Ja ...« Kerstins Antwort kam zögernd. »Eigentlich schon.«

»Du hast also keine Ahnung, wo wir hinmüssen«, stellte Leonie fest.

»Doch, irgendwie so grob, aber ganz sicher bin ich mir nicht.« Kerstin öffnete die Fahrertür und stieg aus.

Leonie blieb also nichts anderes übrig, als ebenfalls auszusteigen. »Was soll das alles?«, fragte sie verdrossen. »Hier ist weit und breit kein Restaurant.«

»Das Restaurant befindet sich auf dem Schiff«, behauptete Kerstin und wies zum Anleger.

»Das ist lediglich ein Ausflugsdampfer«, widersprach Leonie.

»Aber da gibt es auch was zu essen.« Kerstin setzte sich in Bewegung und überquerte die Straße.

Leonie lief ihr nach und holte sie am Anlegesteg ein. »Du verhältst dich ziemlich komisch, finde ich.«

»Ja, das stimmt«, gab Kerstin ohne weitere Erklärung zu und ging weiter.

Leonie schaute zu dem Schiff, das sanft auf den Wellen des

Flusses schaukelte. Das Licht hinter den Fenstern spiegelte sich auf dem Wasser. Kein Mensch war zu sehen, weder auf dem Deck noch im Innenraum, trotz der eingedeckten Tische, die mit Blumen und Kerzen geschmückt waren.

»Besonders gut scheint das Restaurant nicht zu sein«, kommentierte Leonie ihre Beobachtung. »Jedenfalls ist außer uns niemand da.«

Offensichtlich zog Kerstin es vor, ihre Bemerkung zu ignorieren. Wortlos ging sie weiter und betrat das Schiff.

Leonie zögerte, ließ ihren Blick noch einmal durch die Fenster gleiten, aber der Raum dahinter blieb menschenleer. Als sie schließlich auf das Schiff ging, war Kerstin verschwunden.

»Kerstin!«

Keine Antwort.

»Kerstin, ich finde das nicht witzig.«

Es blieb still. Leonie fühlte sich unbehaglich.

Das ist doch albern, schalt sie sich selbst, und beschloss, sich auf die Suche zu machen. Langsam schritt sie über den breiten Gang zu ihrer Rechten auf einen Raum zu, dessen Flügeltüren weit offen standen. Kurz bevor sie ihn erreichte, ging das Licht aus, und Leonie bemerkte überrascht, dass der gesamte Raum von flackerndem Kerzenlicht erfüllt war. Vorsichtig trat sie ein – und traute ihren Augen nicht. Denn sie war nicht allein im Saal. Am anderen Ende stand Kerstin neben ihrem Mann Kai und lächelte ihr zu. Auch Iris war da, neben Ute aus dem Reisebüro. Sogar ihre Chefin, Lore Jauch, strahlte über das ganze Gesicht. Bens Bruder Max stand ebenfalls da, Hand in Hand mit Dörthe, seiner Frau. Das ältere Paar neben ihnen hatte Leonie noch nie gesehen, doch Ben schien eine jüngere Ausgabe des Mannes zu sein, und so vermutete sie, dass es sich um seine Eltern handelte.

Was hatte das zu bedeuten? Wieso hatten sich alle hier versammelt? Und wenn alle hier waren, wo war dann Ben? Sprachlos schaute sie sich um.

Plötzlich stand er vor ihr, in einem schicken, dunklen Anzug, der ihm ausgezeichnet stand. In der Hand hielt er eine rote Rose. Leonie suchte seinen Blick und bemerkte, dass er blass im Gesicht war. Er wirkte aufgeregt, dann senkte er plötzlich ein Knie, ohne ihren Blick loszulassen. »Ich liebe dich, Leonie. Auch wenn wir uns noch nicht so lange kennen, weiß ich, dass wir zusammengehören. Ich wusste es von dem Moment an, in dem ich dich das erste Mal sah und du mich für einen Kellner im Restaurant gehalten hast.«

Leises Gelächter war im Hintergrund zu hören. Leonie nahm es kaum wahr. Sie sah nur Ben, und auch er schien nichts um sich herum zu bemerken.

»Leonie Harder, willst du mich heiraten?« Seine Stimme bebte. »In der kleinen Kirche im Þingvellir Nationalpark auf Island?«

Leonie überlegte keine Sekunde, hörte einfach auf ihr Herz. »Ja!«, rief sie laut, und Tränen des Glücks liefen über ihre Wangen. »Ja, ich will!«

Kapitel 3

Jasmin stöhnte innerlich auf. Es war gar nicht so einfach, Yvonne Reimann zu erklären, dass sie auf einem anderen Schiff eingesetzt werden wollte.

Die Personalreferentin der Tychsen-Reederei sah sie verständnislos an. »Warum?«, hakte sie nach.

Jasmin hatte sich gut auf dieses Gespräch vorbereitet, doch als sie der Frau jetzt gegenübersaß, kam ihr die Begründung mit einem Mal lächerlich vor. »Um weitere Erfahrungen auf anderen Schiffen zu sammeln.«

»Wir haben auf keinem der anderen Schiffe eine Stelle als Hotelmanagerin frei.« Yvonne Reimann klang gereizt. Ihr war deutlich anzumerken, wie sehr sie sich darüber ärgerte, sich mit Jasmin auseinandersetzen zu müssen. Aber sie konnte sie auch nicht einfach hinauswerfen, immerhin hatte sich vor der ersten Fahrt mit der *MS Kristiana* ausgerechnet der Schwiegersohn des Reeders für Jasmin eingesetzt. Das hatte sie ganz sicher nicht vergessen.

»Und wenn ich Sie jetzt von der *MS Kristiana* abziehe, fehlt dort eine Hotelmanagerin. Noch dazu so kurz vor der Fahrt nach Island«, fügte sie vorwurfsvoll hinzu. »Wie stellen Sie sich das vor?«

»Ich sehe ein, dass das so kurzfristig nicht möglich ist.« Jasmin gab sich alle Mühe, ihre Enttäuschung zu verbergen. Sie hatte so sehr gehofft, diese Reise nicht mehr antreten zu müssen.

»Sollte eine Stelle als Hotelmanagerin frei werden, lasse ich es Sie wissen.« Yvonne Reimann notierte etwas auf einem

Block, dann hob sie wieder den Kopf. »Obwohl ich es immer noch nicht verstehe. Ist auf der *MS Kristiana* irgendetwas vorgefallen?«

Jasmin zwang sich zu einem Lächeln. »Die *MS Kristiana* ist ein wundervolles Schiff, und die Zusammenarbeit mit der Crew ist hervorragend. Der einzige Grund ist der, den ich Ihnen eben genannt habe.«

Sie war sicher, dass die Personalreferentin ihr nicht glaubte. Möglicherweise wirkte Jasmin auch nicht überzeugend, weil sie nicht die Wahrheit sagte. Aber es gab Umstände, die konnten nicht ausgesprochen werden. Fakten, die sie nicht preisgeben konnte. Gefühle, die sie nicht zulassen wollte, weil die Situation kaum zu ertragen war.

Und manchmal auch die Wut auf Adrian, der sie immer wieder in dem Glauben gelassen hatte, dass er ihre Gefühle erwiderte. Doch dann war er aus Australien abgereist, ohne sich von ihr zu verabschieden oder noch einmal das Gespräch zu suchen und sich zu erklären. Zusammen mit Eva Fredriksen. Für Jasmin war das die Antwort auf all ihre unausgesprochenen Fragen: Adrian hatte sich ganz offensichtlich für seine Frau entschieden.

Das musste Jasmin akzeptieren. Sie konnte nur hoffen, dass in absehbarerer Zeit eine andere Stelle frei wurde. Denn sie würde es auf Dauer nicht aushalten, Adrian zusammen mit seiner Frau zu sehen. Sie liebte ihn und wollte, dass er glücklich war – selbst wenn Eva die Frau an seiner Seite war. Aber sie war nicht bereit, sich selbst zu quälen, indem sie diesem Glück beiwohnte.

»Danke.« Jasmin erhob sich.

Auch Yvonne Reimann stand auf. »Sie haben sich damals so sehr bemüht, die Stelle auf der *MS Kristiana* zu bekommen …« Sie verstummte mit einem vielsagenden Blick.

Jasmin ging nicht darauf ein, auch wenn es stimmte. Aber inzwischen hatte die Situation sich geändert. Sie verabschiedete sich und verließ das Büro. Kein Mensch begegnete ihr. Als sie den Aufzug betrat, dachte sie daran, dass Adrian ihr in diesem Fahrstuhl zum ersten Mal begegnet war. Sie schloss die Augen und wünschte diesen Rückblick weit weg, der sie mit Adrian verband und sie mit sehnsuchtsvollen Erinnerungen erfüllte. Wie so viele andere Momente, von denen auf der Fahrt nach Island sicher noch unzählige hinzukommen würden.

Als sie die Augen öffnete, hielt der Aufzug gerade im Erdgeschoss. Lautlos öffnete sich die metallene Tür … und Eva Fredriksen stand vor ihr.

Die Miene der Ärztin verschloss sich augenblicklich. Sie erwiderte Jasmins Gruß nur knapp, wich zur Seite und ließ Jasmin aus der Kabine gehen. Ohne sie eines weiteren Blickes zu würdigen, betrat Dr. Fredriksen den Fahrstuhl. Kein persönliches Wort, nicht einmal die Andeutung eines Lächelns. *Immerhin triumphiert sie nicht, weil Adrian sich für sie entschieden hat,* dachte Jasmin.

Sie verließ das Gebäude und überlegte, wohin sie jetzt gehen sollte. Sie hatte keine Lust, den Tag in ihrem Hotelzimmer zu verbringen. Vielleicht sollte sie die freie Zeit nutzen, sich endlich eine Wohnung zu suchen, damit sie zwischen den Fahrten nicht im Hotel leben musste.

Jasmin war sehr kurzfristig zu ihrer ersten Fahrt mit der *MS Kristiana* aufgebrochen, unmittelbar nach der Trennung von ihrem Lebensgefährten, mit dem sie damals in dem Hotel seiner Mutter gelebt hatte. Dahin konnte und wollte sie nicht zurück.

Doch auch heute fehlte ihr der Antrieb, sich auf Wohnungssuche zu begeben. Und wenn sie demnächst auf einem anderen Schiff anheuerte, würde Hamburg vielleicht gar nicht mehr ihr

Heimathafen sein. Wenn sie bei Tychsen keinen Job bekam, ergab sich vermutlich bei einer anderen Reederei eine Möglichkeit.

Oder ich arbeite wieder in einem Hotel …

In diesem Moment wusste sie, welches Ziel sie ansteuern wollte. Den Platz am Ufer in Othmarschen in der Nähe von Cosimas und Ralphs Hotel, an dem sie so oft gestanden und sehnsüchtig die Ausfahrt der großen Kreuzfahrtschiffe verfolgt hatte. Sie winkte ein Taxi herbei, ließ sich zum Övelgönner Hohlweg bringen und stieg in der Nähe der Ringelnatztreppe aus.

Langsam ging sie die Stufen hinunter. Ihre Gedanken wanderten zu dem Moment, an dem sie das letzte Mal an deren Fuß gestanden hatte, um die *MS Kristiana* auf ihrer Jungfernfahrt zu beobachten. An diesem Tag waren die Weichen für ihr neues Leben gestellt worden.

Als sie auf dem Sand des Elbufers stand, gelang es ihr, für den Moment alle Gedanken auszuschalten. Gegenüber waren Lastkräne zu sehen. Seite an Seite, wie stählerne Wächter.

Dann kam ein Kreuzfahrtschiff, groß und weiß schob es sich durch das trübe Wasser. Jasmins Herz schlug mit einem Mal schneller, obwohl sie genau wusste, dass das nicht die *MS Kristiana* sein konnte. Die war mit einer Ersatzcrew und ohne Passagiere auf dem Weg von Auckland nach Reykjavík, um von dort zur nächsten Tour rund um Island aufzubrechen.

Meine letzte Fahrt auf der MS Kristiana, dachte Jasmin und spürte mit einem Mal einen Kloß im Hals. Denn da waren ja nicht nur Adrian und Eva Fredriksen. Auf dem Schiff gab es so viele Menschen, die inzwischen nicht mehr nur Kollegen, sondern auch Freunde waren. Marisol am Empfang, die ihr anfangs so viel erklärt und gezeigt hatte. Nele, die als Erzieherin die Kinder der Mitreisenden betreute. Der Erste Offizier Ben. Gregor, der Chefsteward im Speisesaal …

»Jasmin?«

Sie wirbelte herum. Vor ihr stand Dorothee und starrte sie ungläubig an.

»Du bist es wirklich?« Ihre ehemalige Kollegin aus dem Hotel begann zu weinen.

Auch Jasmins Augen füllten sich mit Tränen. Gerührt fielen sie sich in die Arme. Sie hatten einige Jahre zusammen gearbeitet und Jasmin hatte ihr von unterwegs immer wieder geschrieben. Gesehen jedoch hatten sie sich lange nicht.

»Du hast mir so gefehlt.« Dorothee löste sich aus der Umarmung und musterte sie prüfend. »Wie geht es dir?«

»Gut«, log Jasmin. »Sehr gut«, bekräftigte sie, als wolle sie sich selbst überzeugen.

»Ich komme oft hier runter an den Strand, schaue den Schiffen nach und denke an dich.« Dorothee zog ein Papiertaschentuch aus ihrer Jackentasche und wischte die Tränen weg. »Ich habe mich über jede deiner Ansichtskarten gefreut«, sagte sie lächelnd. »Ich wusste gar nicht, dass du gerade in Hamburg bist.«

»Ich bin auch gerade erst aus Neuseeland zurück. Als Nächstes steht dann Island auf dem Programm.«

»Das klingt spannend«, sagte Dorothee sehnsuchtsvoll. »Und wo wohnst du?«

»Im Hotel.«

»Du kannst doch bei mir wohnen!«, rief Dorothee. »Du weißt doch, wie sehr ich mich freue, dich zu sehen.«

Jasmin wusste aber auch, dass Dorothee in einer Einzimmerwohnung lebte. »Wir wissen beide, dass das nicht geht.«

»Warum hast du kein Zimmer in Cosimas Hotel gebucht?«, fragte Dorothee augenzwinkernd. »Ralph hätte sich bestimmt sehr gefreut.«

»Das ist einer der Gründe, weshalb ich dort nicht wohnen

möchte«, erwiderte Jasmin trocken. »Er soll sich nicht freuen.« Ralph war ein Muttersöhnchen, der ausschließlich das machte, was Cosima von ihm erwartete.

»Es gibt noch viele andere Gründe, glaub mir.« Dorothee wirkte mit einem Mal niedergeschlagen. »Seit du nicht mehr da bist, läuft es dort nicht mehr. Cosima kehrt gerne die Hotelchefin heraus, leider auch den Gästen gegenüber. Und Ralph hat keine Ahnung vom Geschäft und was zu tun ist. Die beiden haben sich also nicht verändert. Leider mit der Nebenwirkung, dass die Buchungen nachlassen. Das liegt sicher auch an den vielen schlechten Bewertungen im Internet.«

Jasmin erschrak. Auch wenn sie mit Cosima und Ralph nichts mehr zu tun haben wollte, lag ihr das Hotel am Herzen. Vor allem die Menschen, die dort arbeiteten und die für sie selbst eher Familie als Kollegen gewesen waren.

»Wenn du also mal genug von der Seefahrt hast, stellt Cosima dich garantiert wieder ein.«

Jasmin schüttelte lachend den Kopf. Selbst in ihrer Situation war Cosimas Hotel für sie keine Alternative.

»Schade.« Dorothee hob als Zeichen des Bedauerns die Schultern und ließ sie wieder fallen. Gleich darauf hängte sie sich bei Jasmin ein. »Aber jetzt bist du ja wieder hier, zumindest für eine Weile, und wir können quatschen. Du musst mir alles über das Leben auf einem Kreuzfahrtschiff erzählen, von deinen Kollegen, von den Passagieren. Und was ist mit dem Kapitän? Sieht er gut aus?«

Die Frage nach Adrian versetzte Jasmin einen Stich. »Du kannst das ein bisschen mit der Arbeit im Hotel vergleichen«, erwiderte sie, ohne auf Dorothees letzte Frage einzugehen. »Mit dem Unterschied, dass wir nie an einem Ort bleiben.«

»Hurtigruten!« Dorothee seufzte sehnsuchtsvoll. »Australien und Neuseeland! Was du alles gesehen hast.« Sekundenlang schien sie sich wegzuträumen, dann stellte sie noch einmal die Frage, die Jasmin absichtlich überhört hatte. »Und wie ist der Kapitän auf der *MS Kristiana?*«

Jasmin sammelte sich. »Ganz nett«, erwiderte sie betont beiläufig. »Seine Frau ist ebenfalls an Bord. Sie ist die Schiffsärztin.«

»Wie unspannend.« Dorothee klang ernüchtert. »Das zerstört gerade sämtliche meiner romantischen Vorstellungen von einem attraktiven Kapitän, der sich in seine schöne Hotelmanagerin verliebt.«

»Attraktiv ist er wirklich. Vielleicht tröstet dich das ein bisschen.« Jasmin schaffte es, unbefangen zu lächeln.

»Du, ich muss jetzt zurück ins Hotel. Können wir uns morgen Abend sehen?«, bat Dorothee. »Heute muss ich bei unserer Nachbarin babysitten. Aber morgen könnten wir uns bei unserem Lieblingsitaliener treffen und stundenlang quatschen, so wie früher.«

»Ja, gerne. Das wäre toll!« Jasmin freute sich. Alles war besser, als allein im Hotelzimmer zu sitzen und sich nach Adrian zu sehnen.

Sie verabschiedeten sich mit einer herzlichen Umarmung. Jasmin wanderte noch ein wenig am Ufer entlang, dann machte sie sich auf den Weg zurück zum Hotel.

»Hier ist ein Brief für Sie«, empfing sie der Rezeptionist und reichte ihr einen Umschlag.

Jasmin sah sofort, dass der Brief aus Norwegen kam. Dann las sie den Absender. Adrian hatte ihr geschrieben!

Mit zitternden Fingern riss sie den Umschlag auf. Sie las den Brief einmal, zweimal, und dann griff sie nach ihrem Handy.

Es war nur die Mailbox, die sich meldete. »Es tut mir leid, Dorothee«, sagte sie mit bebender Stimme. »Ich muss unser Treffen morgen leider absagen.«

Entlegen auf einer Anhöhe stand das rote Haus da, umgeben von einer hölzernen Terrasse. Jasmin erinnerte sich gut an ihren ersten Besuch hier, an den Blick über das Wasser, an Adrians Gegenwart. Hier oben hatte sie erkannt, dass sie ihn liebte.

Weniger schön war die Erinnerung an das unrühmliche Ende jenes Abends, als Eva und Fenja plötzlich auftauchten und damit jegliche Zweisamkeit zerstörten. Die Flasche Wein, die Adrian und Jasmin miteinander hatten trinken wollen, war nicht geöffnet worden. Nicht an jenem Abend und nicht seitdem. Diese Flasche war so etwas wie ein Symbol geworden, so sehr hatten sie beide den Moment der Zweisamkeit herbeigesehnt. Adrian hatte sie eine Weile in Jasmins Obhut gelassen, in Neuseeland schließlich hatte Jasmin sie ihm zurückgegeben, sicher, dass die Verbindung zwischen ihnen beendet war, da er so offensichtlich zu seiner Frau zurückgekehrt war. Bis zu seinem Brief.

In diesem Moment sah sie ihn. Er trat an den Rand der Veranda, umfasste das Geländer – und bemerkte sie. Ihre Blicke verfingen sich ineinander. Für einen Moment wirkte er fast ungläubig, dann setzte er sich in Bewegung.

Wenige Sekunden später stand er vor ihr. »Du bist da«, sagte er zärtlich.

»Ja.«

»Ich habe so auf dich gewartet. Und ich hatte große Angst, dass du nicht kommst.« Er suchte ihren Blick. »Ich liebe dich.«

»Ich liebe dich.« Sie ließ die Reisetasche fallen, als er sie in die Arme nahm, schloss die Augen und schmiegte sich an ihn, als er sie küsste.

Nach einer schier endlosen Weile löste er sich von ihr. Er nahm ihre Hand, griff mit der anderen die Reisetasche. »Lass uns ins Haus gehen«, sagte er mit rauer Stimme.

Auf der Veranda blieb Jasmin stehen und schaute sich um,

ließ ihren Blick über das Wasser gleiten. »Das Paradies«, sagte sie leise.

»Und heute gibt es nichts, was uns hier stört. Auch nicht morgen oder übermorgen. Und alle Tage danach. Wir haben das Paradies ganz für uns, bis wir zurück auf die *MS Kristiana* gehen.«

Jasmin folgte ihm ins Haus. Auf dem Tisch stand die Weinflasche, die sie beide schon so lange begleitete.

»Möchtest du …«

»Nein!« Jasmin schmiegte sich wieder an ihn. »Jetzt nicht. Aber später werden wir sie endlich öffnen.«

Seine Lippen suchten ihren Mund, dann griff er nach ihrer Hand, und gemeinsam gingen sie nach oben …

Kapitel 4

Valentina lächelte unwillkürlich, als sie den Laden betrat. Sie liebte den Duft frischer Blumen und erfreute sich immer wieder an der geschmackvollen Einrichtung, die sie und ihre Zwillingsschwester Julie gestaltet hatten.

Ihr Blumengeschäft befand sich in einem ehemaligen Gewächshaus, allerdings verkauften sie hier nicht nur Schnittblumen und Topfpflanzen, sondern auch ausgefallene Dekoration.

Ganz besonders die originellen getöpferten Skulpturen ihrer Nachbarin Agnes fanden reißenden Absatz. Julie baute gerade eine Gruppe Erdmännchen auf, die erst gestern aus der Töpferei geliefert worden waren. Gleich nebenan, in dem Bereich mit den Topfpflanzen, stand neben einer hohen Zimmerlinde ein großer Fantasievogel.

In einem alten Schrank, ein Erbstück ihrer Großmutter, lagen Bänder und Spitzen ausgestellt, die sie auch zum Kauf anboten. Ein altes Rundsofa und bequeme Sessel, geschickt zwischen den Pflanzen platziert, boten den Kunden gemütliche Sitzgelegenheiten.

Julie schaute auf, als Valentina eintrat. »Guck mal, wie findest du das?«

Wie immer, wenn Valentina ihre Schwester ansah, war es, als würde sie in einen Spiegel blicken. Sie waren eineiige Zwillinge, und es gab kaum jemanden, der sie auseinanderhalten konnte. Ihren Eltern war das immer gelungen, aber sie lebten beide nicht mehr. Ihre Mutter Annette war bereits vor zehn Jahren gestorben. Ihr Vater Eike hatte sich nach Kräften bemüht, für seine Töchter da zu sein und gleichzeitig seinen Gartenbaubetrieb zu erhalten. Aber nach dem Tod seiner Frau war er ein gebrochener Mann. Stets umgab ihn eine tiefe Traurigkeit, die Valentina und auch ihre Schwester gespürt hatten, obwohl er sich alle Mühe gegeben hatte, sie vor ihnen zu verbergen. Seit zwei Jahren war er ebenfalls tot. Ein Herzinfarkt – ausgerechnet bei einem Besuch am Grab seiner Frau. Er war mit einem Lächeln auf den Lippen gestorben, aber das hatte weder Valentina noch ihre Schwester trösten können.

Der nächste Schock traf sie beide, als sie feststellen mussten, dass ihr Vater hoch verschuldet war. Der Gartenbaubetrieb hatte in der Vergangenheit kaum noch Gewinn abgeworfen. Genauso schlimm war die Erkenntnis, dass ihr Vater sich nicht mehr um neue Kunden bemüht und die Aufträge von Stammkunden nicht mehr erfüllt hatte. Die Firma stand vor dem Konkurs.

Heute fragte Valentina sich oft, wieso sie das nicht bemerkt hatte. Im Gegensatz zu ihrer Schwester hatte sie im Unternehmen ihres Vaters gearbeitet und auch dort eine Ausbildung zur Gärtnerin gemacht. Ihr oblag seitdem vor allem die Grabpflege, die sie immer mit viel Liebe und Hingabe zu ihrem Beruf ausführte. Viele Stammkunden hatten sie gebucht, und es war ihre Tätigkeit gewesen, die überhaupt noch Einkünfte erzielte. Aber das reichte bei Weitem nicht aus, um die entstandenen finanziellen Löcher zu stopfen.

Julie hingegen hatte das Elternhaus schon während ihres Studiums der Betriebswirtschaft verlassen und war nach München gezogen. Schnell hatte sie festgestellt, dass das Fach sie entsetzlich langweilte, trotzdem schloss sie das Studium ab. Anschließend aber begann sie eine Ausbildung zur Floristin in einer angesagten Münchener Blumenboutique. Sie hatte gerade das Angebot erhalten, in einer neuen Filiale als Geschäftsführerin zu arbeiten, als die Nachricht vom Tod ihres Vaters sie ereilte.

Julie kam sofort zurück nach Hamburg – und blieb. Gemeinsam versuchten die Schwestern, die Gartenbaufirma aus den roten Zahlen zu holen. Es war ein schweres Erbe, das sie zusammen übernommen hatten, und eines, das ihnen viel Verzicht abverlangte. Valentina noch mehr als Julie.

Valentinas Beziehung zerbrach an ihren Problemen oder vielmehr an den Erwartungen ihres Verlobten Armin, die sich nach Eike Zieglers Tod nicht mehr erfüllen ließen.

Denn Armin hatte seine Zukunftspläne auf dem vermeintlichen Vermögen seines zukünftigen Schwiegervaters aufgebaut. Als er erfuhr, dass der Gartenbaubetrieb vor der Insolvenz stand, trennte er sich von Valentina.

Die Enttäuschung hatte sie tief getroffen und bis heute nicht losgelassen. Nie wieder, so hatte sie sich geschworen, würde sie zulassen, dass ein Mann sie so sehr verletzen konnte. Nie wieder!

»Erde an Valentina!«, drang Julies Stimme jetzt überlaut an ihr Ohr. Sie stand direkt vor ihr und wedelte mit beiden Händen vor Valentinas Gesicht herum. »Oh, schön«, sagte sie grinsend, als Valentina aus ihren Erinnerungen in die Gegenwart zurückkehrte. »Du bist also wieder da.«

»Ich weiß nicht, was du meinst«, behauptete Valentina.

»Natürlich weißt du das.« Julies Grinsen wurde breiter. »Wie heißt denn der Glückliche, von dem du gerade geträumt hast?«

»Du weißt ganz genau, dass es niemanden gibt«, entgegnete Valentina schroff. »Und es wird auch nie wieder jemanden geben.«

»Abwarten.« Julie zeigte sich wenig überzeugt. »Sobald der Richtige kommt …« Sie brach ab, ihr Blick glitt an Valentina vorbei. »Aber eigentlich ist er ja schon da«, sagte sie lächelnd.

Valentina wandte sich um, obwohl sie wusste, von wem Julie sprach. Sie versuchte, die Beschleunigung ihres Herzschlages zu ignorieren, als Marcus Roth auf sie zukam.

»Guten Morgen«, sagte er strahlend.

»Guten Morgen«, erwiderte Valentina zurückhaltend.»Hallo, Marcus.« Julie begrüßte ihn fröhlich und unbefangen. »Wie war dein Wochenende?«

»Super.« Kurz schaute er zu Valentina, bevor er sich wieder Julie zuwandte. »Und wie war euer Wochenende?«

Valentina überließ ihrer Schwester die Antwort.

»Mein Wochenende war auch super.« Julie zog ihr Smartphone aus ihrer Tasche. »Ich war mit Freunden auf dem Land.« Sie präsentierte ihm Fotos von dem Ausflug auf ihrem Smartphone, während Valentina wortlos dabeistand. Sie hatte nichts zu erzählen, weil sie seit der Trennung von Armin sehr zurückgezogen lebte. Immerhin lief sie so nicht Gefahr, wieder verletzt zu werden.

»Bis später«, sagte sie und wandte sich abrupt um.

»Was war das denn heute Morgen?« Julie schaute sie kopfschüttelnd an, als sie sich mittags im Haus wiedersahen. »Und jetzt sag bloß nicht wieder, du hättest keine Ahnung, was ich meine. Wieso bist du so schnell verschwunden?«

Valentina lächelte ironisch. »Ich wollte dich und Marcus nicht stören.«

Julie schaute sie an. Unverwandt, ohne ein Wort zu sagen, bis Valentina zuerst den Blick senkte.

»Du bist so blöd«, sagte Julie.

»Ich weiß nicht …« Valentina brach ab, als ihre Schwester spöttisch auflachte.

»Natürlich weißt du.« Julie schüttelte verständnislos den Kopf. »Was hast du eigentlich gegen Marcus?«

Valentina war überrascht. »Ich habe doch nichts gegen ihn! Ohne ihn hätten wir die Firma nie retten können. Aber für mich ist er nicht mehr als ein Mitarbeiter, und es stört mich, dass du ständig versuchst, mich mit ihm zu verkuppeln.«

»Aber das versuche ich doch gar nicht. Ich will nur das Beste für dich«, widersprach Julie sanft. »Apropos: Hast du auch so einen Hunger wie ich?« Sie ging zum Kühlschrank und öffnete ihn. Doch er war leer, wie so oft. Mit unzufriedener Miene schloss sie ihn wieder.

»Ich gehe später einkaufen«, sagte Valentina hastig. »Ich habe es heute Morgen nicht geschafft.«

»Sollen wir uns etwas bestellen?«, schlug Julie vor.

»Zu teuer«, lehnte Valentina ab, verzichtete aber auf den Hinweis, dass Julies Wochenende mit ihren Freunden schon recht viel Geld gekostet hatte.

Die beiden Schwestern zahlten sich selbst kein Gehalt aus. Ihnen stand nur die Summe zur Verfügung, die am Ende eines Monats übrig war. Nach Abzug der Löhne, die sie an ihre Mitarbeiter zahlten, der laufenden Kosten und der Abtragung der Schulden war das selten viel. Sie wohnten beide in ihrem Elternhaus in ihren ehemaligen Kinderzimmern. Oft plagte Valentina die Angst, dass ihre Schwester von diesem Leben voller Entbehrungen genug hatte und zurück nach München ging. Allein würde Valentina all das hier nicht schaffen.

»Vielleicht sollten wir das Haus verkaufen«, schlug Julie in diesem Moment vor, als hätte sie ihre Gedanken gelesen.

Valentina hatte diese Möglichkeit selbst schon mehr als einmal in Erwägung gezogen, aber stets verworfen. »Das Haus kauft doch niemand in dem Zustand«, sagte sie mutlos. »Und wir haben kein Geld, um es herrichten zu lassen.« Sie schaute sich in der alten Küche um, in der so vieles nicht mehr funktionierte. Der Backofen war kaputt, eine Reparatur lohnte nicht mehr. Ebenso verhielt es sich mit dem Geschirrspüler. Die Fronten aller Schränke sahen alt und abgenutzt aus.

Aber schlimmer als der Zustand der Möbel verhielt es sich mit dem des Hauses selbst. Der Keller war feucht, das Dach undicht, und die Heizung müsste eigentlich auch erneuert werden. Valentina dachte mit Schrecken an die kommende Heizsaison. Eigentlich war es jetzt schon oft so kühl, dass sie die Heizung gerne eingeschaltet hätte, aber sie mussten mit dem Öl in den Tanks noch eine Weile auskommen. Über den kompletten Winter würden sie es auf keinen Fall schaffen, aber Valentina hatte keine Ahnung, wovon sie die nächste Lieferung bezahlen sollten.

»Vielleicht bekommen wir Geld von der Bank, wenn wir denen sagen, dass wir es nach der Instandsetzung verkaufen wollen.« Julies Stimme klang nicht sehr zuversichtlich.

»Ich weiß nicht …« Valentina konnte sich nicht für diese Idee begeistern. Das Gebäude befand sich auf dem Grundstück des Gartenbaubetriebs, umgeben von der Baumschule, den Treibhäusern und dem hohen Gewächshaus, das sie inzwischen als Ladenlokal nutzten. »Es würde mir nicht gefallen, wenn fremde Menschen hier auf dem Gelände unserer Firma leben«, wandte sie ein. »Und wo sollen wir dann wohnen? Können wir uns überhaupt jede eine Wohnung in Hamburg leisten?«

Julie schwieg.

Plötzlich überkam Valentina wieder die altbekannte Angst. »Oder willst du zurück nach München?«, fragte sie leise.

»Nein, natürlich nicht!« Julies Antwort kam ein wenig zu schnell, zudem wandte sie den Blick ab.

Valentina wartete. Sie und Julie kannten einander gut, und wie sie vermutet hatte, dauerte es nur wenige Sekunden, bis Julie den Kopf hob. »Na gut«, gab sie zu. »Hin und wieder habe ich schon daran gedacht. Das Leben in München war so ganz anders.«

»Einfacher!« Valentina konnte nicht verhindern, dass ein Hauch von Bitterkeit ihre Stimme durchzog.

»Ja, das auch.« Diesmal wich Julie ihrem Blick nicht aus. »Das Leben in München war sorgloser. Ich hatte ein geregeltes Einkommen, eine schöne Wohnung und Freunde, die ich hier vermisse. Nimmst du es mir wirklich übel, dass ich mich dahin zurücksehne?«

»Nein, natürlich nicht«, sagte Valentina leise, wenn auch nicht ganz wahrheitsgemäß. Es hatte diese Momente gegeben, wo sie ihrer Schwester verübelt hatte, in der Großstadt, weit weg und unabhängig vom Familienbetrieb, ihr eigenes Leben zu führen, während sie selbst das Gefühl hatte, dass sie ihren zutiefst unglücklichen Vater nicht allein lassen konnte. Das wurde erst besser, als sie sich in Armin verliebte.

Sie hatte gegen diese Gefühle gegenüber ihrer Schwester angekämpft – nicht immer erfolgreich. Auch jetzt ärgerte sie sich insgeheim wieder, weil sie spürte, dass Julie damit all das, was ihr selbst so wichtig war, infrage stellte. Denn wenn sie ganz ehrlich war, hatte sie selbst es nie anders gewollt. Julie aber war vermutlich sofort bereit, all das aufzugeben, was Valentinas ganzes Leben ausgemacht hatte.

Kaum hatte sie den Gedanken zu Ende gedacht, kam auch schon Julies Vorschlag: »Und wenn wir alles verkaufen? Das Haus zusammen mit dem Gartenbaubetrieb und dem Laden?«

Valentina starrte ihre Schwester entsetzt an.

»Wir kommen so einfach nicht weiter.« Julie ereiferte sich jetzt geradezu. »Wir arbeiten wie verrückt, reiben uns auf, aber es kommt nicht wirklich etwas dabei herum. Sobald wir einmal größere Einnahmen haben, stopfen wir damit irgendwelche Löcher, während sich gleichzeitig andere auftun. Wenn wir jemanden finden, der genug Eigenkapital hat, um alles wieder auf Vordermann zu …«

»Ich werde dazu niemals meine Zustimmung geben«, erwiderte Valentina steif.

Julie hob beide Hände und ließ sie wieder fallen. »Ich kann einfach nicht mehr«, flüsterte sie. »Und es tut mir leid, Valentina, aber ich …« Was immer sie sagen wollte, ging im Schrillen der Haustürklingel unter.

Julie schloss für einen Moment die Augen, dann verließ sie die Küche und ging zur Haustür.

»Sind Sie Julie oder Valentina Ziegler?«

Das war zweifelsohne die Stimme des Briefträgers. Er hatte schon oft vor ihrer Tür gestanden und Mahnungen zugestellt, die per Einschreiben geschickt worden waren.

»Ich bin Julie.«

»Ich habe hier ein Einschreiben für Sie.«

Bitte nicht noch eine Geldforderung! Valentina spürte, wie Verzweiflung in ihr aufstieg. Es war doch alles bezahlt! Oder …?

»Danke.« Julie klang bedrückt, wahrscheinlich hegte sie dieselbe Befürchtung. Sie verabschiedete sich von dem Mann und betrat kurz darauf wieder die Küche. In der Hand hielt sie einen Brief. Sie wendete ihn hin und her, dann schaute sie Valentina an. »Haben wir Probleme mit einer Reederei?«

»Wie bitte? Eine Reederei, mit Schiffen und so? Ich nicht.« Valentina warf einen Blick auf den Umschlag. »Der Brief ist auch direkt an dich adressiert.«

»Stimmt. Tychsen-Reederei«, las Julie vor. »Die kenne ich nicht. Ich habe keine Ahnung, warum die mir ein Einschreiben schicken.«

»Du wirst es auch nicht erfahren, wenn du es nicht öffnest«, erwiderte Valentina nervös. Schreiben dieser Art hatten sie nach dem Tod ihres Vaters mehr als genug bekommen.

Julie atmete tief durch, dann riss sie den Umschlag auf und zog einen Brief heraus. Valentina beobachtete mit zunehmender Sorge, wie ihre Miene während der Lektüre immer fassungsloser wurde. Dann ließ Julie die Hand sinken und suchte Valentinas Blick. »Ich habe eine Kreuzfahrt gewonnen«, stieß sie hervor. »Ich darf auf der *MS Kristiana* rund um Island fahren!«

»Natürlich fährst du!«, insistierte Valentina, wie so oft in den vergangenen zwei Tagen. Sie gönnte ihrer Schwester die Reise von Herzen, bestand aber auch nicht ganz uneigennützig darauf, dass Julie den Preis annahm.

Denn Valentina spürte, dass Julie mit ihren Kräften am Ende war. Ausgelaugt von der Arbeit, die kaum etwas einbrachte. Von den Kämpfen, den Betrieb zu erhalten. Es hatte sie erschreckt, dass ihre Schwester bereit war, alles zu verkaufen. Jetzt hoffte sie, dass Julie die Dinge wieder anders sah, wenn sie eine Weile Abstand gehabt und sich erholt hatte. Und was war dazu besser geeignet als eine Kreuzfahrt um Island?

Ein Hauch von Neid erfüllte sie trotzdem, dazu kam eine gehörige Portion Fernweh. Zu gerne würde sie diese Reise zusammen mit ihrer Schwester antreten. Aber leider ging der Gewinn nur an eine Person, an Julie. Ihre Schwester hatte eine Weile überlegen müssen, wie sie überhaupt im Lostopf gelandet war, bis ihr eingefallen war, dass einer ihrer Freunde aus München sie vor zwei Monaten gebeten hatte, an einer Umfrage seiner Werbeagentur teilzunehmen. Er hatte damals davon gesprochen, dass unter den Teilnehmern sehr schöne Preise ausgelost werden würden, als Hauptpreis winkte ein Auto. Das wäre Julie weitaus lieber gewesen. »Den Wagen hätte ich verkauft«, sagte sie jetzt wieder hörbar unzufrieden. »Mit dem Geld hätten wie so viel mehr anfangen können! Diese Reise ist nur für eine Person, und auch nicht übertragbar. So ein Schwachsinn«, ereiferte sie sich. »Wer reist schon allein?«

»Du«, erwiderte Valentina lächelnd. »Und du wirst die Zeit auf dem Schiff gefälligst genießen.«

»Mich reizt nicht einmal das Ziel.« Julie zog eine Grimasse. »Island im Herbst …« Sie schüttelte sich. »Brrr, das klingt vor allem nach Kälte. Wenn es die Karibik oder die Südsee gewesen wäre, würde ich keine Sekunde zögern.«

»Aber Island muss traumhaft sein«, widersprach Valentina und geriet ins Schwärmen. »Riesige Gletscher, heiße Quellen, Wasserfälle und traumhafte Fjorde. Das Land aus Eis und Feuer.«

»Das Feuer befindet sich im Boden und kann jeden Moment ausbrechen«, erwiderte Julie spöttisch, »während oberhalb des Bodens alles kalt oder sogar vereist ist.«

Valentina musste lachen. »Ich bin sicher, du wirst begeistert sein, wenn du zurückkommst.«

»Wohl kaum. Weil ich nicht die Absicht habe, diese Reise anzutreten.«

»Doch, du musst!«, rief Valentina energisch. »So schnell bekommst du keinen kostenlosen Urlaub mehr. Und bis wir es uns mal wieder leisten können, zu verreisen …« Sie brach ab und presste die Lippen aufeinander. Es war keine gute Idee, Julie erneut an ihre finanziell angespannte Lage zu erinnern. »Du musst einfach fahren«, schloss sie hilflos.

Julie musterte sie aufmerksam, dann verzog sie den Mund zu einem Lächeln. »Das klingt fast so, als wolltest du mich loswerden.«

»Nein, im Gegenteil«, flüsterte Valentina. »Das ist doch genau das, wovor ich Angst habe. Dass du gehst, weil dir hier alles zu viel wird.« Sie schluckte schwer, aber sie schaffte es, nicht in Tränen auszubrechen. »Ich kann sogar verstehen, dass du so nicht weitermachen willst. Aber ich habe ein bisschen die Hoffnung, dass du mit mir weiterkämpfst, wenn du dich eine Weile erholt hast.«

»Ach, Valentina.« Julie seufzte tief auf. »Das, was ich empfinde, löst sich doch nicht durch eine Schiffsreise auf.« Sie machte eine ausholende Handbewegung. »Wir reiben uns hier auf, aber es wird kaum besser. Ich will so nicht weitermachen. Nein«, verbesserte sie sich gleich darauf. »Ich *kann* es nicht.«

So offen hatten sie noch nie darüber gesprochen, was vor allem an Valentina lag, die solchen Gesprächen immer aus dem Weg gegangen war. Nun musste sie sich all das anhören, was sie eigentlich nicht hören wollte.

»Weißt du was«, schlug Julie behutsam vor. »Ich fände es schön, wenn du in der Zwischenzeit zumindest darüber nachdenken würdest, ob du so wirklich weitermachen willst.«

»Ich kann nicht anders!«, rief Valentina wütend. »Und ich bin sicher, dass wir es auch schaffen können. Wenn wir die großen Aufträge von früher zurückbekommen, wenn wir …«

»Hör auf!«, fuhr Julie scharf dazwischen, und Valentina zuckte erschrocken zusammen. »Hör auf«, wiederholte sie sanfter. »Wir versuchen jetzt seit zwei Jahren, das wieder aufzubauen, was Papa in den Jahren zuvor zerstört hat.«

Valentina wollte etwas erwidern, doch Julie winkte ab. »Ich mache ihm keinen Vorwurf. Ich sehe aber nicht ein, dass wir uns damit belasten.« Julie hielt kurz inne. »Und ich bin sicher, Papa hätte das auch nicht von uns erwartet«, schloss sie.

Valentina hätte am liebsten laut geschrien. Für sie war es unvorstellbar, den Gartenbaubetrieb aufzugeben. Dieses Unternehmen war ihr Leben! Sie und Julie waren doch beide hier aufgewachsen, wieso sah ihre Schwester das nicht genauso?

Es war, als hätte Julie ihre Gedanken erraten. »Ich weiß, dass du das anders siehst. Nur weil wir uns äußerlich extrem ähnlich sind, müssen wir nicht gleich fühlen und denken. Ich möchte nur, dass du darüber nachdenkst«, sagte sie sanft.

»Okay, einverstanden«, sagte Valentina, obwohl sie sicher

war, dass es nichts an ihrer Meinung ändern würde. »Aber ich glaube, dass du die Sache anders siehst, wenn du mal rauskommst und Urlaub machst«, blieb sie hartnäckig. »Bitte mach diese Reise. Lass einfach die Seele baumeln, und danach unterhalten wir uns noch einmal.« Insgeheim hoffte Valentina, dass sie bis zur Rückkehr ihrer Schwester einen großen Auftrag ergattert hatte, der ihre Probleme auf einen Schlag erledigte. Daran hielt sie fest, auch wenn es nicht wirklich realistisch war.

Julie stand gedankenversunken vor ihr und regte sich nicht. Als sie Valentina wieder anschaute, lächelte sie. »Also gut«, sagte sie zu Valentinas Überraschung. »Aber egal, wie ich mich anschließend entscheide, du wirst es akzeptieren!«

Valentina spürte einen Kloß im Hals. Sie wusste, dass sie ein hohes Risiko einging, wenn sie sich darauf einließ. Aber wenn sie es nicht machte, verlor sie die Unterstützung ihrer Schwester im Kampf um ihr gemeinsames Erbe. So blieb ihr wenigstens die Hoffnung, dass Julie es sich noch einmal anders überlegte.

»Okay«, sagte sie. »Ich bin einverstanden.«

Julie musterte sie lange und prüfend. »Oder ich überlasse dir die Reise. Ich glaube, du brauchst diese Auszeit viel dringender als ich. Und wenn du erst mal wieder gespürt hast, wie schön das Leben ohne ständige Sorgen und Belastungen sein kannst, stimmst du meiner Idee eines Verkaufs bestimmt zu.«

Valentina dachte an die Bilder, die sie von Island gesehen hatte. An die Berichte, die sie über geheimnisvolle Fjorde, imposante Gletscher und heiße Quellen gelesen hatte. Sie sah sich selbst an einem der Wasserfälle stehen … Schnell verdrängte sie die Visionen und ihre sehnsuchtsvollen Gefühle. »Nein, das geht nicht! Du hast die Reise gewonnen, und sie ist nicht übertragbar, das hast du eben selbst gesagt.«

Julie winkte ab. »Das ist doch egal. Du reist einfach mit meinem Pass«, schlug sie vor. »Du siehst mir zum Verwechseln ähnlich. Und es weiß doch niemand, dass nicht ich es bin, die sich auf dem Schiff aufhält.«

»Ich weiß es.« Valentina schüttelte den Kopf. »Aber auch wenn es niemand bemerkt, es wäre Betrug.« Auf eine solche Täuschung wollte sie sich nicht einlassen, auch wenn es noch so verlockend war. Fast schon zu verlockend …

»Wie du willst, Schwesterherz.« Julie lachte unbekümmert. »Dann mache ich eben diese Reise, die du so gerne machen würdest. Wenn du es dir bis zur Abreise noch anders überlegst …«

»Ganz bestimmt nicht«, fiel Valentina ihrer Schwester hastig ins Wort.

Das Gespräch ließ Valentina den ganzen Tag nicht los. Um ihre Gedanken zu sortieren, brach sie am Abend wie so oft zu einem einsamen Spaziergang am Deich auf.

Sie liebte es, dem Strom mit dem Blick zu folgen und ihren Gedanken dabei freien Lauf zu lassen. Weit weg von hier, in unbekannte Länder, wo sie keine Sorgen und Existenzängste bedrückten.

Erschrocken blieb Valentina stehen. Wollte sie hier wirklich weg? Empfand sie insgeheim so wie Julie und wollte es sich nicht eingestehen?

Langsam drehte sie sich einmal im Kreis. Betrachtete das grüne, fruchtbare Land. Die Oste, die leise murmelnd in ihrem Bett an ihr vorbeizog. Die dunklen Wolken am abendgrauen Himmel.

Nein, sie liebte ihre Heimat!

Ein Seufzer der Erleichterung kam über ihre Lippen. Natürlich würde sie gerne reisen, aber im Anschluss wollte sie immer wieder hierher zurückkehren, nach Hause kommen.

»Hallo, Valentina«, sagte Marcus, der plötzlich neben ihr

war. Er trug Joggingkleidung, doch jetzt verlangsamte er seinen Schritt. »Julie hat mir von ihrem Gewinn erzählt.«

»Ja, ist das nicht toll?« Valentina versuchte, Begeisterung in ihre Stimme zu legen.

»Ja.« Er schwieg einen Moment, bevor er ruhig hinzufügte: »Sie hat mir auch erzählt, dass sie das Unternehmen am liebsten verkaufen würde.«

Eine Mischung aus Wut und Angst erfüllte Valentina. »Das kann sie nicht allein entscheiden«, erwiderte sie und hörte selbst, wie hart ihre Stimme klang. »Im Ernst, Marcus, du musst dir keine Sorgen machen«, fügte sie freundlicher hinzu.

»Ich bin froh, dass du dich dagegen entschieden hast.« Seine Stimme klang sanft, in seinen Augen lag ein Glanz, der sie auf besondere Weise berührte und ihren Herzschlag beschleunigte. Sie spürte, dass er sie mochte – und das störte sie. Mehr noch beunruhigte sie jedoch ihre eigene Reaktion auf seinen Blick.

Marcus räusperte sich. »Darf ich dich einmal zum Essen einladen?«, fragte er vorsichtig. »Ich kenne da ein …«

»Das möchte ich nicht«, erwiderte Valentina hastig, ohne eine Erklärung anzufügen.

Wenn ihre Worte ihn trafen, so ließ Marcus es sich nicht anmerken und blieb unvermindert freundlich. »Schade«, sagte er lediglich. »Ich wünsche dir einen schönen Abend. Bis morgen.« Damit beschleunigte er seinen Schritt und lief weiter.

Valentina schaute ihm nach und spürte mit einem Mal mit voller Wucht die Einsamkeit, die zu ihrer ständigen Begleiterin geworden war. Und das würde so bleiben. Für immer. Sie war nicht bereit, sich noch einmal auf einen Mann einzulassen.

Am nächsten Tag trafen Julies Reiseunterlagen ein. Während ihre Schwester sich kaum dafür interessierte, las Valentina alles aufmerksam durch. Im Internet schaute sie sich die *MS Kris-*

tiana an und warf einen virtuellen Blick in die Kabinen auf Deck vier. Die Kabinennummer war bereits auf den Kofferaufklebern aufgedruckt, die ebenfalls bei den Unterlagen waren.

»Du hast eine Balkonkabine«, sagte sie schließlich.

Julie nahm es lustlos zur Kenntnis. »Toll.«

»Deine Begeisterung reißt mich regelrecht mit«, zog Valentina sie auf.

»Du kannst mich mal.« Julie schnitt eine Grimasse und verließ das Zimmer. Kurz darauf war das Motorengeräusch ihres alten Geländewagens zu hören. Valentina wusste, dass sie einkaufen fahren wollte. Doch als Julie kurz nach Mittag nach Hause kam, strahlte sie über das ganze Gesicht.

»Wie schön, dass du endlich wieder bessere Laune hast«, sagte Valentina.

Julie ging darauf nicht ein. »Ich habe eine Überraschung für dich.« Mit einem geheimnisvollen Lächeln zog sie ein Schriftstück aus ihrer Handtasche und reichte es Valentina.

»Was ist das?« Alarmiert faltete Valentina das Papier auseinander. Sofort fiel ihr der Briefkopf eines Reisebüros ins Auge. Ihr stockte der Atem, als sie die Buchungsbestätigung las. Sie hob den Kopf, starrte ihre Schwester fassungslos an. »Das können wir uns nicht leisten!«

»Doch. Ich habe Tante Helgas Armband verkauft. Leider habe ich dafür nicht so viel Geld bekommen, dass ich dich auf die Kreuzfahrt mitnehmen kann. Aber wir fliegen drei Tage vor Abfahrt der *MS Kristiana* nach Reykjavík und verbringen die Zeit da gemeinsam.«

Eine Welle der Freude durchfuhr Valentina. »Das ist fantastisch!« Sie wedelte mit der Buchungsbestätigung und umarmte ihre Schwester fest. »Drei Tage Reykjavík! Ich komme nach Island, das ist mehr, als ich mir vorstellen konnte! Danke, Julie«, rief sie. Plötzlich kam ihr ein Gedanke. »Nein.« Sie löste sich von ihrer Schwester. »Ich will nicht, dass du für mich dein einziges wertvolles Schmuckstück verkaufst. Es ist eine Erinnerung an deine Patentante«, stieß sie hervor. »Ich kann das nicht annehmen.«

»Doch, das kannst du. Ich habe in der Vergangenheit so oft mit dem Gedanken gespielt, es zu verkaufen. Und jetzt bin ich froh, dass ich es bisher nicht gemacht habe.« Julie wies auf die Buchungsbestätigung. »Das war der beste Grund, mich davon zu trennen.«

Valentina las das Schriftstück erneut durch. »Ich kann es immer noch nicht fassen. Drei Tage Reykjavík! Ich freue mich so sehr.« Sie ließ das Blatt fallen und umarmte ihre Schwester erneut. »Danke«, flüsterte sie immer wieder. »Danke, danke, danke …«

Kapitel 5

»Das hier ist das Spielzimmer.« Nele deutete auf die betreffende Stelle des Schiffplans. »Ich zeige dir das aber auch alles an Ort und Stelle noch einmal. Und da«, sie ließ ihren Finger zum Raum nebenan wandern, »können unsere kleinen Schützlinge sich ausruhen und auch ihren Mittagsschlaf halten, wenn das gewünscht wird.«

»Es gibt Kinder, die solche Wünsche äußern?« Lucy starrte sie entgeistert an.

»Nein, das wünschen eher die Eltern«, erwiderte Nele trocken. »Es klappt aber ganz gut, wenn du die Kinder dazu bringst, sich hinzulegen, und ihnen dann etwas vorliest.«

»Okay.« Lucy wirkte ziemlich aufgeregt.

»Wie lange bist du schon Erzieherin?«, fragte Nele.

»Also … Ich meine …« Lucy geriet ins Stocken, gab dann aber unumwunden zu: »Eigentlich überhaupt nicht. Ich habe eine Ausbildung als Bürokauffrau, aber es langweilt mich, den ganzen Tag am Schreibtisch zu sitzen.«

Das war doch nicht zu fassen! »Du wurdest von der Reederei als Erzieherin eingestellt, obwohl du keine Ausbildung hast?« Nele war entsetzt.

»Sie brauchten wohl schnell Ersatz für dich«, rechtfertigte sich Lucy. »Außerdem meinte die Frau im Personalbüro, dass ich mich an dich wenden könnte, wenn es Probleme gibt.«

»Du meinst Yvonne Reimann?«

Lucy nickte. »Ja, genau. Die hat mich ausgewählt.«

»Offensichtlich hat sie vergessen, dass ich diesmal als Urlauberin an Bord bin, noch dazu auf Einladung der Reederei.« Nele war sich sicher, dass Yvonne Reimann das nicht vergessen hatte, sondern Neles Anwesenheit an Bord nutzte, um eine preiswerte Aushilfe einstellen zu können.

»Ich schaffe das«, behauptete Lucy selbstsicher. »Ich habe schon oft als Babysitterin gearbeitet.«

Nele beschloss, das nicht zu kommentieren. Lucy tat ihr leid, sie hatte keine Ahnung, worauf sie sich einließ. Gleichzeitig ärgerte Nele sich über Yvonne Reimann. Sie dachte an ihre unerfreulichen Gespräche mit ihr und spielte mit dem Gedanken, sie später aufzusuchen und ihr mitzuteilen, dass sie während der Reise keinen Finger rühren würde. Schließlich hatte Clemens Tychsen ihr höchstpersönlich diese Reise geschenkt, nachdem sie gegen einen ehemaligen Kapitän ausgesagt hatte. Immerhin hatte sie sich bereiterklärt, sich mit Lucy in der Reederei zu treffen und ihr ein bisschen über ihre Arbeit zu erzählen.

»Ich freue mich so über diesen Job.« Lucy strahlte. »Ich habe mir schon immer gewünscht, auf einem Schiff zu arbeiten. Und ich liebe Kinder. Gibt es etwas Besseres, als beides miteinander zu verbinden?«

Lucy war nett, wenn auch offenbar ein bisschen naiv. Aber sie wollte das Beste für die Kinder und schaute Nele jetzt so glücklich an, dass Nele den Gedanken an einen Besuch bei Yvonne Reimann verwarf. Vor allem, als Lucy noch hinzufügte: »Ich hoffe, es kommt jetzt nichts mehr dazwischen.«

Nele nickte. Vielleicht kam Lucy ja entgegen aller Zweifel gut zurecht. Außerdem waren während der ersten beiden Fahrten der *MS Kristiana* nicht so viele zu betreuende Kinder an Bord gewesen. Vielleicht war das ja dieses Mal ähnlich, das würde es Lucy leichter machen.

Zwei dieser Kinder waren Noah und Emilia, die fünfjährigen Zwillinge von Neles Schwester Miriam. Nele hatte sie an

Bord geschmuggelt, als Miriam ins Krankenhaus musste und als Alleinerziehende nicht wusste, wem sie die beiden anvertrauen konnte.

Nele hatte damals keine andere Lösung gewusst, als sie mit an Bord der *MS Kristiana* zu nehmen, in der Hoffnung, dass alles gutgehen würde. Schließlich konnte sie, als Erzieherin an Bord, Noah und Emilia tagsüber mit in den Kindergarten nehmen.

Dennoch flog Nele am Ende auf. Wäre es nach dem Kreuzfahrtdirektor Magnus Foss gegangen, hätte sie ihren Job endgültig verloren, doch dann stellte sich Kapitän Adrian Fredriksen hinter sie. Ihm verdankte sie auch, dass die Machenschaften ihres ehemaligen Kapitäns aufgedeckt wurden, aller physischen Bedrohungen gegen sie und ihre Familie zum Trotz, weshalb Clemens Tychsen höchstpersönlich zu ihnen nach Hause gekommen war und der ganzen Familie als Entschädigung die Reise nach Island geschenkt hatte. Und zwar nicht in einer Kabine der unteren Preiskategorie, sondern in einer Luxusunterkunft. Miriam und Nele hätten sich das niemals leisten können.

»Darf ich dich denn mal ansprechen, wenn ich Fragen habe?«, riss Lucy sie aus ihren Gedanken. Sie klang plötzlich unsicher. »Ich meine … ich will dich natürlich nicht während deines Urlaubs stören! Nur mal deinen Rat einholen, wenn es mal so gar nicht klappt.«

»Du kannst mich jederzeit fragen«, erwiderte Nele. Lucy erinnerte sie ein bisschen an sie selbst zu Beginn ihrer Zeit bei der Tychsen-Reederei. *Diese Fahrt wird sie mit Sicherheit voranbringen*, dachte Nele schmunzelnd.

»Danke.« Einen Moment schien es, als wolle Lucy Nele vor Erleichterung umarmen, doch dann verschränkte sie die Hände ineinander. »Ich bin dir wirklich sehr, sehr dankbar. Und ich werde mich bemühen, dich nicht zu stören.«

»So schlimm wird es mit den Kindern schon nicht werden«, versicherte Nele. »Aber die Kleinen werden dich ganz schön auf Trab halten«, fügte sie ehrlich hinzu. Ob Lucy ihren letzten Satz überhaupt registriert hatte, war allerdings nicht sicher, denn die Kollegin schaute an ihr vorbei, und ihr Gesicht nahm einen verzückten Ausdruck an. »Du lieber Himmel, wer ist das denn? Arbeitet der auch auf dem Schiff?«

Nele wandte sich um und erblickte Mirko. Sie war froh, dass ihr Herz bei seinem Anblick nicht mehr wie wild klopfte. Es tat auch nicht weh, ihn zu sehen. Er bedeutete ihr nichts mehr, und das war auch gut so.

In diesem Moment bemerkte Mirko sie ebenfalls, und sofort breitete sich ein strahlendes Lächeln auf seinem Gesicht aus. Er beschleunigte seinen Schritt. »Nele!«, sagte er zärtlich. »Wie schön, dich zu sehen.«

Nele nickte lediglich zur Begrüßung. »Das ist Mirko, der Fitnesstrainer an Bord der *MS Kristiana*«, stellte sie vor. »Und das ist Lucy, die neue Erzieherin.«

»Die neue Erzieherin? Du verlässt das Schiff?« Mirkos Bestürzung war zweifellos echt. Er wandte den Blick nicht von ihr, Lucy hingegen beachtete er kaum, sie jedoch starrte ihn hingerissen an.

»Nein«, erwiderte Nele knapp und wandte sich an Lucy. »Hast du noch Fragen? Sonst würde ich mich jetzt verabschieden.«

»Nein.« Lucy löste ihren Blick von Mirko, auch wenn es ihr offensichtlich schwerfiel. »Vielen Dank, dass du dir die Zeit genommen hast. Und ich werde wirklich versuchen, dich nicht zu sehr zu stören.«

»Gerne. Bis bald«, verabschiedete sich Nele. Leider folgte ihr Mirko. Sie blieb stehen, als er nach ihrer Schulter fasste, und starrte ihn feindselig an. »Lass das!«

»Ich will doch nur mit dir reden.« Er kam ihr so nahe, dass sie sein Aftershave wahrnahm. Sie empfand den Duft als unangenehm penetrant. Komisch, dass er ihr früher einmal gefallen hatte.

»Wir haben nichts mehr zu besprechen. Mirko, das mit uns ist vorbei. Für immer!« Erstaunlich, wie schnell sich ein Gefühl verlieren konnte. Sie hatte gedacht, dass das mit ihm für immer halten würde, hatte alle Warnungen über seine Untreue in den Wind geschlagen, bis sie schließlich auf sehr schmerzhafte Weise hatte feststellen müssen, dass er wirklich nicht treu sein konnte.

Es war sehr schwer für sie gewesen, diese Gefühle auszuhalten, zumal sie ihm an Bord des Schiffes nicht immer aus dem Weg gehen konnte. Zeitweise war die Situation unerträglich gewesen, bis sie auf der letzten Reise Henry kennenlernte. Mit ihm war sie über Mirko hinweggekommen, doch dann war er still und heimlich von Bord verschwunden.

Offensichtlich deutete Mirko ihr Lächeln richtig. »Denkst du gerade an diesen Betrüger Henry Graf?«

»Offensichtlich habe ich ein Faible für Betrüger«, merkte Nele ironisch an und ging weiter.

Doch Mirko blieb an ihrer Seite. »Ich weiß, dass ich dich sehr verletzt habe«, redete er auf sie ein. »Ich kann dir nur immer wieder sagen, wie leid mir das tut.« Er schwieg einen Moment, bevor er hervorstieß: »Aber ich kann es nicht mehr ungeschehen machen.«

»Nein, das kannst du nicht.«

»Kannst du mir denn nicht verzeihen?«

Nele blieb stehen und wandte sich ihm zu. »Okay, ich verzeihe dir. Bist du jetzt zufrieden?«

Sein Blick war misstrauisch. »Meinst du das auch wirklich? Oder sagst du das nur, damit ich dich in Ruhe lasse?«

»Beides«, erwiderte Nele. »Ich meine das wirklich so, weil es mir nichts mehr ausmacht. Und ich möchte jetzt endlich für heute nach Hause fahren, da warten Miriam und die Zwillinge auf mich.«

Doch Mirko ließ nicht locker. »Glaubst du, wir könnten irgendwann wieder …«

»Nein!«, fiel Nele ihm hart ins Wort. »Nie wieder!«

»Könnten wir wenigstens Freunde sein?«, bat er zerknirscht.

»Gute Kollegen, das geht.« Mehr konnte Nele ihm beim besten Willen nicht zugestehen, und das war, wie sie fand, schon sehr viel. »Wir sehen uns an Bord«, verabschiedete sie sich und war froh, als er sie endlich gehen ließ. Sie drehte sich nicht mehr um, obwohl sie spürte, dass er ihr nachstarrte. Das Kapitel Mirko war für sie endgültig abgeschlossen.

»Da bist du ja endlich.« Emilia hatte die Händchen in die Hüfte gestemmt und schaute ärgerlich zu Nele auf. »Ich habe Hunger.«

Nele grinste. »Und jetzt wartest du ganz ungeduldig auf mich, weil ich für euch kochen soll?«

Die Fünfjährige machte ein so entsetztes Gesicht, dass Nele laut auflachen musste.

»Das ist nicht lustig«, sagte Emilia streng. »Du kannst nicht kochen. Da will ich lieber verhungern.«

»Ich kann kochen«, verteidigte sich Nele. »Meine Spaghetti bolognese sind geradezu legendär.«

»Was heißt legendär?« Noah war dazugekommen.

»Das heißt eklig«, klärte Emilia ihren Zwillingsbruder auf. »Weißt du noch die Frikadellen, die Nele gemacht hat?«

Noah nickte, und seine Miene verriet die ganze Abscheu, die er in der Erinnerung daran noch empfand.

»Die waren legendär.«

»Die waren ganz ekelig.« Noah schüttelte sich.

»Ja, und deshalb heißt ekelig auch legendär. Dann hört es sich nicht ganz so schlimm an«, dozierte Emilia.

»Das waren keine Frikadellen, sondern Bratlinge«, stellte Nele richtig, »und die schmeckten wirklich nicht besonders gut. Das lag aber nicht an mir, die waren aus einer Fertigpackung. Und legendär bedeutet auch nicht eklig, sondern großartig oder erstaunlich.«

Miriam kam lachend dazu. Offensichtlich hatte sie die Unterhaltung belauscht. »Die Bratlinge waren wirklich erstaunlich eklig. Und um eure Tante in Schutz zu nehmen«, wandte sie sich an die Zwillinge, »die Fertigpackung habe ich gekauft.«

Emilia hob mahnend den Finger. »Kauf die nie wieder«, sagte sie sehr bestimmt.

»Auf keinen Fall.« Miriam lachte wieder. »Heute Abend bestellen wir sowieso Pizza.« Sie schaute Nele an. »Deshalb konnte Emilia es auch kaum erwarten, dass du nach Hause kommst.«

»Das hat aber wirklich lange gedauert«, beschwerte Emilia sich erneut. »Wo warst du?«

»In der Reederei«, erklärte Nele. »Ich habe unsere Tickets abgeholt und dabei auch mit der Aushilfskraft geredet, die für mich eingestellt wurde. Ich habe ihr erzählt, was sie auf der *MS Kristiana* erwartet.«

»Wegen dem ollen Schiff bin ich fast verhungert.« Emilia zog eine Grimasse.

»Ich dachte, du magst die *MS Kristiana* und freust dich auf die Reise«, hakte Miriam nach. »Du hast dich doch sehr wohlgefühlt, als Nele euch mitgenommen hatte.«

Emilia senkte den Kopf und sagte nichts.

»Ja, das Schiff ist cool«, ergriff Noah das Wort. »Aber wir mussten da immer im Kindergarten oder in Neles Zimmer bleiben«, erklärte er. »Und das war ein ganz kleines Zimmer. Und da wohnte auch noch die Marisol. Die war aber nett. Der schreckliche Magnus war aber überhaupt nicht nett.« Fragend schaute er seine Tante an. »Darf uns dieses Mal wieder keiner sehen?«

Nele lachte auf. »Diesmal müsst ihr euch nicht verstecken, versprochen, auch nicht vor dem schrecklichen Magnus. Und in dem kleinen Zimmer braucht ihr auch nicht mehr zu wohnen. Wir haben eine riesengroße Suite für uns alle. Richtig luxuriös.«

»Du sagst heute aber viele komische Worte«, stellte Emilia naserümpfend fest. »Heißt luxuriös auch ekelig?«

»Das heißt, dass wir eine ganz tolle Kabine haben. Außerdem essen wir im Speisesaal, und ihr dürft euch am Büfett alles aussuchen, worauf ihr Lust habt.«

»Pizza?«, fragte Emilia.

»Schokopudding?«, wollte Noah gleichzeitig wissen.

»Obst und Gemüse gibt es da hoffentlich auch«, sagte Miriam stirnrunzelnd.

»Ja, das gibt es alles.« Nele spürte plötzlich unsägliche Freude in sich aufsteigen. »Das wird so toll, mit euch zu reisen!«

Miriam trat auf sie zu und umarmte sie. »Ich freue mich auch. Sehr sogar«, sagte sie bewegt.

»Heulen die jetzt?« Es war deutlich herauszuhören, wie unbehaglich Noah sich bei dieser Vorstellung fühlte.

»Ich weiß nicht«, sagte Emilia. »Aber ich glaub, ja.«

»Dann kriegen wir heute Abend überhaupt nix mehr zu essen«, maulte Noah.

Miriam und Nele lösten sich aus der Umarmung. Der kurze Moment der Rührung war vorbei, und sie mussten beide wieder lachen.

»Ich bestelle dann mal unsere Pizza«, sagte Miriam.

»Und ich decke den Tisch.« Nele schaute die Zwillinge an. »Helft ihr mir?«

»Na gut«, zeigte sich Emilia wenig begeistert, machte aber dann doch mit.

Als die Kinder endlich im Bett lagen, tranken Nele und Miriam zusammen noch ein Glas Wein.

»Lukas hat angerufen«, sagte Miriam plötzlich. »Er will am Wochenende die Kinder sehen.«

»Was?« Nele war erschrocken und empört zugleich. »Ich hoffe, du hast dem Idioten gesagt, dass er sich zum Teufel scheren soll.«

»Ich wusste überhaupt nicht, was ich sagen soll«, bekannte Miriam. »Ich will ihn eigentlich nicht mehr sehen. Er hat mich mit allem sitzenlassen. Mit den Kindern, diesem Haus, das er unbedingt kaufen wollte. Er zahlt keinen Unterhalt ...«

»Ich hätte ihn deshalb schon längst verklagt«, fiel Nele ihr aufgebracht ins Wort.

»Ich weiß, aber ich habe das einfach nicht übers Herz gebracht. Er ist immerhin der Vater der Kinder.« Miriam wirkte jetzt sehr unglücklich. »Von mir aus hätte er sich nie wieder melden müssen, aber ich kann den Kindern doch nicht ihren Vater vorenthalten.«

»Miriam, er hat sich drei Jahre lang nicht gemeldet! Die beiden werden ihn wahrscheinlich nicht einmal mehr erkennen«, sagte Nele. »Wieso taucht er jetzt plötzlich wieder auf?«

»Angeblich hat er eingesehen, dass er einen schrecklichen Fehler gemacht hat.« Miriam stieß ein spöttisches Lachen aus. »Offensichtlich hat er plötzlich ein schlechtes Gewissen.«

»Was machst du denn jetzt?«, frage Nele.

Miriam lächelte. »Ich habe ihm gesagt, dass wir mit der *MS Kristiana* verreisen und ich diese Zeit nutzen werde, um gründlich über seine Bitte nachzudenken.«

»Jetzt wird er sich fragen, woher du das Geld für diese Tour hast«, sagte Nele abfällig. »Wahrscheinlich steht er demnächst vor deiner Tür und verlangt Unterhalt von dir.«

»Das kann er gerne versuchen.« Miriam trank einen Schluck. »Aber eigentlich will ich über all das gar nicht nachdenken, bis wir zurückkommen.«

»Guter Plan.« Nele nickte zustimmend und hob ihr Glas. »Auf Island.«

Miriam stieß mit ihr an. »Auf Island!«

Kapitel 6

Zutiefst enttäuscht hatte Eva den Brief sofort in die Schublade ihres Nachttisches verbannt. Der Umschlag in ihren Händen hatte zunächst all ihre Hoffnung auf eine endgültige Versöhnung mit Adrian genährt. Immer wenn es ihm wichtig war, seine Gefühle zu beschreiben, hatte er ihr Briefe geschickt. Liebesbriefe, die sie tief berührt hatten. Das zwischen ihr und Adrian war so einmalig und groß gewesen! Wie hatte sie nur zulassen können, dass das alles zerstört wurde?

Obwohl sie sich fest vorgenommen hatte, den Brief nicht mehr zu lesen, zog Eva das Papier doch immer wieder aus der Schublade.

Liebe Eva,
ich denke, wir sind jetzt an einem Punkt angekommen, an dem wir die Weichen für die Zukunft neu stellen müssen. Ich möchte dir das Haus in Hamburg überschreiben, damit du und Fenja immer ein Zuhause habt. Ich selbst werde demnächst so viel Zeit wie möglich in Svolvær *verbringen. Unterhalt für Fenja zahle ich natürlich weiterhin. Und solltest du jemals meine Hilfe benötigen, bin ich immer für dich da.*
Adrian.

Eindeutig ein Abschiedsbrief. Tief in ihrem Innern hatte Eva es gewusst …

»Nein!«, stieß sie heftig hervor. Sie konnte und wollte es nicht akzeptieren. Wütend knüllte sie den Brief zusammen und schleuderte ihn durchs Zimmer. »Ich werde das nicht zulassen!«, flüsterte sie.

Nach einer weiteren schlaflosen Nacht beschloss sie, ihren Mann in Svolvær aufzusuchen. Sie wollte nichts unversucht lassen, um ihre Ehe doch noch zu retten. Aber bevor es dazu kommen konnte, überschlugen sich die Ereignisse in Hamburg.

Eva war sowieso in der Nähe der Reederei und beschloss kurzerhand, ihren Vater persönlich über ihre Absicht zu unterrichten, zu Adrian nach Svolvær zu fliegen.

Diesmal ging sie ungehindert an den Empfangsdamen vorbei und musste auch nicht lange warten, bis der Aufzug kam.

Als sich die Tür öffnete, dachte sie unwillkürlich an Jasmin Andres. Hatte Adrian sich wegen dieser Frau von ihr getrennt?

Oben in der Chefetage bemerkte sie sofort, dass etwas nicht stimmte. Mitarbeiter hasteten über die Gänge, überall waren laute Stimmen zu hören. Alarmiert betrat Eva das Büro ihres Vaters. Er wanderte mit angespannter Miene umher, sein Assistent, Ruben Burkard, studierte über den Schreibtisch gebeugt Unterlagen.

Ein weiterer Mann, den Eva nicht kannte, sprach mit aufgeregter Stimme in ein Telefon. Beide Männer schauten kaum auf, als sie eintrat, ihr Vater jedoch hielt mitten in der Bewegung inne. »Was ist?«, herrschte er sie an.

Eva zuckte zusammen. »Das ist ja mal eine nette Begrüßung.«

»Tut mir leid«, entschuldigte er sich sofort. »Hier ist gerade die Hölle los.«

»Das sehe ich.« Eva bemerkte, dass er sehr blass war, dunkle Schatten lagen unter seinen Augen. Es musste etwas vorgefallen sein, das ihn extrem belastete. »Was ist denn passiert?«, fragte sie sanft.

»Ein Hackerangriff.« Ihr Vater führte eine Hand an seine Kehle, als hätte er Mühe, Luft zu bekommen. »Unsere komplette IT wurde lahmgelegt.«

Eva war schockiert. »Wie kann das denn sein?«

Der Mitarbeiter hatte sein Telefonat beendet. »Indem einer der Kollegen mit uneingeschränkten Zugriffsrechten unwissentlich Malware auf den Firmenrechner lädt«, stieß er aufgebracht hervor. »Unser Administrator ist gerade in Reha, das Virenschutzprogramm deshalb offenbar nicht auf dem neuesten Stand. So konnte ein Keylogger unbemerkt alle Daten mitlesen und einen Krypto-Trojaner aktivieren.« Er schnaubte.

Eva starrte ihn an. »Ich verstehe kein Wort«, sagte sie.

»Wir haben keinen Zugriff auf unsere Daten«, fasste ihr Vater zusammen. »Kundendaten, Buchungen, Standorte der Schiffe oder einfach nur Mailadressen der Belegschaft – alles ist blockiert. Wir sind so gut wie handlungsunfähig, die gesamte Reederei ist ausgebremst.«

Eva setzte zu einer Antwort an, als sie bemerkte, dass sich plötzlich alle Blicke zur Tür wandten, die sich in ihrem Rücken befand, und im selben Moment gewahrte sie den Duft nach Iris und Jasmin. Langsam drehte Eva sich um.

Dort stand Kristiana. Groß, blond und schön. Sie lächelte in die Runde. »Hallo, Papa!«, sagte sie, dann wandte sie sich an Eva. »Schön, dich zu sehen, Schwesterherz.« Ihre Stimme klang spöttisch. »Ich hoffe, du nimmst es mir nicht übel, dass ich dir den einen und anderen Streich gespielt habe. So wie es unter Schwestern üblich ist, oder nicht?«

»Ja? Ist es das?« Eva passte sich der Tonlage ihrer Halbschwester an.

Clemens räusperte sich. »Kristiana … All die Jahre … Was … Was hat das zu bedeuten?« Flüsternd kamen die Worte über seine Lippen, seine Stimme klang brüchig.

Eva erschrak, als sie sich ihm zuwandte. Sein Gesicht war aschfahl, seine Hände zitterten, sein Blick war an Kristianas Gesicht geheftet. »Warum hast du dich nie gemeldet? Wo bist du gewesen?«

Kristiana warf den Kopf in den Nacken und lächelte überheblich. »Sag bloß, du hast mich vermisst.« Sie deutete auf Eva, ihr Blick war mit einem Mal hasserfüllt. »Du hast deine Lieblingstochter doch in der Nähe. Obwohl sie dich in letzter Zeit ja auch oft alleingelassen hat.« Sie wandte sich wieder Eva zu. »Wie hat es dir in Australien und Neuseeland gefallen?«, fragte sie süffisant. »Ich fand es sehr nett, dich da wiederzusehen.«

»Du hast gewusst, dass Kristiana noch lebt?«, ächzte Clemens Tychsen. »Warum hast du mir nichts gesagt?«

Eva schüttelte den Kopf und bemühte sich um eine Erklärung. »Nein! Ich habe es nicht gewusst«, brach es aus ihr heraus. »Ich habe …«

»Aber Schwesterchen, du sollst unseren Vater doch nicht belügen«, unterbrach Kristiana. Ein zynisches Lächeln umspielte ihre Lippen. »Hast du ihm nicht das Selfie von dir, Adrian und mir gezeigt?«

»Es war ein Foto von Adrian und mir, das wir für Fenja gemacht haben«, entgegnete Eva vehement. Sie wandte sich ihrem Vater zu. »Ja, da stand eine Person im Hintergrund. Es war aber nicht zu erkennen, dass es sich dabei um Kristiana handelte.«

»Zeig Papa doch mal das Bild«, forderte Kristiana sie auf. »Mal sehen, ob er mich darauf erkennt.«

Eine Welle der Wut überkam Eva. Sie atmete tief durch in dem Bemühen, Ruhe zu bewahren. »Ich habe das Foto gelöscht«, sagte sie zu ihrem Vater. »Ja, ich habe eine Ähnlichkeit mit Kristiana bemerkt, aber die Person stand viel zu weit von uns entfernt, als dass ich mir sicher hätte sein können.«

Kristiana ließ nicht locker. »Und warum hast du das Foto gelöscht?«

Eva verspürte einen tiefen Hass auf ihre Halbschwester. »Weil ich durch nichts an dich erinnert werden wollte! Nicht einmal durch eine Ahnung«, stieß sie hervor. »Und ich hätte gut auf ein Wiedersehen verzichten können nach all den Jahren! Warum bist du nicht da geblieben, wo du warst?«

Und damit hatte Eva genau das ausgesprochen, was sie all die Jahre gefühlt hatte. In diesem Moment war es ihr sogar egal, was ihr Vater darüber dachte. Kristiana war ohnehin immer seine Lieblingstochter gewesen …

Doch Clemens kommentierte ihre Worte nicht. »Wo hast du die ganzen Jahre über gesteckt?«, wiederholte er seine Frage. »Warum hast du dich nie wieder gemeldet, Kristiana?« Seine Stimme war kaum mehr als ein Hauch. »Und warum kommst du ausgerechnet jetzt zurück?«

Kristiana lächelte böse. »Wo ich war, geht dich nichts an! Und ich bin hier, weil ich mir endlich das holen will, was mir zusteht.«

Eva wusste nicht, worauf sie hinauswollte, und auch Clemens schaute sie verständnislos an. »Du hast doch immer alles bekommen, was du brauchtest oder dir gewünscht hast. Ich habe dir doch jeden Wunsch erfüllt!«

»Trotzdem war ich immer die Tochter zweiter Klasse«, zischte Kristiana. »An erster Stelle stand doch immer sie!« Sie deutete auf Eva. »Die Tochter, die bei dir aufgewachsen ist, die all das repräsentiert, wofür du stehst. Du hast mich immer spüren lassen, dass ich nicht mehr als ein Bastard bin. Ein Unfall, entstanden aus einer bedeutungslosen Affäre.«

Eva war überrascht. Nie hätte sie für möglich gehalten, dass Kristiana die gleichen Gefühle der Zurücksetzung quälten wie sie selbst.

»Aber genug von der Vergangenheit. Jetzt ist meine Zeit gekommen.« Sie lächelte Clemens böse an. »Es wird dich einiges kosten, wenn du die Kontrolle über deine Firma zurückhaben willst.«

»Du bist für das ganze Chaos hier verantwortlich?«, flüsterte Clemens tonlos.

In diesem Moment betrat Magnus den Raum. Er stellte sich dicht neben Kristiana und legte einen Arm um ihre Schultern. »Nicht ganz«, sagte er grinsend. »Ich habe meinen Teil dazu beigetragen.« Offenbar hatte er eine ganze Weile vor der Tür gestanden und jedes Wort mitgehört.

Clemens öffnete den Mund, schloss ihn aber wieder. »Du?«, brachte er schließlich hervor. »Ich habe dich aufgenommen wie einen Sohn. Ich habe dir alle …«

Magnus lachte höhnisch auf. »Du hast mir alles weggenommen, was mir zustand«, sagte er gefährlich leise. »Die Reederei meines Onkels. Mein Erbe. Und das will ich zurückhaben.«

Clemens zog die Augenbrauen zusammen. »Die Reederei war finanziell am Ende. Ich habe deinem Onkel einen Gefallen erwiesen …«

»Du hast seine Notsituation ausgenutzt«, fiel Magnus ihm aufgebracht ins Wort. »Und jetzt wirst du am eigenen Leib erfahren, wie sich das anfühlt.«

»Ich hätte wissen müssen, dass ich dir nicht vertrauen kann«, stieß Clemens hervor. »Es gab so viele Anzeichen, die ich einfach nicht sehen wollte!«

»Jetzt ist es zu spät. Aber du weißt noch lange nicht alles.« Magnus blickte zu Eva, sein Mund verzog sich zu einem bösen Grinsen. »Ich wäre nämlich fast sogar Teil deiner Familie geworden. Deine Tochter und ich …«

Eva starrte ihn an, ihr Herz schlug hart in ihrer Brust. »Magnus, bitte«, flehte sie.

»Nein. Ich finde, dein Vater sollte endlich erfahren, warum Adrian sich von dir getrennt hat!« Jedes seiner Worte traf Eva wie ein Dolchstoß.

»Nun, Clemens«, fuhr er fort, »der arme Adrian hat es Eva sehr verübelt, dass sie sein Kind abgetrieben hat. Dabei weiß er bis heute nicht, dass es *mein* Kind war.«

Kristiana kicherte leise, während Magnus' Blick zwischen Eva und Clemens hin- und herwanderte.

Unsagbarer Ekel stieg in Eva auf. Sie begann zu würgen, stürzte aus dem Büro. Das Lachen ihrer Schwester folgte ihr bis in den Waschraum.

Es war Eva nicht möglich gewesen, in das Büro ihres Vaters zurückzukehren. Sie war einfach losgefahren, ziellos, doch ihr Unterbewusstsein wies ihr den Weg. Schließlich parkte sie ihren Wagen oberhalb der Wiese, von der aus sie das zweigeschossige Backsteinhaus inmitten des großen Gartens sehen konnte. Es gehörte Adrian und ihr. Nachdem er sie verlassen hatte, war sie mit Fenja noch eine Weile dort wohnen geblieben, aber schon bald hatte sie es ohne ihn darin nicht mehr ausgehalten und war in die Villa ihres Vaters gezogen. Damals hatte sie noch gehofft, dass Adrian zurückkommen und sie ihr gemeinsames Leben in ihrem Haus fortsetzen konnten.

Doch er kam nicht, und irgendwann hatte Eva entschieden, das Haus zu vermieten.

Jetzt wandte sie sich hastig ab, konnte den Anblick und mehr noch die Erinnerung, die in ihr geweckt wurden, nicht länger ertragen. Nein! Sie war noch nicht bereit, ihren Mann aufzugeben. Jetzt noch nicht! Nur noch einen letzten Versuch, hatte sie beschlossen. Sie startete ihren Wagen und fuhr davon.

In der Villa war Eva wieder allein. Ihr Vater war noch in der Reederei und Fenja mit zwei Freundinnen shoppen. Sie machte sich daran, die beste Verbindung nach Svolvær zu suchen, doch es gab keine Direktflüge von Hamburg auf die Lofoten.

Als ihr Handy klingelte, fühlte sie sich gestört und warf nur einen kurzen Blick auf das Display. Lothar Beck. Wahrscheinlich wollte er das ausgefallene Essen wiederholen, aber Eva hatte keine Lust, jetzt mit ihm zu reden.

Das Klingeln verstummte.

»Gut so«, murmelte sie und studierte weiter die Flugverbindungen. Sie hatte sich gerade für einen Zwischenstopp in Oslo entschieden, als Lothar erneut anrief. »Bitte nicht jetzt«, murrte sie, nahm das Gespräch aber an. »Hallo, Lothar.« Sie versuchte, sich ihre Stimmung nicht anmerken zu lassen.

»Hallo, Eva. Ich habe keine guten Nachrichten«, kam er direkt zur Sache. »Dein Vater wurde ins Krankenhaus eingeliefert.«

Eva erschrak.

»Eva?«, hakte Lothar nach, als sie nichts sagte.

»Was ist mit ihm?«, fragte sie und hielt den Atem an.

»Er ist stabil«, versicherte Lothar. »Eine leichte Synkope, aber ich würde ihn gerne zur Beobachtung hierbehalten.« Er schwieg einen Moment. »Es fällt mir allerdings schwer, ihn davon zu überzeugen.«

»Ich komme sofort!« Eva packte schnell ein paar Sachen für ihren Vater ein und machte sich auf den Weg ins Krankenhaus.

Eva wurde von Erinnerungen heimgesucht, sobald sie die Eingangshalle des Krankenhauses betrat. Sie nannte an der Anmeldung ihren Namen und fragte nach Lothar.

»Dr. Fredriksen!« Die Frau hinter dem Tresen lächelte ihr aufmunternd zu. »Dr. Beck hat mich gebeten, ihn zu informieren, sobald Sie eintreffen. Ich gebe ihm sofort Bescheid.«

»Danke.« Eva stellte die gepackte Reisetasche neben sich und wartete ungeduldig. Plötzlich fiel ihr Fiona ein. Die Freundin ihres Vaters war seit gestern in Berlin, wo sie ein Fernsehquiz moderieren sollte. Eva wählte eilig ihre Nummer, doch es meldete sich nur die Mailbox.

»Rufst du bitte zurück«, bat sie, ohne einen Grund anzugeben. Den wollte sie ihr lieber persönlich sagen.

Als sie ihr Handy wieder in die Tasche steckte, trat Lothar aus dem Aufzug. Es beruhigte sie, dass er bei ihrem Anblick lächelte. Also stand es um ihren Vater vermutlich nicht allzu schlimm.

»Schön, dass du so schnell kommen konntest.« Er nahm ihr die Reisetasche ab. »Ich bin nicht sicher, ob dein Vater dafür Verwendung findet. Er ist fest entschlossen, das Krankenhaus zu verlassen.«

»Das heißt aber nicht unbedingt, dass es ihm gutgeht.« Eva kannte ihren Vater.

»Ich hoffe, du kannst ihn umstimmen.« Lothar geleitete sie zu den beiden Aufzügen und drückte auf einen Knopf.

»Ich versuche es.« Eva wollte sich selbst ein Bild vom gesundheitlichen Zustand ihres Vaters machen. Wenn er allerdings darauf bestand, das Krankenhaus zu verlassen, würde ihn niemand davon abbringen können.

Clemens Tychsen lag auf einer Liege in einem der ambulanten Behandlungsräume. Er lächelte schief, als Eva zu ihm trat. »Endlich!« Sein Blick wanderte zu der Reisetasche, die Lothar Beck auf einem Stuhl abstellte. »Das brauche ich nicht. Ich fahre mit meiner Tochter nach Hause.«

Eva griff behutsam nach seiner Hand. »Papa. Bitte bleib hier und lass dich gründlich untersuchen.«

»Mir fehlt nichts«, erwiderte ihr Vater gereizt und machte Anstalten, sich aufzurichten. Es fiel ihm sichtlich schwer, sein

Atem ging schneller. Schließlich ließ er sich zurückfallen und starrte mit zusammengepressten Lippen an die Decke.

Eva beobachtete die Anzeige seiner Vitalzeichen auf dem Monitor. Sein Blutdruck war zu hoch, und sein Herz schlug immer noch viel zu schnell, trotz der Medikamente, die er inzwischen bekommen hatte. Das war nicht gut, gar nicht gut. Eva sorgte sich ernsthaft. »Bitte, Papa, du spürst doch selbst, dass du in diesem Zustand nicht nach Hause kannst.«

»Ich kann nicht hierbleiben.« Wieder versuchte Clemens, sich aufzusetzen. Diesmal gelang es ihm. Sein Brustkorb hob und senkte sich schwer. »Ich muss zurück in die Reederei.«

»Diese verdammte Reederei!«, stieß Eva hervor.

Entsetzt schaute ihr Vater sie an. »Wie kannst du so etwas sagen? Sie ist mein Lebenswerk«, brach es aus ihm heraus.

»Dein Lebenswerk macht dich kaputt, wenn du nicht endlich zur Vernunft kommst«, erwiderte Eva hart.

»Ihre Tochter hat recht.« Lothar stellte sich neben Eva und sprach eindringlich auf Clemens ein. »Sie müssen jetzt ausschließlich an sich und Ihre Gesundheit denken.«

Clemens schwieg. Die Stille dehnte sich im Zimmer aus, bis Lothars Piepser sich meldete. »Ich bin gleich wieder da«, sagte er und verließ den Raum.

Eva war froh, dass sie einen Moment mit ihrem Vater allein war. »Denk bitte auch an Fiona«, bat sie. »Sie liebt dich.«

Sofort löste sich die Anspannung ihres Vaters, seine Miene wurde weich, und er lächelte. »Was für ein Argument, und das ausgerechnet aus deinem Mund.«

Eva lächelte nun auch. »Ich muss zugeben, dass ich Fiona falsch eingeschätzt habe«, gestand sie.

Er atmete tief durch. »Also gut«, gab er nach. »Ich bleibe hier. Aber nicht länger als vierundzwanzig Stunden. Und ich brauche mein Handy!«

»Vierundzwanzig Stunden, alles klar«, bestätigte Eva lächelnd. »Aber kein Handy!«

»Aber ich muss …«

Eva unterbrach ihn. »Dich ausruhen und gründlich untersuchen lassen.« Sie setzte sich neben ihn und nahm seine Hand. »Bitte, Papa«, bat sie eindringlich. »Ich könnte es nicht ertragen, wenn ich dich auch noch verliere.«

Clemens drückte leicht ihre Hand. »Du wirst mich nicht verlieren«, versprach er. »Und ich bin sicher, dass Adrian wieder zu dir zurückkehrt. Vier Jahre sind lang genug. Du hast ihn nicht verloren.«

Eva senkte den Blick. In dem Zustand, in dem er sich gerade befand, wollte sie ihm nichts von Adrians Brief sagen. Eigentlich wollte sie überhaupt nicht darüber reden.

»Ich habe doch bemerkt, dass Fenjas Unfall euch wieder näher zusammengebracht hat«, fuhr Clemens fort. »Und ich setze große Hoffnungen auf eure weitere gemeinsame Zeit auf der *MS Kristiana.*«

Hoffnungen, die sich wohl nicht erfüllen werden, dachte Eva bitter. Doch sie erzählte nicht, dass Adrian sich per Brief endgültig von ihr getrennt hatte. Und sie verschwieg auch jetzt ihre Pläne für eine Reise auf die Lofoten. *Wegen Papa*, sagte sie sich selbst. Aber vielleicht lag es auch an dem Wissen tief in ihr, dass selbst diese Reise vergeblich sein würde …

»Kannst du wenigstens Ruben Burkard bitten, herzukommen?«, bat Clemens und fügte schnell hinzu: »Er ist einer der wenigen Mitarbeiter, denen ich vollkommen vertraue. Ich brauche jemanden, der sich jetzt um alles kümmert.«

Eva stimmte widerwillig zu, weil sie fürchtete, dass ihr Vater sonst nicht zur Ruhe kommen würde. Als sie aufstand, legte er sich auf der Behandlungsliege zurück. Sein Gesicht war grau, und es war ihm anzusehen, wie sehr ihn die letzten Minuten belastet hatten. Allerdings schienen die Medikamente zu wirken. Sein Herzschlag befand sich zwar noch nicht im Normbereich, hatte sich aber verlangsamt.

»Vielleicht sollte ich einmal Urlaub machen«, murmelte er.

Eva war überrascht. Selbst in ihrer Kindheit war er nie mit ihr und ihrer Mutter verreist. Immer war sein Unternehmen wichtiger gewesen. Wenn er auf seinen Schiffen zu Gast war, dann vor allem als Geschäftsreisender, um seine Schiffe großen Reiseunternehmen vorzustellen. Und jetzt wollte er wirklich einmal Urlaub machen?

»Das ist eine hervorragende Idee«, sagte sie ehrlich.

»Ja, das finde ich auch. Solange ich zurückdenken kann, sorge ich dafür, dass wildfremde Menschen eine schöne Zeit auf meinen Schiffen haben. Jetzt suche ich mir zusammen mit Fiona ein schönes Ziel aus.«

»Ja, macht das. Fiona wird sich freuen!« Eva war sicher, dass sie ebenso überrascht sein würde wie sie selbst.

»Schade, dass die *MS Kristiana* ausgebucht ist«, fügte Clemens hinzu.

»Ja, wirklich.« Eva ließ sich nicht anmerken, dass sie eher erleichtert war. Sie hatte Angst vor den nächsten Wochen und wusste nicht, wie sie mit Adrian umgehen sollte. Es würde sie völlig überfordern, wenn das unter den Augen ihres Vaters geschah.

»Fiona liebt die Sonne«, fuhr Clemens nachdenklich fort. »Eine Kreuzfahrt in die Karibik würde ihr vermutlich gefallen.« Schmunzelnd schaute er sie an. »Auf meinem Handy könnte ich nach einer passenden Reise suchen.«

»Du kannst Ruben Burkard darum bitten, dir eine passende Tour auszusuchen, bei der noch Plätze frei sind«, erwiderte Eva trocken. Sie beugte sich über ihren Vater und küsste ihn auf die Wange. »Pass auf dich auf.«

»Mach dir keine Sorgen, alles wird gut«, versicherte er. »Morgen bin ich wieder fit.«

Eva bezweifelte das. »Ich komme morgen ganz früh zu dir«, sagte sie und schluckte den Kloß in ihrer Kehle hinunter. Damit zog sie die Zimmertür hinter sich zu. Das kaltweiße Deckenlicht spiegelte sich in dem Linoleumboden. Die Türen rechts und links entlang des Ganges waren geschlossen. Kein Mensch war zu sehen.

Die Einsamkeit, endlos schwer zu ertragen, erfüllte Eva mit einer solchen Macht, dass sie es kaum ertragen konnte. Sie schloss für einen Moment die Augen, als könne sie das Gefühl damit ausschließen.

»Eva?«

Erschrocken riss sie die Augen auf. Vor ihr stand Lothar. Er legte behutsam eine Hand auf ihre Schulter. »Was ist mit dir?«

»Nichts. Alles in Ordnung«, behauptete sie.

Ihm war anzusehen, dass er ihr nicht glaubte. »Wie lange kennen wir uns jetzt?«

»Ewig.« Seine aufrichtige Besorgnis tat ihr gut. Sie schaffte es sogar, zu lächeln. »Ich habe meinen Vater noch nie in einem solchen Zustand gesehen.«

»Ich verstehe.« Er zog sie an sich, und Eva überließ sich eine Weile dem Gefühl, das sie so lange vermisst hatte: Geborgenheit.

»Akutes Koronarsyndrom, aber kein Herzinfarkt. Mehr muss ich dir nicht sagen. Er wird es schaffen.« Lothar schwieg einen Moment, bevor er hinzufügte: »Wenn er vernünftig ist.«

Eva löste sich aus der Umarmung und schaute ihn an. »Ich glaube, er hat es verstanden. Er will sogar Urlaub machen.« Sie grinste. »Das allerdings glaube ich erst, wenn er wirklich auf einem seiner Schiffe ist. Hoffentlich kommt er da wirklich zur

Ruhe. Ich befürchte eher, dass er der gesamten Crew schrecklich auf die Nerven gehen wird.«

»Das wird dann aber zum Glück nicht dein Schiff sein«, erwiderte Lothar lächelnd.

Eva musterte ihn. »Wie kommst du darauf?«

»Du hattest mir doch vorgeschlagen, eine Kreuzfahrt mit euch zu machen. Und du hast mich an meinen Traum von Island erinnert.« Breit grinste er sie an. »Ich habe nach unserem Gespräch direkt Nägel mit Köpfen gemacht und die Reise gebucht. Und dabei erfahren, dass ich die letzte freie Kabine bekommen habe.«

»Wie schön«, sagte Eva und spürte, dass sie sich wirklich freute.

Kapitel 7

Es gab keine Direktflüge von den Lofoten nach Island. Nach Zwischenlandungen in Bodø, Trondheim und Kopenhagen kamen Jasmin und Adrian am frühen Morgen auf dem Flughafen Keflavík an.

Geschäftsleute hasteten an ihnen vorbei. Eine Gruppe Touristen schlenderte lachend und plaudernd durch die Halle.

Adrian schaute Jasmin besorgt an. »Bist du sehr müde?«

»Nein.« Sie hängte sich bei ihm ein und schmiegte ihr Gesicht an seine Schulter. »Eher ein wenig überdreht nach der langen Reise.« Sie lächelte zu ihm auf. »Und vor Glück.«

Adrian blieb stehen, nahm sie in die Arme und küsste sie zärtlich. »Die Zeit in Svolvær war traumhaft«, sagte er leise. »Es ist mir nicht leichtgefallen, unser kleines Paradies zu verlassen.«

»Bald sind wir wieder dort.« Jasmin verschwieg, dass der Gedanke an die bevorstehende Kreuzfahrt sie mit Besorgnis erfüllte. Sie und Adrian hatten vereinbart, ihre Beziehung auf der Reise geheim zu halten, um jegliches Gerede innerhalb der Crew zu vermeiden.

Jasmin wusste, dass Adrian damit vor allem Rücksicht auf Eva nahm, während es ihr auch darum ging, sich selbst zu schützen. Sie und Eva Fredriksen hatten sich von Anfang an nicht gut verstanden. Wenn Eva erst erfuhr, was sie und Adrian für ihre gemeinsame Zukunft planten …

»Denk nicht so viel«, sagte Adrian lächelnd. »Ich liebe dich.«

»Und ich liebe dich.« Das war alles, was zählte!

»Wir sehen uns auf der *MS Kristiana.*« Adrian drückte sie noch einmal an sich und ging.

Jasmin sah ihm nach, als er durch die Halle dem Ausgang zustrebte. Er schaute sich nach allen Seiten um. Die Gefahr bestand, dass sie hier auf andere Mitglieder der Crew trafen. Aus diesem Grund würde Jasmin sich in der nächsten halben Stunde am Flughafen die Zeit vertreiben und ihm dann zum Hafen folgen.

Nach den vielen wundervollen Tagen auf Svolvær, die von Liebe und Romantik erfüllt gewesen waren, fand sie es ernüchternd, jetzt allein hier in der großen Halle zu stehen. Hoffentlich war das kein ungutes Zeichen für die Reise rund um Island. Seit sie Adrian kannte, hatte es immer wieder wundervolle Momente der Nähe zwischen ihnen gegeben, denen distanzierte Zeiten voller Ungewissheit folgten.

Ich halte das nicht noch einmal aus, dachte sie, und in diesen Minuten wurde ihr klar, dass sie genau davor Angst hatte.

Adrian liebt mich! Jasmin klammerte sich an den Gedanken, während sie sich langsam in Bewegung setzte und den Terminal verließ. Eine Skulptur weckte ihre Aufmerksamkeit. Jasmin blieb stehen und betrachtete sie. Sie bestand aus vier Figuren, die auf jeweils einem halbhohen Basalstein montiert waren. Sie wandten einander den Rücken zu und blickten in alle vier Himmelsrichtungen. Eine sehr passende Symbolik für einen Flughafen, fand Jasmin.

Ein Mann stellte sich neben sie. Groß, dunkelhaarig und vollbärtig. »Áhrifamikill!« Er lächelte sie an.

»Es tut mir leid«, sagte sie auf Deutsch. »Ich verstehe kein Isländisch.«

Er zeigte auf die Skulptur. »Ist sie nicht beeindruckend? Das ist eine Arbeit von Steinunn Þórarinsdóttir«, sagte er auf Deutsch.

»Ja, sehr beeindruckend«, stimmte Jasmin zu.

Der Mann musterte sie prüfend und lachte plötzlich laut auf. »Sie haben noch nie von ihr gehört.«

Jasmin musste jetzt auch lachen. »Noch nie«, gab sie zu.

»Wenn Sie länger auf Island bleiben, werden Sie sicher mehr Werke von ihr sehen. Ich verehre diese Künstlerin sehr.«

Jasmin war diesem Fremden beinahe dankbar, weil er sie auf andere Gedanken brachte. »Sie sprechen ausgezeichnet Deutsch«, stellte sie fest.

»Ich habe einige Jahre in Deutschland gearbeitet.«

»Und jetzt leben Sie wieder auf Island?«, fragte Jasmin interessiert.

»Ich arbeite überall auf der Welt«, antwortete er ausweichend. »Schade, dass ich schon wieder auf der Durchreise bin, sonst würde ich Ihnen gerne mehr von unserer tollen Insel zeigen.«

»Ja, schade«, erwiderte sie höflich.

»Vielleicht ergibt sich ja eine Möglichkeit, dass wir uns wiedersehen.«

Jasmin war so überrascht, dass ihr die Worte fehlten.

»Ich habe sie überfahren, Entschuldigung«, bemerkte er. »Aber ich bin ständig unterwegs, da kann ich mich nicht lange mit Small Talk aufhalten, wenn ich eine Frau kennenlernen möchte.« Er sah sie so treuherzig an, dass Jasmin erneut lachen musste. Er war ihr sympathisch. Gäbe es Adrian nicht, wäre sie möglicherweise sogar bereit gewesen, sich mit ihm zu treffen. So aber lehnte sie ab. »Ich bin in einer Beziehung.«

Wie das klang! Aber das war nichts gegen das wunderbare Gefühl, das diese Worte in ihr auslösten. Es erfüllte sie so sehr, dass sie all ihre Bedenken vergaß, die sie eben noch beschäftigt hatten.

»So wie Sie strahlen, sind Sie sehr verliebt.« Er zuckte mit den Schultern. »Schön für Sie, aber schade für mich.«

»Ich wünsche Ihnen viel Glück«, sagte Jasmin herzlich.

Er legte eine Hand auf sein Herz. »Und ich wünsche Ihnen, dass Sie glücklich bleiben.«

Zusammen gingen sie weiter, bis sie zu einem weiteren Kunstwerk gelangten. Jasmin betrachtete das metallene Ei, das inmitten eines Teiches auf einem Steinhügel thronte. »Auch ein Werk von Steinunn Þórarinsdóttir?«

»Nein, das ist von Magnús Tómasson. Es heißt Jet Nest«, erwiderte er.

»Es gefällt mir.« Jasmin betrachtete das Kunstwerk, dabei schweiften ihre Gedanken ab. »Ich bin gespannt, was mich hier noch alles erwartet«, sagte sie leise.

»Etwas an Ihrem Tonfall sagt mir, dass Sie damit nicht nur die isländische Kunst meinen.« Geradezu durchdringend war sein Blick jetzt. Was für eine Begegnung an diesem frühen Morgen in Island!

Jasmin lächelte, antwortete jedoch nicht.

»Ich bin dann mal weg«, sagte er und klang, als hoffe er, dass sie ihn aufhielt.

»Auf Wiedersehen«, verabschiedete sie sich.

»Ich muss also wirklich darauf hoffen, dass uns der Zufall irgendwann zusammenführt?«

»Ja.« Jasmin nickte, obwohl sie selbst ein leichtes Bedauern empfand. Sie schaute ihm nach, als er zu den wartenden Taxis ging, doch er drehte sich nicht mehr um.

Jasmin lächelte. Und dann bemerkte sie die Person am Ausgang des Terminals, die sie mit angespannter Miene beobachtete. Eva Fredriksen.

Als sich ihre Blicke kreuzten, verzog sich der Mund der Ärztin zu einem spöttischen Lächeln. Sie warf den Kopf in den Nacken und ging ebenfalls zum Taxistand.

»Das kann ja heiter werden«, murmelte Jasmin.

Stolz, in ihrer schneeweißen Schönheit, lag die *MS Kristiana* am Kai. Jasmin verharrte einen Moment und ließ den Anblick auf sich wirken. Sie dachte an ihre erste Fahrt mit dem Kreuzfahrtschiff. Alles war so aufregend gewesen, und dank Marisol hatte sie sich sehr schnell zurechtgefunden und wohlgefühlt.

Über die Gangway betrat sie das Schiff. Niemand begegnete ihr auf dem Weg zu ihrer Kabine. Sie hatte noch eine halbe Stunde Zeit, bevor ihr Dienst begann, und vor ihr lag ein langer Tag. Es gab viel zu tun, bis sie heute Abend ausliefen.

Jasmin machte sich ein wenig frisch und schlüpfte in den dunkelblauen Rock, die weiße Bluse und die ebenfalls blaue Jacke mit dem Emblem der Reederei. Unter dem Abzeichen befestigte sie das Schildchen mit ihrem Namen.

»Ich bin bereit«, flüsterte sie ihrem Spiegelbild zu. »Auf zu meiner letzten Fahrt.« Dann wandte sie sich um und verließ ihre Kabine.

»Juchhu!« Jubelnd und mit ausgebreiteten Armen lief Marisol ihr entgegen. Gerührt umarmte Jasmin die Kollegin, die ihr zu einer guten Freundin geworden war.

»Endlich bist du da!« Marisol seufzte auf. »Ich platze beinahe vor Neugier!«

Ein eisiger Schrecken durchfuhr Jasmin. *Vor Neugier worauf?* Nicht einmal Marisol wusste von ihr und Adrian. War trotzdem etwas nach außen gedrungen? Hatte sie das Gerede inzwischen eingeholt?

»Unser Hoteldirektor wurde entlassen!«, flüsterte Marisol ihr mit einem schadenfrohen Grinsen zu.

Jasmin traute ihren Ohren nicht. »Magnus? Warum? Was ist denn passiert?«

»Ich habe keine Ahnung.« Marisol zuckte die Schultern. »Ich hatte gehofft, dass du mehr weißt.«

»Nein! Ich höre das zum ersten Mal!« Jasmin war sicher, dass selbst Adrian nichts davon wusste, sonst hätte er es ihr erzählt. »Vielleicht ist es ja auch nur ein Gerücht?«, vermutete sie.

»Hoffentlich nicht!« Marisol verzog das Gesicht zu einer abfälligen Miene. »Ich wäre froh, wenn wir den los sind.«

Jasmin nickte. Sie wusste genau, was Marisol meinte. Bei aller nach außen gezeigten Freundlichkeit hatte Magnus sich vor allem durch Intrigen ausgezeichnet. Als Kollege würde Jasmin ihn keineswegs vermissen. Allerdings musste sie in ihrem Job als Hotelmanagerin an vielen Stellen mit dem Kreuzfahrtdirektor zusammenarbeiten. Wenn Magnus nicht mehr auf der *MS Kristiana* war, betraf das auch ihre Arbeit.

In den nächsten beiden Stunden gab es so viel zu tun, dass sie kaum zum Nachdenken kam. Sie überprüfte stichprobenartig die Kabinen, ob alles in Ordnung war. Sie unterhielt sich mit dem Küchenchef und dem Restaurantleiter und klärte, ob alles für das erste Abendessen vorbereitet war. Und sie verschaffte sich anhand der Listen, die sie bekommen hatte, einen ersten Überblick. Die entsprechenden Unterlagen hatte Marisol im Terminal abgeholt, nachdem es in der IT Übertragungsprobleme gab.

Dann trafen die ersten Gäste ein.

»Wir sind wieder da!« Hand in Hand standen der Junge und das Mädchen plötzlich vor ihr. »Emilia!«, riefen Jasmin und Marisol gleichzeitig.

»Und Noah«, ergänzte Emilia.

In diesem Moment kam auch Nele angerannt. »Ihr sollt doch nicht weglaufen«, schimpfte sie.

»Sind wir nicht«, stellte Emilia klar. »Wir sind nur vorgelaufen.«

»Du willst die beiden doch nicht wieder an Bord verstecken?«, zog Marisol sie auf.

Jasmin grinste, denn natürlich wussten sie, dass Nele diese

Reise zusammen mit ihrer Schwester von der Reederei geschenkt bekommen hatte, und auch aus welchem Grund. »Schön, dass du da bist«, sagte sie herzlich.

»Lass dich hier nur richtig verwöhnen«, ergänzte Marisol.

Nele lachte. »Natürlich, wir werden uns an Bord ganz offiziell wie Gäste benehmen.« Sie umarmte Marisol und Jasmin zur Begrüßung.

»Mama auch!«, meldete sich nun auch Noah zu Wort. Der Kleine schaute sich suchend um. »Wo ist sie?«

»Sie bewacht unser Gepäck.« Nele schaute die Kinder strafend an. »Ich musste euch ja hinterherlaufen.«

»Du kannst Mama jetzt holen«, erlaubte Emilia großmütig. »Wir bleiben solange bei Marisol und Jasmin.«

»Genau so hatte ich dich in Erinnerung.« Marisol grinste das Mädchen an, bevor sie sich Nele zuwandte. »Geh nur, wir passen auf die beiden auf.«

»Danke.« Nele eilte zurück zu den Aufzügen. Nur wenige Minuten später kam sie mit ihrer Schwester zurück und stellte alle einander vor.

»Oh, ich sehe gerade, dass ihr alle zusammen in der Luxuskabine wohnt«, stellte Marisol fest, als sie die Ankunft der Gäste in die Liste eintrug.

Jasmin hatte das schon bemerkt. »Du hast es dir verdient«, sagte sie herzlich.

»Ja. Ist das nicht toll?« Nele strahlte sie an. »Das bedeutet auch, dass du, Marisol, unsere Kabine diesmal auch für dich allein hast.«

»Ich teile die Kabine eigentlich gerne mit dir«, erwiderte Marisol. »Aber ich gönne dir das natürlich auch von Herzen. Aber jetzt mal ehrlich: Wieso ausgerechnet die *MS Kristiana?* Also, mir fiele etwas Besseres ein, als ausgerechnet an meiner Arbeitsstätte Urlaub zu machen.«

»Mir auch«, bekannte Nele freimütig. »Aber Clemens Tychsen hat uns die Reise höchstpersönlich geschenkt, und Miriam wollte schon immer nach Island. Es war also genau die richtige Entschädigung für …« Mit einem Blick auf die Kinder brach sie ab.

»Sie sagt jetzt nix, weil wir dabei sind«, erklärte Emilia. »Dabei wissen wir schon, dass uns fast ein ganz gefährlicher Verbrecher eingefangen hat.«

Jasmin und Marisol wechselten einen Blick. Sie wussten, dass Emilia ein fantasievolles Mädchen war, das nur zu gerne erfundene Geschichten erzählte, aber das hier entsprach der Wahrheit.

Auch Miriam war entgeistert. »Woher wisst ihr das?«

»Weil du das zu Nele gesagt hast«, erwiderte Emilia prompt.

»Hast du uns belauscht?«, fragte Nele.

»Ja«, bekannte Emilia freimütig, bevor sie sich wieder Jasmin und Marisol zuwandte. »Ich hab keine Angst vor dem Verbrecher gehabt«, sagte sie stolz.

»Weil du nicht wusstest, dass er in ihrer Nähe war«, murmelte Nele, was außer den Erwachsenen allerdings auch Emilia mitbekam. »Ich hab keine Angst«, sagte sie böse. »Mein Papa ist Rechtsanwalt. Der passt auf, dass Noah und mir nichts passiert.«

Miriam starrte ihre Tochter an, entgegnete aber nichts.

»War er nicht letztens noch der König von Foxanien?«, hakte Jasmin nach, um die Situation zu entspannen. »Das nenne ich mal einen Abstieg. Vom König zum Anwalt.«

Alle anderen lachten, nur Miriam runzelte die Stirn. »Warum erzählst du so etwas?«, fragte sie ihre Tochter ernst.

Emilia verschränkte die Arme vor der Brust. »Weil ich das will«, erwiderte sie.

»Dein Vater ist doch gar kein Rechtsanwalt«, stellte Miriam klar. »Er ist Journalist und reist viel in der Welt herum.«

»So wie ich!«, rief Emilia stolz, schaute aber plötzlich nachdenklich drein. »Warum besucht der uns denn nicht, wenn der immer reist? Der kann doch auch mal zu uns reisen.«

»Möchtest du das denn?«, fragte Miriam sichtlich angespannt.

Emilia nickte heftig.

»Ich auch«, stimmte Noah seiner Schwester eilig zu.

Jasmin hätte gerne gewusst, was in diesem Moment in Miriam vorging. Nele hatte nur wenig über ihren Ex-Schwager gesprochen, aber es hatte gereicht, um sich ein Bild zu machen.

Miriam schwieg, lange. »Mal gucken, was sich machen lässt«, sagte sich schließlich. »Aber jetzt machen wir erst einmal Ferien.«

»Genau!« Nele blickte in die Runde. »Sollen wir in unsere Kabine gehen?«, schlug sie vor. »Die Anreise war anstrengend.« Sie wandte sich an Jasmin und Marisol. »Kümmert ihr euch ruhig um die anderen Gäste. Ich kenne ja den Weg.«

Marisol überreichte ihr mit einer leichten Verbeugung die Keycard für die Kabine, begleitet von den üblichen Worten: »Wir wünschen Ihnen einen angenehmen Aufenthalt auf der *MS Kristiana.*«

»Vielen Dank«, erwiderte Nele ebenso förmlich. »Und wehe, ihr erzählt mir nicht alles über den neuesten Bordklatsch«, ergänzte sie grinsend.

»Ich werde dir auf keinen Fall erzählen, dass Magnus für immer verschwunden ist.« Marisol schüttelte lächelnd den Kopf. »Über so etwas darf ich mit Passagieren nicht reden.«

»Solange es nicht mehr als ein Gerücht ist, solltest du überhaupt nicht darüber reden«, warf Jasmin trocken ein.

Nele hingegen starrte Marisol an. »Sag bloß! Warum?«

Auch Emilias Interesse war geweckt. »Was ist mit dem schrecklichen Magnus passiert?«

»Gar nichts«, sagte Marisol hastig.

Langsam drehte Emilia sich zu ihrem Bruder um. »Der schreckliche Magnus ist weg«, erzählte sie ihm, als hätte er nicht ohnehin alles mitbekommen. »Den hat bestimmt einer ins Wasser geworfen.«

»Wer denn?«, hauchte Noah gespannt.

Emilia musste nicht lange über die Antwort nachdenken. »Nur der Kapitän darf Leute ins Wasser werfen«, verkündete sie.

Miriam stöhnte auf. »Na prima! Und jetzt versucht mal, ihr das wieder auszureden.«

Emilia stemmte ihre Händchen in die Hüfte. »Wer soll den schrecklichen Magnus denn sonst ins Wasser gestoßen haben?«

»Niemand hat gesagt, dass er ins Wasser geworf…« Miriam hielt inne und winkte ab. »Wir klären das später«, sagte sie müde.

»Wir auch«, sagte Nele mit erhobenem Zeigefinger zu Jasmin und Marisol. »Ich will alles wissen!«

»Wir wissen ja selbst noch nicht, ob das überhaupt stimmt«, sagte Marisol. »Wahrscheinlich hätte ich besser meine Klappe gehalten.«

»Zu spät.« Nele lachte. »Aber eine so großartige Neuigkeit hätte ich auch nicht für mich behalten können.« Zusammen mit ihrer Schwester, den Zwillingen und dem gefüllten Kofferwagen zog sie ab.

Der nächste Gast stellte sich als Patrick Haardt vor, ein Rechtsanwalt aus Bremen. Marisol brachte ihn zu seiner Balkonkabine. Als sie zurückkam, schüttelte sie sich. »Ich finde Anwälte gruselig«, sagte sie.

»Ich finde das, was da auf uns zukommt, sehr viel gruseliger«, murmelte Jasmin und wappnete sich für die Begegnung.

»Jasmin, was für eine Überraschung, dich ausgerechnet

hier wiederzusehen.« Cosima Heiden strahlte sie mit falscher Freundlichkeit an.

»Bist du allein?« Etwas anderes fiel Jasmin nicht ein, während sie mit dem Blick den Gang hinter der Frau absuchte, die fast ihre Schwiegermutter geworden wäre.

»Natürlich nicht!« Cosima verzog abschätzig den Mund. »Ralph kommt gleich mit unserem Gepäck.«

Wieso hatten die beiden sich ausgerechnet für die *MS Kristiana* entschieden? Und wieso hatte Dorothee sie nicht gewarnt? Jasmin blickte hilfesuchend zu Marisol.

Ihre Kollegin reagierte sofort. »Kann ich bitte die Unterlagen haben, die Ihnen im Terminal überreicht wurden?«, bat sie höflich.

»Mir wäre es doch lieber, wenn mich meine Schwiegertochter bedient«, erwiderte Cosima steif.

Jasmin verschlug es die Sprache. Ihre Fassungslosigkeit schien Marisol jedoch zu amüsieren, sie gab ein glucksendes Geräusch von sich, das verdächtig nach einem Lachen klang.

»Ich bin nicht deine Schwiegertochter«, stellte Jasmin unmissverständlich klar.

Cosima zog ein Taschentuch hervor und wischte sich damit die nicht vorhandenen Tränen aus den Augenwinkeln. »Wieso bist du so unfreundlich? Ich habe dich immer behandelt wie eine Tochter.«

Jasmin war plötzlich übel. »Entschuldigung«, stieß sie hervor. »Mir wird schlecht.« Als sie davoneilte, vernahm sie noch Cosimas empörten Ausruf: »Das ist ja unerhört …«

Erst nach einer halben Stunde fühlte Jasmin sich wieder in der Lage, zurück zum Empfangsbereich zu gehen. Marisol musterte sie besorgt. »Du siehst schrecklich aus.«

»So fühle ich mich auch.« Jasmin ließ sich auf einen der beiden Stühle hinter dem Tresen fallen. »Hat Cosima sich wieder beruhigt?«

»Nicht wirklich.« Marisol lachte. »Ich kann verstehen, dass du vor der bis auf ein Kreuzfahrtschiff geflüchtet bist.«

»Ich frage mich, was sie hier will«, überlegte Jasmin laut. »Wenn Cosima Urlaub macht, dann höchstens in einem teuren Wellnesshotel mit einer ihrer Freundinnen.«

»Es tut mir leid für dich, dass sie ausgerechnet auf der *MS Kristiana* gelandet ist«, sagte Marisol mitfühlend. »Aber mal ehrlich: Warst du wirklich mit diesem Ralph verlobt?«

Der amüsierte Ton brachte auch Jasmin zum Schmunzeln, obwohl sie sich immer noch elend fühlte. »Zu meiner Verteidigung muss ich sagen, dass er ohne den Einfluss seiner Mutter ganz in Ordnung schien. Als mir klar wurde, dass das ein Fehler war, hatte ich bereits alle Brücken hinter mir abgebrochen und saß in Cosimas Hotel fest.«

»Klingt kompliziert.« Marisol musterte sie. »Mal im Ernst: Ich glaube, die beiden sind deinetwegen hier. Ich habe gehört, wie Ralph seine Mutter fragte, ob sie dich gesehen hat. Dabei hat sie sich bei deinem Anblick doch so überrascht gezeigt.«

»Mir wird schon wieder schlecht«, jammerte Jasmin.

»Also, wenn dein Fast-Ehemann und deine Beinahe-Schwiegermutter diese Wirkung auf dich haben, steht dir eine ungesunde Zeit bevor.«

»Ich fürchte eher, dass ich mir etwas eingefangen habe«, erwiderte Jasmin und fügte hinzu: »Die Anreise war auch ziemlich anstrengend. Wir waren die ganze Nacht unterwegs …« Erschrocken brach sie ab, aber es war zu spät.

»Wir?«, fragte Marisol prompt. »Und wieso warst du die ganze Nacht unterwegs? Du wolltest die freie Zeit doch in Hamburg verbringen.«

Jasmin wusste nicht, was sie darauf antworten sollte. Sie

stöhnte laut auf, als sie wieder eine Welle der Übelkeit überfiel. Marisol lenkte das glücklicherweise sofort ab.

»Leg dich ins Bett«, riet sie. »Notfalls bitte ich Kapitän Fredriksen, mir jemanden zur Seite zu stellen.«

»Es tut mir leid, dass ich dich jetzt im Stich lasse«, sagte Jasmin ehrlich. Doch die Übelkeit setzte ihr so zu, dass sie eilig zum nächsten Waschraum hetzte, wo sie sich erneut übergab. Mühsam schleppte sie sich in ihre Kabine und legte sich aufs Bett. Schon nach wenigen Minuten schlief sie tief und fest.

Als sie nach einer knappen Stunde aufwachte, ging es ihr erstaunlicherweise wieder richtig gut. Sie wählte hastig Dorothees Nummer.

»Warum hast du mir nicht gesagt, dass Cosima und Ralph eine Fahrt auf der *MS Kristiana* gebucht haben?«

»Da sind sie also.« Dorothee klang überrascht. »Ich hatte keine Ahnung! Sie haben uns Mitarbeitern lediglich mitgeteilt, dass sie verreisen.« Dann lachte sie laut auf. »Ralph weiß, dass wir noch Kontakt haben. Die beiden haben mir bestimmt nichts gesagt, weil sie dich überraschen wollten.«

»Das ist Ihnen gelungen«, erwiderte Jasmin trocken. »Es war eine überaus unangenehme Überraschung.«

»Ja, das glaube ich.« Dorothee begann wieder leise zu lachen. »Sei mir bitte nicht böse, dass ich es so unumwunden sage, aber wir alle hier sind froh, dass wir die beiden eine Weile los sind. Pass auf, dass du Ralphs Charme nicht wieder erliegst.«

Jasmin gab ein Schnauben von sich und beendete das Gespräch.

Kapitel 8

»Schade, unser letzter gemeinsamer Tag in Island.« Julie klang so traurig, wie Valentina sich fühlte.

»Ja.« Valentina hängte sich bei ihrer Schwester ein. »Ich will aber nicht daran denken, sondern die Zeit genießen.«

Sie standen vor der beeindruckenden Fassade der Hallgrímskirkja. Auf dieses Gebäude hatte Valentina sich ganz besonders gefreut. Der Kirchturm streckte sich dem Himmel entgegen. Zahlreiche Pfeiler in absteigender Höhe säumten ihn wie zwei Flügel. Die Architektur war von der Natur inspiriert und sollte die faszinierenden Formen abbilden, die entstehen, wenn heiße Lava zu hellem Basaltgestein abkühlte.

Doch Julie schien keinen Blick dafür zu haben. »Ich wünschte, ich hätte die Kreuzfahrt verkauft«, sagte sie nicht zum ersten Mal, seit sie in Reykjavík waren. Und Valentina gab auch diesmal die immer gleichlautende Antwort: »Der Verkauf des Gewinns war ausgeschlossen.«

»Ich habe trotzdem keine Lust«, erwiderte Julie mürrisch. »Ohne dich wird das eine langweilige Reise werden. Ich möchte dich so gerne mitnehmen.«

»Reykjavík war schon mehr, als ich erwartet habe.« Valentina schaute auf ihre Uhr. »Wir fahren jetzt zurück zum Hotel, holen unser Gepäck, und ich begleite dich zum Hafen. Dann kann ich mir die *MS Kristiana* wenigstens von außen ansehen.«

Julie stimmte zu. »Vielleicht kannst du dir sogar meine Kabine …« Sie brach ab, als Valentina den Kopf schüttelte.

»Du hättest dir die Unterlagen gründlicher durchlesen sollen«, sagte Valentina. »Besucher sind an Bord nicht erlaubt.«

»Schade.«

»Ja, schade. Ich würde das alles wirklich gerne mal live und in Farbe sehen, ich war ja schon von den Bildern ganz beeindruckt«, gab Valentina zu.

Julie starrte gedankenverloren vor sich hin. »Mir wäre es lieber, du würdest die Reise machen«, sagte sie schließlich.

Valentina stöhnte entnervt auf. »Das hatten wir doch schon. Du hast die Reise gewonnen, du fährst.«

Doch Julie schüttelte unablässig den Kopf. Sie sah aus, als wolle sie tatsächlich im letzten Moment absagen.

»Mach das nicht«, bat Valentina. »Du musst mir jeden Tag Fotos schicken. Das ist dann fast so, als wäre ich dabei.«

»Nein, ist es nicht«, jammerte Julie.

»Jetzt reiß dich mal zusammen«, verlangte Valentina streng. »Du lieber Himmel, ich begleite dich zu einem luxuriösen Kreuzfahrtschiff, nicht zum Schafott.«

Julie hob ihren Kopf und zog eine Grimasse. Doch sie sagte nichts mehr und folgte ihrer Schwester zur Bushaltestelle. Um Geld zu sparen, waren sie ausschließlich mit öffentlichen Verkehrsmitteln unterwegs. Die Linie eins brachte sie fast bis zu ihrem Hotel.

Julie blieb schweigsam. Während der Busfahrt, als sie ausstiegen, und auch während der wenigen Schritte zu ihrer Unterkunft. Klein, unscheinbar, aber sauber und sehr preiswert, lag das graue Gebäude inmitten eines herbstlichen Gartens.

Der Portier winkte ihnen freundlich zu. Eigentlich hätten sie das Zimmer schon vor Mittag räumen müssen, aber da keine neue Reservierung vorlag, hatten sie ohne zusätzliche Kosten bis achtzehn Uhr bleiben dürfen.

Valentina hatte ihre Tasche bereits am Morgen gepackt.

Viel hatte sie für die drei Tage ohnehin nicht dabei. Sie würde die handliche Reisetasche auf ihrem Streifzug durch die Stadt mitnehmen, sobald sie sich am Hafen von Julie verabschiedet hatte. Ihr Rückflug nach Hamburg ging erst am späten Abend.

Julie hingegen musste ihre Sachen erst noch zusammensuchen. Missmutig quälte sie sich mit ihren großen Rollenkoffern herum.

Valentina wurde das anhaltende Schweigen ihrer Schwester zu viel. »Sag doch endlich etwas!«

»Das mache ich, sobald wir vor der *MS Kristiana* stehen«, erwiderte Julie. »Dann sage ich laut und deutlich Tschüss.«

»Bist du irgendwie sauer auf mich?« Valentina spürte, dass auch in ihr jetzt leichter Ärger aufstieg.

»Nicht auf dich, sondern auf mich«, erwiderte Julie brummig. »Warum habe ich nur an dieser dämlichen Umfrage teilgenommen?«

Valentina stemmte die Hände in die Hüften. »Allmählich gehst du mir wirklich auf die Nerven«, sagte sie direkt.

Julies Lachen klang kläglich. »Es tut mir leid«, entschuldigte sie sich. »Ich weiß, dass ich mich albern verhalte.«

»Ja, das stimmt«, sagte Valentina. »Versprich mir, dass du es trotzdem genießen wirst.«

Julie nickte. Mit einem Seufzer schloss sie die Koffer, brachte die Kofferanhänger der Reederei an, und dann machten sie sich endlich auf den Weg zum Terminal.

Der Check-in dauerte nicht lange, weil Julies Daten bereits vorlagen. Sie musste lediglich ihren Pass zeigen und die ausgefüllten Formulare abgeben, die ihr zugeschickt worden waren. Auch um das Gepäck musste sie sich nicht mehr kümmern, es würde vor der Abfahrt in ihre Kabine gebracht werden.

»Und was machen wir jetzt?«, fragte Julie unschlüssig.

Valentina schaute auf ihre Armbanduhr. »Du solltest an Bord gehen.«

»Und was machst du? Es dauert noch Stunden bis zu deinem Abflug.« Sie suchte Valentinas Blick. »Noch kannst du es dir überlegen. Wir müssen nur die Pässe tauschen«, sagte sie sanft.

Valentina schüttelte lachend den Kopf. »Die Versuchung ist groß, aber spätestens morgen wirst du mir dankbar sein«, prophezeite sie. »Wenn du ausgeruht aufstehst, mit netten Menschen zusammen frühstückst, während du aus dem Fenster direkt aufs Meer schaust.« Sie wies auf das Hafenbecken, wo sich in der einsetzenden Dämmerung die Lichter im Wasser spiegelten.

Sie beobachtete, wie zwei Passagiere die Gangway vor ihnen betraten. Ein junger Mann kontrollierte am Eingang ihre Bordkarten und folgte dem Paar dann, als es im Bauch des Schiffes verschwand. Die Gangway lag verlassen vor ihnen. Kein Mensch war zu sehen.

»Komm schnell«, drängte Julie in diesem Moment.

Valentina verstand nicht. »Wohin? Was hast du vor?«

»Ich will dir meine Kabine zeigen«, stieß Julie hervor. »Da ist gerade niemand am Einlass.«

Valentina starrte sie an. »Aber ich kann doch nicht …«

»Wenn du noch lange wartest, kannst du wirklich nicht mehr mit rein«, sagte Julie ungeduldig. »Der Typ kommt doch bestimmt gleich zurück.«

Valentina zögerte. Sie hatte auf dem Schiff nichts zu suchen, nur die Crew und Passagiere hatten Zugang. Andererseits würde sie natürlich gerne mal ein wenig Bordluft schnuppern, wenn auch nur kurz, und sich ansehen, wie ihre Schwester untergebracht war. Vielleicht war das hier ihre Chance?

Julie fasste es in einem knappen Satz zusammen. »Du bist ein Feigling!«

»Ja.« Valentina schluckte. »Stell dir vor, sie erwischen uns.«

»Na und?«, erwiderte Julie amüsiert. »Was kann schon passieren, außer dass sie dich von Bord schicken?«

Ja, was sollte schon passieren? Valentina setzte sich eilig in Bewegung.

»He, warte auf mich«, hörte sie Julie rufen, aber jetzt hielt sie nichts mehr. Sie wollte den Eingang passiert haben, bevor der Kontrolleur zurückkehrte – und schaffte es buchstäblich im letzten Moment. Sie sah den Mann herankommen und bog hastig in einen Gang ein. Mit angehaltenem Atem lugte sie vorsichtig um die Ecke.

»Herzlich willkommen auf der *MS Kristiana*«, hörte sie ihn sagen. Sein Gesicht konnte sie nicht sehen, da er ihr den Rücken zuwandte. »Darf ich Ihre Bordkarte sehen?«

Julie kam seiner Bitte nach.

»Vielen Dank, Frau Ziegler.« Der Mann beschrieb Julie den Weg zur Rezeption. »Sie können sie nicht verfehlen. Dort bekommen Sie die Keycard für Ihre Kabine.«

Julie bedankte sich und ging langsam weiter. Als sie an Valentinas Versteck vorbeikam, hielt sie kurz inne und tat so, als suche sie etwas in ihrer Handtasche.

»Und jetzt?«, flüsterte Valentina.

»Deck vier.« Auch Julie sprach leise. »Ich melde mich schnell an der Rezeption an, dann treffen wir uns da.«

Valentina nickte zustimmend. Sie wartete, bis sie sicher war, dass Julie verschwunden war, dann trat sie aus ihrem Versteck – und schaute geradewegs in das Gesicht des Kontrolleurs. Sie erschrak zutiefst, unfähig, ein Wort zu sagen.

»Haben Sie sich verlaufen?«, fragte er freundlich und lächelte sie an.

Valentinas Gedanken rasten. Offensichtlich hielt er sie für Julie. Ebenso wie ihre Schwester trug sie eine Jeans, darüber ihre dicke Jacke, die allerdings dunkelgrün war, nicht blau wie Julies. Doch das fiel ihm offenbar nicht auf. »Sie müssen nur den Schildern zur Rezeption folgen.« Er zeigte in die entsprechende Richtung. »Oder soll ich Sie dorthin bringen?«

»Danke, das ist nicht nötig«, lehnte Valentina nervös ab. Das fehlte ihr gerade noch, dass er dort auf Julie stieß.

»Ich begleite Sie trotzdem ein Stück. Das ist unser ganz spezieller Kundenservice.«

Sein Blick verriet Valentina, dass es sich um einen ganz speziellen Service nur für sie handelte. »Das ist sehr nett«, bedankte sie sich. »Aber wirklich nicht nötig. Ich finde mich schon zurecht, und Sie müssen sicher auf Ihrem Posten bleiben.«

»Die meisten Passagiere sind bereits an Bord«, berichtete er. »Normalerweise läuft der Check-in nur über das Terminal und die Rezeption, aber im Moment gibt es irgendwelche Probleme mit unserem Computersystem. Heute Morgen habe ich noch geflucht, dass ausgerechnet ich den Dienst an der Gangway antreten soll.« Er schwieg einen Moment. »Eigentlich bin ich auf diesem Schiff der Fitnesstrainer.« Sein Blick wurde intensiver. »Aber jetzt bin ich froh, dass ich den Posten hier übernehmen musste. Vielleicht können wir ja mal zusammen etwas unternehmen. Sie dürfen mich übrigens Mirko nennen.«

Er war nett. Außerdem sah er fantastisch aus, aber darüber würde Julie sich demnächst Gedanken machen müssen. Vielleicht gefiel er ihr ja auch. »Mal sehen«, erwiderte sie ausweichend.

»Darf ich noch einmal Ihre Bordkarte sehen?«, bat er.

Ihr wurde heiß und kalt zugleich. Ihre Hand umklammerte den Riemen der Reisetasche, die über ihrer Schulter hing. Dummerweise lenkte sie dadurch seine Aufmerksamkeit darauf.

»Hatten Sie die Tasche eben schon dabei?«

»Ja …« Valentina suchte krampfhaft nach einer Erklärung. »Natürlich …« Mehr fiel ihr nicht ein.

Mirko lächelte. »Das ist mir gar nicht aufgefallen.« Ganz tief schaute er ihr in die Augen. »Ich hatte nur Augen für Sie.«

Valentina stöhnte innerlich auf. Mit dieser Masche würde er bei ihr niemals landen. Unwillkürlich verglich sie ihn mit Marcus. Morgen würde sie Marcus wiedersehen … Eilig schob sie den Gedanken an ihn beiseite. Sie wollte sich nicht einmal die Frage stellen, warum sie ausgerechnet jetzt an ihn dachte. Dazu ließ der Mann ihr allerdings auch keine Zeit.

»Jetzt bringe ich Sie erst einmal zur Rezeption. Marisol und Jasmin warten bestimmt schon auf Sie.«

»Das ist wirklich nicht nötig«, lehnte sie noch einmal ab.

Doch Mirko ließ sich nicht abweisen, er war geradezu penetrant anhänglich. Valentinas Nervosität wuchs. War Julie bereits auf dem Weg zu ihrer Kabine? Wenn sie jetzt zurückkam, um zu sehen, wo ihre Schwester blieb … Valentina musste laut lachen, als sie sich Mirkos Gesicht vorstellte.

Ihr plötzlicher Heiterkeitsausbruch irritierte ihn verständlicherweise. Er schaute sie verwirrt an.

»Ich finde mich wirklich allein zurecht«, stieß sie hervor. Wahrscheinlich wäre sie ihn auch jetzt nicht losgeworden, wenn nicht gerade ein älteres Paar das Schiff betreten hätte. Sie wirkten ein wenig verunsichert.

»Ich glaube, die beiden brauchen Ihre Hilfe dringender«, sagte Valentina. Kaum hatte Mirko sich den beiden zugewandt, eilte sie hastig davon. Jetzt nur bitte keine weiteren Zwischenfälle auf dem Weg zu Deck vier! Valentina hatte keine Probleme, sich zurechtzufinden, alles war sehr gut ausgeschildert. Sie musste nur ein Deck höher und wählte die Treppe. Als sie den langen Gang betrat, stand ihre Schwester sichtlich nervös vor einer offenen Kabinentür und schaute den Gang entlang.

»Endlich! Ich habe mich schon gefragt, wo du bleibst.«

»Der Kontrolleur hat mich erwischt.« Valentina lachte über den erschrockenen Gesichtsausdruck ihrer Schwester. »Ich kann dir die erfreuliche Mitteilung machen, dass du den ersten Bewunderer an Bord hast. Er will unbedingt mit mir … also mit dir etwas unternehmen.« Valentina lachte erneut. »Leider hält er sich selbst für unwiderstehlich, fürchte ich.«

Als Stimmen zu hören waren, huschte Valentina an ihrer Schwester vorbei in die Kabine. Julie folgte ihr und schloss die Tür hinter sich.

»Wow!« Valentina warf ihre Reisetasche aufs Bett und drehte sich langsam einmal im Kreis.

Die Kabine war groß. Ein Schrank war direkt in die Wand eingelassen. Rechts stand ein bequemes Doppelbett, links befand sich eine Sitzgruppe. Am meisten aber fesselte Valentina der Blick durch das große vom Boden bis zur Decke reichende Fenster an der Längsseite. Dahinter befand sich der Balkon mit einem kleinen Tisch und zwei bequemen Stühlen, die zur Liege ausgeklappt werden konnten. »Ich bin neidisch«, gab sie unumwunden zu.

Valentina öffnete die Tür und betrat den Balkon. Vor ihr erstreckte sich das Hafenbecken. In der schnell hereingebrochenen Dunkelheit war die Insel Viðey auf der gegenüberliegenden Seite nur schemenhaft zu erkennen. Das graue Felsgestein des Esja-Gebirgsmassivs verschmolz mit dem Himmel.

»Das ist traumhaft schön!« Julie stand neben ihr. »Allmählich freue ich mich auf die Reise.«

»Auf einmal? Aber das freut mich natürlich sehr«, sagte Valentina lachend. »Und dank des schönen Mirko musst du dich auch nicht mehr einsam fühlen.«

Julie stimmte in ihr Lachen ein. »Ich bin an dem schönen Mirko nicht interessiert. Aber danke für das Angebot.«

In diesem Moment ertönte das laute Hupen der Schiffssirene. Abfahrt? Die Schwestern wechselten erschrocken einen Blick, dann schaute Valentina auf ihre Uhr.

»Das Schiff legt in einer halben Stunde ab. Ich verschwinde lieber, bevor sie die Gangway einziehen.« Sie umarmte Julie. »Ich wünsche dir eine wundervolle Zeit. Vergiss nicht, mir regelmäßig Fotos und Berichte zu schicken.«

Julies Augen füllten sich mit Tränen. Sie war offensichtlich außerstande, etwas zu sagen. Ganz fest drückte sie Valentina an sich.

»Ich muss jetzt wirklich los.« Valentina kämpfte jetzt selbst mit den Tränen. Sie löste sich aus der Umarmung und griff nach ihrer Reisetasche. An der Tür drehte sie sich noch einmal um. »Tschüss!«, sagte sie kurz und schmerzlos und drückte die Klinke nach unten …

»Was ist das denn?« Sie versuchte es noch einmal. Auch jetzt passierte nichts, die Tür ließ sich nicht öffnen.

Valentina wandte sich zu ihrer Schwester um. »Hast du abgeschlossen?

»Warum sollte ich?« Julie kam näher und versuchte nun ebenfalls, die Tür zu öffnen. »Die geht nicht auf!«

»Das habe ich auch schon festgestellt«, erwiderte Valentina gereizt. »Verdammt, ich hätte nicht auf dieses Schiff kommen sollen. Zuerst der lästige Mirko …«

»Eben war es noch der schöne Mirko«, fiel Julie ihr ins Wort.

Es reizte Valentina zusätzlich, dass ihre Schwester den Ernst der Lage nicht erkannte. Wieder drückte sie vergeblich die Klinke nach unten, und dann gleich noch einmal. »Ich muss hier raus«, flüsterte sie verzweifelt.

Julie griff nach dem Hörer des Bordtelefons.

»Was machst du da?«

»Ich versuche, jemanden vom Personal anzurufen. Was anderes bleibt uns doch nicht übrig.« Sekunden später legte sie wieder auf. »Die Leitung ist tot.«

»Was für eine dämliche Idee, dich aufs Schiff zu begleiten!«, schimpfte Valentina.

»Tut mir leid«, murmelte Julie sichtlich betroffen.

»Nein, so habe ich das nicht gemeint«, beschwichtigte Valentina hastig. »Mir tut es leid. Ich ärgere mich gerade über meine eigene Blödheit.« Heftig rüttelte sie an der Klinke. »Warum geht das verdammte Ding nicht auf!«

»Ich habe eine Idee.« Julie kramte in ihrer Handtasche und zog eine Feile heraus. Damit nestelte sie eine Weile am Türschloss herum und versuchte schließlich sogar, sie in den Spalt zwischen Türblatt und Zarge zu schieben.

»Mach schon«, drängte Valentina. Eigentlich war ihr klar, dass sie es nicht mehr schaffen würde, das Schiff rechtzeitig zu verlassen, doch sie wagte nicht, auf ihre Uhr zu schauen. Resigniert lehnte sie sich an die Wand, während Julie immer noch verzweifelt versuchte, das Türschloss zu knacken.

Sekunden später hielt Julie mitten in der Bewegung inne. »Das Schiff bewegt sich!«

»Ja.« Valentina hatte es auch bemerkt. Sie schlich zum Bett und ließ sich darauf nieder.

»Und du bist noch da.«

»Du begreifst wirklich schnell«, warf Valentina ironisch ein, dabei war ihr eigentlich ganz und gar nicht zum Lachen zumute, im Gegenteil, sie war vollkommen verstört. »Was machen wir denn jetzt?«

Julie setzte sich neben sie. »Ich habe nicht die geringste Ahnung.« Sie lehnte ihren Kopf gegen Valentinas Schulter. »Aber ich bin froh, dass ich in dieser Situation nicht allein bin.«

Ihre Schwester musste unter Schock stehen, wenn sie selbst

nicht bemerkte, welchen Unsinn sie von sich gegeben hatte, aber Valentina verzichtete auf den Hinweis, dass es diese Situation ohne sie nicht geben würde. Sie hatte keine Ahnung, was sie jetzt tun sollte. Gedankenverloren starrte sie vor sich hin, bis wie aus dem Nichts plötzlich ein blauer Lichtstrahl auftauchte. Er schoss direkt von der Insel Viðey in den dunklen Himmel. Valentina wusste sofort, was das war. Sie sprang auf, zog ihre Schwester mit. Wenn sie schon hier sein musste, konnte sie sich das Schauspiel auch ansehen.

»Was ist denn?«, wollte Julie noch wissen, doch dann verharrten sie mitten in der Bewegung und blickten auf die bläuliche Lichtsäule vor ihnen. Valentina hatte gelesen, dass sie jedes Jahr zu John Lennons Geburtstag im Oktober bis zu seinem Todestag im Dezember eingeschaltet wurde, aber sie hatte nicht damit gerechnet, sie erleben zu können. Ganz fest hielt sie die Hand ihrer Schwester. »Yoko Ono hat den Imagine Peace Tower selbst entworfen, der mit seinen Strahlern das Licht in den Himmel schickt«, sagte sie leise.

»Und jetzt können wir es zusammen sehen«, erwiderte Julie hörbar ergriffen. »Wenn das kein Zeichen ist.«

»Ein Zeichen?«, fragte Valentina verblüfft. »Wofür?«

»Keine Ahnung.« Julie zuckte mit den Schultern, dann schaute auch sie wieder auf das Licht, während die *MS Kristiana* langsam an Viðey vorbeizog.

Kapitel 9

»Papa, wie geht es dir?« Eva machte sich noch immer große Sorgen um ihren Vater.

Clemens Stimme klang ungeduldig, als er antwortete: »Es geht mir ausgezeichnet.«

»Warst du bei deinem Hausarzt?«

Er ignorierte die Frage. »Ich verreise jetzt wirklich mit Fiona«, sagte er stattdessen.

»Das freut mich sehr. Erhol dich gut. Für welches Schiff hast du dich entschieden?«

»Wir werden sehen«, erwiderte er nach kurzem Zögern und schob sofort hinterher: »Aber wir sind währenddessen nicht zu erreichen. Damit wir wirklich abspannen können, lassen wir unsere Handys zu Hause.«

Das konnte Eva sich kaum vorstellen, vor allem aber gefiel ihr nicht, dass selbst sie ihren Vater nicht erreichen konnte. »Du kannst doch sehen, wer dich anruft, und dann überlegen, ob du rangehst.«

»Nein. Ich habe meine Entscheidung getroffen.« Der Ton verriet ihr, dass er keinen weiteren Widerspruch duldete.

»Was ist mit Fenja, wenn ihr weg seid?«, fragte Eva.

»Sie zieht zu ihrer besten Freundin. Ich habe mit deren Eltern bereits alles abgesprochen.«

Eva wusste, dass ihre Tochter dort in den besten Händen war. Aber es gab noch eine Frage, die ihr auf der Seele brannte. »Hast du noch mal etwas von Kristiana gehört?«, wagte sie sich vor.

»Nein«, entgegnete Clemens mit harter Stimme. »Und das ist auch gut so.«

Eva hatte Adrian noch nicht getroffen, seit sie an Bord war. Sie sehnte sich nach diesem Moment und hatte gleichzeitig Angst davor.

Als das Schiff ablegte, stand sie auf der Terrasse ihrer Kabine. Sie teilte sich das Außengelände mit Adrian, dessen Kabine direkt neben ihrer lag. Dafür hatte Evas Vater seit der ersten Fahrt gesorgt, weil er gehofft hatte, dass sie so auf ihren Reisen wieder zueinanderfanden. So wie Eva selbst. Vergeblich.

Nun stand Eva da und beobachtete das blaue Licht auf Viðey. *Das Vermächtnis einer großen Liebe*, dachte sie, und sogleich tobte der Schmerz in ihr. Es war unerträglich, den Menschen zu verlieren, der ihr alles bedeutete. Seit etwas mehr als vier Jahren hatte sie Angst davor gehabt, aber da war wenigstens noch die Hoffnung gewesen. Aber auch die gab es jetzt nicht mehr. Adrian und sie, das gab es nicht mehr.

Eine Träne löste sich aus ihrem Augenwinkel und rollte über ihre Wange.

»Eva!«

Hastig wischte sie die Träne weg und drehte sich langsam um. Der Anblick von Adrian brach ihr noch einmal das Herz. Er stand so nah und war doch so weit von ihr entfernt.

»Ich dachte, du bist auf der Brücke.« Es kostete sie all ihre Kraft, sich normal zu verhalten.

»Ben übernimmt die Schicht diese Nacht.«

Eva nahm es schweigend zur Kenntnis. Sie wusste nicht, was sie sagen sollte. Dabei lagen ihr tausend Fragen auf der Zunge, aber die wagte sie nicht zu stellen. Weil sie Angst vor den Antworten hatte. Und so schaute sie ihn nur an und wartete darauf, dass er etwas sagte.

»Wie geht es Fenja?«

»Ihr geht es gut«, antwortete sie.

»Und warum will sie nicht mit mir reden? Sie geht nicht ans Telefon, wenn ich sie anrufe.«

»Das musst du sie schon selbst fragen.«

Er schaute sie durchdringend an.

»Ich habe ihr nichts von deinem Brief gesagt, wenn du das meinst«, sprach sie nun doch das Thema an, das zwischen ihnen schwelte.

»Ich wollte dich damit nicht verletzen«, erwiderte er leise und so behutsam, dass es ihr die Tränen in die Augen trieb. Sie vergrub ihre Finger in ihre Handflächen, bis sie den Schmerz körperlich fühlte. Alles war besser, als vor ihm Schwäche zu zeigen.

»Ich will nicht darüber reden«, sagte sie hart und wandte sich um. Sie ging zur Terrassentür. Und dann beschloss sie mit einem Mal, ihm das zu sagen, was sie bisher nicht geschafft hatte. Sie hatte immer auf den richtigen Zeitpunkt gewartet, und der war jetzt und hier. Sie hatte ohnehin nichts mehr zu verlieren …

Adrian hatte sich nicht von der Stelle bewegt und schaute sie an, doch es gelang ihr nicht, seinen Blick zu erwidern, als sie zu sprechen begann. »Adrian … Das Kind, das ich damals nicht bekommen habe … war nicht von dir«, brachte sie mit erstickter Stimme hervor. »Ich … ich habe mich in den schlimmsten Stunden meines Lebens auf einen anderen Mann eingelassen. Und glaub mir, es gibt nichts in meinem Leben, was ich mehr bereut habe.« Sie schluckte schwer, konnte sekundenlang nicht weitersprechen. »Das Kind war von Magnus«, fügte sie leise hinzu. »Dein Kind hätte ich mit Freuden und voller Glück bekommen.«

Seine Miene war kalt und voller Verachtung. Ohne ein Wort wandte er sich um und ging.

Hilflos schaute Eva ihm nach, dann ging auch sie zurück in ihre Kabine.

Zutiefst erschöpft lehnte sie sich an die Wand. Ihr Geständnis änderte auch nichts mehr. Und wenn sie es noch so sehr hoffte, er würde die Trennung nicht überdenken. Sie war endgültig, auch wenn es ihr vermutlich nie gelingen würde, das zu akzeptieren.

Die Begegnung mit Adrian wühlte Eva so auf, dass sie in der Nacht kaum schlief. Ob es ihm ebenso erging? Sie vernahm nebenan seine Schritte, dann fiel die Tür seiner Kabine ins Schloss.

»Er kommt nicht zurück«, flüsterte sie leise. In ihr war nichts als tiefe Leere. Sie schlug ihre Bettdecke zurück und erhob sich mühsam. Die durchwachte Nacht und die Enttäuschung erschwerten jede ihrer Bewegungen. Sie fühlte sich ausgelaugt und erschöpft, und das würde vermutlich anhalten, denn es gab nichts, was diesen Zustand ändern konnte.

Wie soll ich es ertragen, ihm ständig auf dem Schiff zu begegnen?

Und das war ja noch nicht alles. Denn da gab es noch Jasmin Andres. Sie war sicher, dass Adrians Entscheidung etwas mit dieser Frau zu tun hatte. Wenn die beiden ihr Glück öffentlich zelebrierten …

Es war unerträglich! Sie schlich zur Terrassentür und riss sie weit auf. Kalte Luft schlug ihr entgegen und raubte ihr sekundenlang den Atem. Trotzdem trat sie hinaus und ging bis zur Reling. Grau und hart schlugen die Wellen des Atlantiks gegen den Rumpf des Schiffes. Hoben es an, um es sogleich in ein Wellental fallen zu lassen. Die Stabilisatoren dämpften zwar das Rollen, aber Eva rechnete dennoch mit vielen Fällen von Seekrankheit. Eigentlich war es erstaunlich, dass sie bis jetzt noch nicht gerufen worden war.

In der aufkommenden Morgendämmerung erkannte Eva, dass die *MS Kristiana* die Halbinsel Snæfellsnes umrundete. Die Südküste mit seinen Weideflächen, Mooren und den langen Sandstränden hatten sie bereits hinter sich gelassen. Auf der Nordseite erwartete sie eine völlig andere Landschaft mit tief eingeschnittenen Fjorden. Über allem erhob sich die Eiskappe des Snæfellsjökull, die an klaren Tagen sogar von Reykjavík aus zu sehen war.

Eva war bereits hier gewesen. Vor acht Jahren, zusammen mit Adrian und Fenja. Damals waren sie noch eine glückliche Familie gewesen … Abrupt wandte sie sich um. Es tat ihr nicht gut, sich an diesen Erinnerungen aufzuhalten.

Noch bevor Eva ihre Kabine betrat, vernahm sie das Klingeln des Bordtelefons. Sie beeilte sich, das Gespräch anzunehmen. Ayda Yilmaz war am anderen Ende. Die Stimme der Krankenschwester klang bedrückt. »Ich hatte zwei Fälle von Seekrankheit«, berichtete sie. »Unauffällige Anamnese. Ich habe sie mit den entsprechenden Medikamenten versorgt und in ihre Kabinen geschickt.«

»Sehr gut«, lobte Eva, ahnte aber, dass da noch etwas kam. Sonst hätte Ayda sie nicht angerufen.

»Jasmin Andres geht es nicht besonders gut. Marisol sagte, dass Jasmin ebenfalls über Übelkeit klagt.«

Ausgerechnet mit dieser Frau wollte sie nicht konfrontiert werden, und nun passierte das schon gleich zu Beginn der Fahrt. »Dann geben Sie ihr eben auch das Mittel gegen Seekrankheit«, erwiderte Eva ungeduldig.

»Aber Jasmin neigt nicht zur Seekrankheit«, wandte Ayda ein. »Sie ist von Anfang an auf der *MS Kristiana* und hatte bisher keine Probleme damit.«

»Bin ich die Ärztin oder Sie?«, erwiderte Eva schroff.

»Sie sind die Ärztin!« Auch Aydas Stimme klang jetzt nicht

mehr sehr freundlich. »Aber ich werde Jasmin das Mittel nicht geben, weil ich nicht glaube, dass sie einfach nur seekrank ist. Das müssen Sie dann schon selbst machen und dafür auch die Verantwortung übernehmen.«

Eva war fassungslos. Was bildete diese Krankenschwester sich ein? »Ich glaube, ich sollte mich dringend einmal mit meinem Vater über Sie unterhalten«, sagte Eva eisig.

»Gerne.« Aydas Stimme klang ungerührt. »Lieber früher als später.« Damit beendete sie das Gespräch, indem sie einfach auflegte.

Aufgebracht starrte Eva auf den Hörer in ihrer Hand. Diese junge Frau würde ihr blaues Wunder erleben.

Nach einer erfrischenden Dusche machte sie sich auf den Weg in die Krankenstation, wo sie auf Ayda traf. Sie registrierte, dass deren Selbstsicherheit am Telefon der persönlichen Begegnung nicht standhielt. Im Blick der hübschen Krankenschwester las Eva Unsicherheit.

»Bringen Sie mir einen Kaffee«, bat Eva, ohne das unerfreuliche Telefonat noch einmal zu erwähnen.

Ayda zögerte einen Moment, doch dann nickte sie und verließ das Behandlungszimmer. Eva schaltete den Computer ein. Normalerweise erhielt sie von der Reederei Informationen über Passagiere, deren Gesundheitszustand ihren Einsatz an Bord erfordern könnten. Freilich nur dann, wenn betroffene Passagiere bei der Buchung selbst die entsprechenden Angaben machten.

Heute aber gab es keine Verbindung zur Reederei. Immer noch nicht!

Dafür hatte sie schon gestern handschriftliche Angaben bekommen. Zwei Passagiere litten an Diabetes, waren aber gut eingestellt, ein weiterer war erst kürzlich operiert worden.

Nur drei potenzielle Patienten!

Vom ersten Moment an hatte sie gewusst, dass die Arbeit auf einem Kreuzfahrtschiff nichts für sie war. Sie brauchte den aufreibenden Alltag eines Akutkrankenhauses. Nur wegen Adrian hatte sie sich darauf eingelassen. Aber jetzt machte das alles keinen Sinn mehr. Sie wäre gerne in der Nähe ihrer Tochter. Und ihres Vaters, sobald er wieder zu Hause war.

Eva dachte an seine Idee, mit Fiona eine Kreuzfahrt zu machen. Er hatte sich gesundheitlich ein wenig erholt, und diese Reise würde ihm guttun, egal wohin. Sie würde ihn später noch einmal anrufen, vorausgesetzt, er war noch erreichbar. Es war noch zu früh, vielleicht in einer Stunde, wenn es keinen medizinischen Notfall an Bord gab.

Sie lächelte bitter. Wann hatte es seit ihrem Einsatz auf der *MS Kristiana* je einen Notfall gegeben, der ihre Fähigkeit als Ärztin in vollem Umfang gefordert hatte?

»Herein!«, rief sie, als jemand anklopfte. Sie freute sich, dass Lothar Beck ins Zimmer trat.

»Lothar!« Sie ging auf ihn zu und umarmte ihn zur Begrüßung.

Prüfend schaute er ihr ins Gesicht. »Wie geht es dir?«

»Gut«, behauptete sie. »Schön, dass du da bist.«

»Ich war gestern schon mal hier, aber da hat eine mir Krankenschwester mitgeteilt, dass du noch nicht an Bord bist.«

Ärgerlich runzelte Eva die Stirn. »Davon hat Ayda nichts gesagt.«

»Das ist doch nicht so schlimm«, sagte Lothar beschwichtigend.

Eva war da anderer Meinung, aber das behielt sie für sich. »Sollen wir zusammen frühstücken?«, schlug sie vor. »Hast du denn Zeit?«

»Bisher scheinen sich alle Passagiere bester Gesundheit zu erfreuen.« Eva bemerkte selbst, dass ihre Stimme bei diesen

Worten einen leicht bitteren Unterton enthielt. »Bis auf ein paar Fälle von Seekrankheit, aber das lässt sich medikamentös behandeln.«

»Prima«, sagte Lothar fröhlich. »Dann freue ich mich auf ein gemeinsames Frühstück.«

Als sie die Krankenstation verließen, kam Ayda mit einer gefüllten Kaffeetasse zurück, die sie vorsichtig auf einer Untertasse balancierte.

»Sie können mich im Notfall über mein Handy erreichen«, erklärte Eva kühl.

Ayda starrte sie mit offenem Mund an. »Und was ist mit dem Kaffee, den ich für Sie holen sollte?«

»Es ist mir egal, was Sie damit machen.« Eva freute sich, weil es diesmal Ayda war, die sich sichtlich ärgerte. Sie lächelte die Krankenschwester von oben herab an und ging weiter.

Lothar schaute sie fragend von der Seite an. »Offensichtlich verstehst du dich nicht besonders gut mit deiner Mitarbeiterin.«

»Heute nicht«, bekannte Eva. Sie blieb stehen und atmete tief durch. »Es liegt nicht nur an ihr«, bekannte sie ehrlich. »Meine Rückkehr aufs Schiff war nicht besonders erfreulich, das muss Ayda wohl ausbaden.«

»Willst du darüber reden?«, erkundigte er sich behutsam.

»Nein!« Eva schüttelte den Kopf und war froh, dass er das wortlos akzeptierte.

»Machst du eigentlich auch Landausflüge? Oder musst du ununterbrochen auf dem Schiff bleiben?«, wechselte er stattdessen das Thema.

»Ich darf das Schiff verlassen«, erklärte Eva. »Ich muss mich aber mit Ayda absprechen.«

»Und was ist, wenn einer der Passagiere während deiner Abwesenheit erkrankt?«

»Ich bin immer erreichbar. Im absoluten Notfall kann aber auch der örtliche Rettungsdienst gerufen werden, wenn wir in einem Hafen liegen. Bei uns ist dieser Fall bisher aber noch nicht vorgekommen.«

Lothar blieb plötzlich stehen und wandte sich ihr zu. »Und das erfüllt dich? Ich meine: so richtig? Ich kenne dich eigentlich ganz anders.« Ein Schmunzeln glitt über sein Gesicht. »Du kannst sehr hochfahrend und arrogant sein, vor allem gegenüber dem Pflegepersonal. Zu viel Empathie mit den Patienten kann dir auch niemand vorwerfen, aber du bist eine Vollblutärztin. Du leistest hervorragende Arbeit und wärst bestimmt längst Chefärztin, wenn du …« Er brach ab, als Eva abwehrend beide Hände hob.

»Du hast in allen Punkten recht«, sagte sie leise. »Aber als die Entscheidung anstand, habe ich nicht eine Sekunde gezögert und die Stelle auf der *MS Kristiana* angenommen.« Gedankenverloren starrte sie vor sich hin. Ihre Entscheidung war ein Fehler gewesen, das wusste sie jetzt.

»Eva?«

Sie schaute auf. »Entschuldige, ich war in Gedanken. Ich brauche jetzt dringend einen Kaffee. Und zumindest eine Scheibe Toast.« Sie bemühte sich, keine Gesprächspause entstehen zu lassen, um ihn davon abzuhalten, Fragen zu stellen, die sie nicht beantworten wollte. »Und was ist mit dir? Du musst doch auch hungrig sein. Wir können übrigens auch in der Piano-Bar frühstücken, da ist um diese Zeit nicht so viel los, weil sich alle um das Büfett im Speisesaal drängeln. Wir haben auch einen eigenen Speisesaal für die Mitarbeiter, aber da ist den Passagieren der Zutritt nicht erlaubt.«

»Die Piano-Bar ist okay«, sagte Lothar.

»Die Auswahl ist da aber eher bescheiden«, warnte Eva. »Das umfangreiche Frühstücksbüfett ist im Speisesaal.«

Lothar lächelte. »Mir reicht auch eine Scheibe Toast. Kaffee ist wichtig.«

»Ich weiß.« Eva lachte. »Der Kaffeeautomat auf unserer Station war im Krankenhaus immer unser Treffpunkt. Obwohl der Kaffee grausam schmeckte«, erinnerte sie sich. »Gib zu, du hast deshalb das Krankenhaus gewechselt.«

»Die Chefarztstelle hat auch eine nicht unbedeutende Rolle gespielt«, sagte Lothar. »Aber ich habe auch jetzt einen Kaffeeautomaten auf meiner Station.«

»Und? Ist der Kaffee besser?«, wollte Eva wissen.

»Sehr viel besser«, versicherte Lothar. »Du kannst dich selbst davon überzeugen: Die Stelle in meiner Abteilung ist immer noch frei.« Als Eva nichts sagte, fuhr er fort: »Ich habe auf Bewerbungen bisher nicht reagiert, weil ich immer noch hoffe, dass du mein Angebot annimmst.«

»Ich …« Eva brach ab. Es klang verlockend, aber sie konnte das jetzt nicht annehmen. Nicht in der emotionalen Verfassung, in der sie sich befand. Im Moment hatte sie überhaupt keine Ahnung, wie es weitergehen sollte. Andererseits aber war da ganz tief in ihr etwas, das sie davon abhielt, ihm eine Absage zu erteilen.

»Es stimmt mich optimistisch, dass du mit einer Antwort zögerst«, sagte er. »Heißt das, dass du es zumindest in Erwägung ziehst?«

Eva schwieg einen Moment. »Lass mir Zeit bis zum Ende der Kreuzfahrt. Dann bekommst du eine endgültige Antwort.«

Es war typisch für Lothar, dass er sich damit zufriedengab. Eva wusste, dass er dieses Thema nicht mehr ansprechen würde, bis sie es aufgriff. Sie atmete tief durch. »Jetzt brauche ich dringend einen Kaffee«, sagte sie.

»Da bin ich absolut deiner Meinung«, stimmte Lothar lachend zu.

Kapitel 10

Kurz nach dem Ablegen der *MS Kristiana* hatte der Steward vor Julies nun wieder zu öffnenden Kabinentür gestanden, der ihr Gepäck brachte und sich entschuldigte: Offenbar hatte es in diesem Bereich des Schiffes eine elektronische Störung gegeben. Deshalb hatte auch das Bordtelefon nicht funktioniert.

Ihre Schwester hatte sich in dieser Zeit im angrenzenden Bad versteckt. Später brachte er auch noch das Essen. Die Portion war so üppig gewesen, dass sie und Valentina davon satt geworden waren.

Sie hatten beide nicht gewusst, was sie machen sollten, und so hatte Julie vorgeschlagen, erst einmal eine Nacht darüber zu schlafen. Und so hatte Valentina die Nacht in der Kabine verbracht.

»Ich habe erstaunlich gut geschlafen.« Julie streckte alle Glieder von sich, bevor sie sich zu ihrer Schwester umwandte. »Und du?«

»Besser als erwartet«, sagte Valentina. »Ehrlich gesagt sogar ziemlich gut.«

»Das macht die Seeluft.« Lachend wies Julie auf die Terrassentür, die einen Spaltbreit offen stand.

Valentina stimmte nicht in ihr Lachen ein. Sie klang sogar ziemlich verzweifelt, als sie fragte: »Was machen wir denn jetzt?«

Julie bemerkte die Angst in ihrem Blick. Sie selbst machte sich nicht annähernd so viele Sorgen wie ihre Schwester. »Ich habe nicht die geringste Ahnung. Ich freue mich gerade einfach, dass du noch da bist.«

»Spinnst du?«, fuhr Valentina sie an und setzte sich auf. »Ich hätte mich gestern Abend schon stellen sollen.«

»Stellen?«, wiederholte Julie. »Das klingt so, als wärst du eine Schwerverbrecherin.«

»Es ist bestimmt auch eine Straftat, auf einem Kreuzfahrtschiff mitzufahren, ohne zu bezahlen.«

»Aber du kannst doch nichts dafür!«, versuchte Julie sie zu beruhigen. »Du hast doch versucht, das Schiff rechtzeitig zu verlassen!«

»Das ist keine Entschuldigung. Ich hätte gar nicht erst an Bord gehen dürfen, auch das ist verboten.« Valentina stand auf. »Nein, ich hätte mich gestern schon bei der Kreuzfahrtleitung melden sollen.«

Julie stand ebenfalls auf. »Jetzt entspann dich mal! Warum bleibst du nicht einfach hier?«, schlug sie die Lösung vor, die ihr am liebsten war. »Wir müssen nur aufpassen, dass wir nicht zusammen gesehen werden.«

Valentina starrte sie an. »Das ist Betrug!«

»Das wäre es nur, wenn du dich aufs Schiff geschlichen hättest, um ohne Bezahlung zu reisen«, behauptete Julie, obwohl sie nicht wusste, wie die Rechtslage wirklich war. »Und noch einmal: Du wolltest ja gehen. Es ist die Schuld der Reederei, dass du immer noch auf dem Schiff bist.«

Valentina wirkte nicht überzeugt.

»Eigentlich ist das so etwas wie Notwehr«, fuhr Julie fort. »Du hast dein Flugzeug verpasst, weil du hier in der Kabine eingesperrt warst. Ein neues Ticket können wir uns nicht leisten. Wo willst du also hin, wenn du von Bord gehst?«

In diesem Moment war die Schiffssirene zu hören, und beide zuckten erschrocken zusammen. Dann ertönte sie noch zweimal.

»Wir fahren in einen Hafen ein«, sagte Valentina.

Julie war überrascht. »Woher weißt du das?«

»Weil ich im Gegensatz zu dir die Unterlagen der Reederei aufmerksam studiert habe«, erwiderte Valentina trocken. »Wir erreichen gerade den Hafen von Stykkishólmur.«

»Aha!« Julie grinste. »Siehst du, wie wichtig es ist, dass du bleibst? Ohne dich hätte ich nicht mal eine Ahnung, wo ich überhaupt bin.«

»Das steht alles in der Mappe, die du bekommen hast.«

»Nicht mal das hätte ich ohne dich gewusst.« Jule umarmte ihre Schwester. »Bitte, bitte, bitte, Valentina, lass mich hier nicht allein.«

Valentina schüttelte auch jetzt entschieden den Kopf. »Das kann ich nicht.«

Julie stöhnte auf. »Du bist ja geradezu unanständig ehrlich.«

»Ich finde es viel schlimmer, dass bei dir offensichtlich das Gegenteil der Fall ist«, beschied Valentina streng.

»Nein, das stimmt nicht!«, widersprach Julie. »Ich weiß doch, dass du recht hast mit deinen Bedenken, aber mir fällt keine andere Möglichkeit ein!« Sie suchte den Blick ihrer Schwester. »Wir können es uns einfach nicht leisten, dass du dich jetzt bei der Leitung meldest, Valentina. Und wir können es uns auch nicht leisten, dass du das Schiff verlässt«, sagte sie ruhig.

Valentina ließ sich aufs Bett fallen und starrte mit verzweifelter Miene an die Decke.

Julie wusste um den Gerechtigkeitssinn ihrer Schwester und konnte förmlich sehen, wie sie mit sich rang. Plötzlich hatte sie eine Idee, die Valentina die Entscheidung vielleicht leichter machen konnte. »Wir bezahlen deine Reise«, rief sie.

Valentina sah sie an, als zweifelte sie an ihrem Verstand. »Aber genau darüber reden wir doch die ganze Zeit!«, sagte sie. »Wir können es uns nicht leisten, dass ich bleibe, und wir können es uns nicht mal leisten, dass ich das Schiff verlasse.«

»Nicht offiziell«, stimmte Julie ihr zu. »Aber ich glaube, ich habe einen guten Kompromiss gefunden.« Sie spielte den Plan noch einmal in Gedanken durch.

»Sag schon«, drängelte Valentina.

»Wir zahlen deine Reise ratenweise ab, sobald wir wieder zu Hause sind«, schlug Julie schließlich vor.

Valentina starrte sie an. »Aber damit erklären sie sich doch bestimmt nicht einverstanden! Wenn ich mich jetzt zeige, bestehen sie doch mit Sicherheit darauf, dass wir sofort zahlen. Alles andere ist doch unwahrscheinlich.«

Daran hatte Julie auch schon gedacht. »Du darfst dich eben nicht zeigen«, erwiderte sie kurzerhand. »Oder anders ausgedrückt: Wir dürfen nicht zusammen gesehen werden.«

»Du meinst, eine von uns muss immer in der Kabine bleiben?« Valentina schüttelte den Kopf. »Das klappt doch nie! Und wie soll das zum Beispiel mit den Mahlzeiten funktionieren?«

»Ach, komm schon. Wir kriegen das alles irgendwie hin. Wir gehen abwechselnd essen, und diejenige, die im Speisesaal ist, bringt für die andere etwas mit.« Julie musste plötzlich lachen. »Alle werden mich beneiden, weil ich so viel esse und trotzdem schlank bin. Los, Valentina, wir haben keine andere Wahl. Und hinterher überweisen wir dann das Geld in Raten, die wir uns leisten können.«

Valentina schwieg, lange. »Also gut, versuchen wir es«, sagte sie schließlich, und Julie atmete erleichtert auf. »Aber wir zahlen der Reederei wirklich das Geld zurück!«

»Ja, das machen wir.« Julie sprang aufs Bett und umarmte ihre Schwester. »Und egal, wie blöd das alles gelaufen ist, ich freue mich wie verrückt.«

Ein zaghaftes Lächeln zeigte sich auf Valentinas Gesicht. »Ich glaube, ich freue mich auch. Jedenfalls ein kleines bisschen.«

»Na endlich.« Julie war begeistert. Plötzlich kam ihr ein Gedanke. »Wir müssen Marcus Bescheid sagen. Er geht doch davon aus, dass du heute wieder im Geschäft bist.«

»Ich schicke ihm eine SMS«, sagte Valentina. Als Julie sie daraufhin durchdringend anschaute, senkte sie den Kopf. »Na gut, ich rufe ihn an.« Valentina drückte auf die Kurzwahltaste und aktivierte den Lautsprecher.

Marcus meldete sich sofort. »Valentina?« Seine Stimme klang überrascht. »Wo bist du?«

»Auf der *MS Kristiana.*«

Er schwieg. Lange.

»Es hat sich eine Gelegenheit für mich ergeben … äh … also ich kann die Reise doch mitmachen«, stammelte Valentina.

Julie schmunzelte über diese Formulierung.

»Das freut mich für dich«, sagte er ruhig.

Julie hörte am Klang seiner Stimme, dass er ein wenig lächelte. So wie jetzt auch Valentina selbstvergessen lächelte. Julie fragte sich, ob ihr das bewusst war.

»Ist das okay für dich?«, fragte Valentina. »Du musst ja jetzt die ganze Arbeit allein machen.«

»Das schaffe ich, mach dir darüber keine Gedanken. Erhol du dich nur gut, du hast dir diese Auszeit verdient. Und richte Julie bitte meine Grüße aus.«

»Das mache ich«, sagte Valentina. »Vielen Dank.«

Damit war das Gespräch beendet, doch Julie registrierte, dass Valentinas Lächeln anhielt …

Valentina bestand darauf, dass Julie zum Frühstück in den Speisesaal ging. Sie würde dann mittags dort essen, abends war Julie wieder an der Reihe, und morgen begann Valentina mit dem Frühstück. So wollten sie es dann bis zum Ende der Reise im ständigen Wechsel machen.

»Ich bringe dir etwas mit«, versprach Julie. »Ich lasse dich hier nicht verhungern.«

Valentina lächelte. »Kaffee reicht völlig. Wie praktisch, dass wir alles dafür in der Kabine haben.« Dann wurde ihre Miene ernst. »Was mache ich, wenn jemand vom Reinigungspersonal kommt?«

»Dann tust du einfach so, als wärst du ich«, versuchte Julie ihrer Schwester die Angst zu nehmen. »Es besteht keine Gefahr, solange wir nicht zusammen gesehen werden.«

Julie musste sehr schnell feststellen, dass es durchaus noch andere Gefahren gab, die auf dem Schiff auf sie lauerten. Auf dem Weg zum Speisesaal dachte sie über ihre Abmachung mit Valentina nach und achtete zunächst nicht auf den Mann, der strahlend auf sie zukam. Erst als er direkt vor ihr stand, bemerkte sie ihn.

»Guten Morgen!«

Julie sah zu ihm auf. Hatte sie ihn gestern schon mal gesehen? Wenn ja, wann und wo war das gewesen? An der Rezeption?

Sie war sich nicht sicher. Gestern war alles so aufregend gewesen. Streng genommen war es das heute auch noch. Sie versuchte es mit einem unverbindlichen Lächeln. »Guten Morgen«, grüßte sie zurück.

»Ich habe auf Sie gewartet«, sagte der Mann. »Wollen wir heute gemeinsam Stykkishólmur erkunden?«

Julie wusste nicht, was sie sagen sollte. »Ich … ähm…« Ihre Gedanken rasten.

»Wir haben doch gestern beschlossen, dass wir gemeinsam etwas unternehmen wollen«, erklärte er.

Verdammt, Valentina, schoss es Julie durch den Kopf. Wenn Valentina sich mit diesem Mann verabredet hatte, dann in dem sicheren Wissen, dass sie sich nicht daran halten würde.

Du hättest mich wenigstens über diese Verabredung informieren können, schob Julie in Gedanken hinterher. *Obwohl, sie hat doch gesagt ... der schöne Mirko!* Plötzlich fiel Julie der Name wieder ein. Er hatte sie auf dem Schiff in Empfang genommen!

Der Mann schaute sie bittend an. »Sie haben es sich doch nicht anders überlegt?«

»Haben Sie überhaupt frei?«, fragte Julie, um Zeit zu gewinnen. Er sah wirklich ausgesprochen gut aus, aber sie verspürte keine Lust auf seine Gesellschaft.

»Ja, sogar bis zum späten Nachmittag«, sagte er. »Bis dahin sind wir längst zurück. Stykkishólmur ist nicht besonders groß.«

»Na gut«, stimmte Julie zu, dachte dabei aber ausschließlich an ihre Schwester. In der Zeit, in der sie an Land unterwegs war, konnte Valentina sich frei auf dem Schiff bewegen. Und vielleicht war es auch nett, den ersten Landausflug in Gesellschafft zu unternehmen.

Sie verabredeten sich in einer Stunde an der Gangway.

Am Eingang zum Speisesaal kam ein Mann in Uniform auf sie zu. »Mein Name ist Gregor. Ich bin der Restaurantleiter. Herzlich willkommen.«

Julie stellte sich vor.

»Ich habe für Sie einen besonders schönen Tisch«, versprach Gregor.

Julie fand ihn ausgesprochen sympathisch und folgte ihm zu einem der Tische direkt am Fenster. Dort saßen bereits Vater und Tochter sowie ein Mann mit dunklen Haaren, der sie freundlich anlächelte.

Gregor machte sie alle miteinander bekannt, und so erfuhr Julie, dass es sich bei dem Paar entgegen ihrer Vermutung offensichtlich doch nicht um Vater und Tochter handelte. Sie hieß Carla Stein, der Name des Mannes war Ingo Thann. Der

Mann auf der anderen Seite, Julies direkter Tischnachbar, Patrick Haardt, erhob sich und rückte ihr den Stuhl zurecht. Wie zuvorkommend!

»Wie gefällt es Ihnen auf der *MS Kristiana?*«, erkundigte er sich freundlich.

»Bisher habe ich noch nicht viel gesehen«, sagte Julie ehrlich. »Ich bin gestern Abend erst kurz vor der Abfahrt eingetroffen.«

»Und dann waren Sie zu müde, um das Schiff zu erkunden und in den Speisesaal zu kommen?« Patrick Haardt wirkte interessiert, und auch das Paar hörte zu.

Von Valentina durfte niemand erfahren, und so gab Julie nur einen Teil ihrer Ankunftsgeschichte wieder. »Ich war in meiner Kabine eingesperrt.« Sie lachte über die verblüfften Mienen der anderen.

»Wie kann denn so etwas passieren?«, rief Ingo Thann geradezu empört.

»Irgendein technisches Problem.« Julie winkte ab. »Es war nicht so schlimm.«

»Hat es lange gedauert, bis sie befreit wurden?«, wollte Ingo Thann wissen.

»Ich wurde befreit, als mein Gepäck gebracht wurde«, sagte Julie. »Aber es war wirklich nicht schlimm«, wiederholte sie lächelnd. *Ohne diese Panne wäre Valentina nicht mehr auf dem Schiff!* »Und der Steward hat mir ein Essen in meiner Kabine serviert«, erzählte sie weiter. »Ich musste also nicht verhungern.«

Auf dem Weg zum Büfett freute sie sich darüber, dass sie ihre Mahlzeiten in so netter Gesellschaft verbringen durfte. Ganz besonders ihr Nebenmann gefiel ihr.

»Nach dem Frühstück will ich mich ein bisschen in der Umgebung umsehen. Haben Sie Lust, sich anzuschließen?«, fragte er jetzt.

Mist, warum nur hatte sie sich mit dem aufdringlichen Mirko verabredet!

»Es tut mir leid«, sagte sie bedauernd. »Ich hätte mich Ihnen sehr gerne angeschlossen, aber ich habe bereits eine Verabredung für den Landausflug.«

»Ja, das ist wirklich schade.« Er schaute ihr in die Augen. Ziemlich lange und ziemlich intensiv. »Vielleicht ein anderes Mal.«

»Sehr gerne«, versicherte Julie und betonte es gleich noch einmal in der Hoffnung, dass er sie bei der nächsten Gelegenheit gleich noch einmal fragte. »Wirklich, sehr gerne.«

Er lächelte nur und widmete sich wieder ausgiebig seinem Frühstück, während Ingo Thann sich erneut für die Probleme mit ihrer Kabinentür am vergangenen Abend interessierte.

Obwohl Julie sich darüber wunderte, beantwortete sie geduldig seine Fragen. Irgendwann stieß seine Begleiterin ihn an. »Es reicht!«

Ingo Thann schaute sie mit zusammengezogenen Brauen an, dann lächelte er. »Natürlich, du hast recht.«

Julie fand die beiden seltsam. Nett, aber sehr seltsam. Ein ungewöhnliches Paar, nicht nur wegen des Altersunterschiedes. Carla Stein kam ihr irgendwie bekannt vor. Immer wieder schaute sie in das Gesicht der Frau, das von einem dunklen Pagenschnitt eingerahmt wurde. Plötzlich schien Carla ihre prüfenden Blicke zu bemerken. Sie hob den Kopf und schaute direkt in Julies Augen.

Julie fühlte sich ertappt. »Entschuldigen Sie bitte. Ich starre Sie die ganze Zeit an, weil ich das Gefühl habe, Sie zu kennen. Sind wir uns schon einmal begegnet?«

Carla Stein schüttelte heftig den Kopf. »Ich glaube nicht, aber das liegt wahrscheinlich nur daran, dass ich ein Allerweltsgesicht habe.«

Das hast du ganz bestimmt nicht, dachte Julie, sagte aber nichts mehr dazu, weil Patrick Haardt nun aufstand und sich verabschiedete. Mit einem Anflug von Bedauern schaute Julie ihm nach, als er den Speisesaal verließ.

Auch das ungleiche Paar verabschiedete sich kurz darauf. Julie war allein am Tisch und nutzte die Gelegenheit, das Frühstück für ihre Schwester in ihre Handtasche zu packen. Immer wieder ließ sie ihren Blick durch das Restaurant schweifen, um sich zu vergewissern, dass sie nicht beobachtet wurde.

Ein Croissant und ein Brötchen verschwanden in ihrer Handtasche, dazu Butter, die in kleinen Portionen abgepackt war. Aufschnitt und Käse schlug sie sorgsam in Servietten ein, die sie dann ebenfalls in ihre Tasche steckte.

Plötzlich stand Gregor neben ihr. Der Restaurantleiter beugte sich zu ihr hinab und sagte leise: »Sie können sich alles auf Ihre Kabine bringen lassen. Neben dem Bett ist eine Ruftaste für den Steward.«

Julie spürte, dass sie puterrot anlief. »Entschuldigung«, stieß sie hastig hervor. »Meine Güte, das ist jetzt aber peinlich.«

»Aber ganz und gar nicht«, behauptete Gregor mit beruhigender Stimme.

Julie wusste nicht, wie sie sich erklären sollte. »Es ist nur so … ich habe zwischen den Mahlzeiten immer Hunger, und deshalb habe ich … da dachte ich …«, stotterte sie. Nicht nur wegen des Restaurantleiters, sondern weil auch Passagiere an den umliegenden Tischen auf sie aufmerksam wurden.

»Es ist alles in Ordnung«, sagte Gregor lächelnd. »Sie dürfen so viel essen, wie Sie wollen. Und wie ich bereits sagte, kann Ihnen der Steward alles zu Ihrer Kabine bringen.«

»Ja, ich weiß …« Ob Gregor jetzt erwartete, dass sie ihre Handtasche wieder auspackte? Und alle zuschauen konnten, was sie eingesteckt hatte? Auf keinen Fall!

»Danke«, brachte Julie hervor und erhob sich eilig. Sie musste so schnell wie möglich hier raus! Als sie sich in Richtung Ausgang wandte, stieß sie mit ihrer Handtasche ihre noch halbvolle Kaffeetasse um. Der Inhalt ergoss sich über Gregors weiße Uniformhose, im Bereich einer sensiblen Stelle, bevor die Tasse zu Boden fiel und dort scheppernd zersprang.

»Entschuldigung!« Kopflos griff sie nach einer Serviette und wollte damit den dunklen Fleck auf seiner Hose bearbeiten.

Gregor trat hastig einen Schritt zurück. »Lieber nicht«, sagte er mit einem verlegenen Lächeln.

»Nein, natürlich nicht ... Also da ...« Sie starrte auf den Fleck. »An der Stelle ... Davon lasse ich lieber die Finger.«

»Ja, das wäre mir sehr recht«, stieß Gregor hervor.

»Ich gehe jetzt mal besser.« Gefolgt von Gelächter floh Julie regelrecht aus dem Speisesaal. Sie rannte den Gang entlang, verzichtete auf den Aufzug und nahm gleich die Treppe zu Deck vier. Außer Atem erreichte sie ihre Kabine, suchte mit zitternden Fingern nach der Keycard, stürmte förmlich in den Raum, warf die Tür zu und lehnte sich schwer atmend dagegen.

Ihr Anblick versetzte ihre Schwester sichtlich in Panik. Mit weit aufgerissenen Augen starrte Valentina sie an. »Was ist passiert? Sind wir aufgeflogen?«

»Nein, es ist alles in Ordnung«, versicherte Julie schnell. »Es gab da nur eine sehr peinliche Situation im Speisesaal.« Sie erzählte, was passiert war, und empfand das Ganze plötzlich als so komisch, dass sie lachen musste. »Heute Mittag ist deine Speisesaalzeit«, kicherte Julie. »Du musst dich unbedingt noch einmal bei Gregor entschuldigen.«

Valentina starrte sie entgeistert an. »Du glaubst doch nicht ernsthaft, dass ich nach deinem Auftritt jemals den Speisesaal betreten werde?«

Julie begann wieder zu lachen. »Aber natürlich.«

»Niemals!«, versicherte Valentina. »Du hast nicht nur dich, sondern auch mich in eine unmögliche Situation gebracht.«

»Du hast nun wirklich keinen Grund, dich zu beschweren. Wann wolltest du mir eigentlich sagen, dass du dich mit dem schönen Mirko verabredet hast?«

»Das habe ich nicht«, behauptete Valentina.

»Er hat aber so getan, als wäre es abgesprochen. Und jetzt muss ich mit ihm durch Stykkisholm wandern«, beschwerte sich Julie.

»Das geschieht dir ganz recht«, erwiderte Valentina ungerührt. »Und die Stadt heißt Stykkishólmur.« Sie schwieg einen Moment. »Der Restaurantleiter hat wirklich gesagt, dass wir uns alles vom Steward in die Kabine bringen lassen können? Das war gestern nicht nur ein Sonderservice wegen der verschlossenen Tür?«, kam sie noch einmal auf Julies Erlebnis zurück. »Dann müssen wir doch beide nicht mehr in den Speisesaal.«

Julie dachte an Patrick Haardt. »Na ja …« Sie zögerte, entschied sich dann aber für die Wahrheit. »Eigentlich möchte ich auch weiterhin dort essen. Also, es ist so, dass da neben mir jemand sitzt, den ich gerne wiedersehen möchte. Wenn ich nicht diese blöde Verabredung mit Mirko einhalten müsste, würde ich nachher mit ihm durch Stykkisholm gehen.«

»Stykkishólmur!« Valentina rollte entnervt mit den Augen.

»Willst du mit dem schönen Mirko …« Julie brach ab, als ihre Schwester heftig den Kopf schüttelte. »Na gut«, sagte sie ergeben, »dann bin ich mal weg. Dein Essen ist in meiner Handtasche.«

»Danke!«, rief Valentina fröhlich. »Und viel Spaß!«

Dein Wort in Gottes Ohr, dachte Julie und stapfte in Richtung Gangway.

Mirko wartete bereits auf sie. Strahlend kam er auf sie zu. »Sie sehen wunderschön aus.«

»Es ist alles noch genauso wie vor einer Stunde«, sagte Julie nüchtern. Sie hatte sich weder umgezogen noch sonst etwas an sich verändert.

Mirko wollte offenbar etwas entgegnen, doch in diesem Moment gingen zwei Frauen mit einem kleinen Jungen und einem Mädchen an ihnen vorbei. Das Mädchen drehte sich noch einmal um, bevor es laut fragte: »Tante Nele, ist der Mirko nicht mehr dein Freund?«

Eine der beiden Frauen antwortete ihr, aber so leise, dass Julie sie nicht verstehen konnte.

Sie wandte sich amüsiert an Mirko.

»Das ist längst vorbei.« Er legte eine Hand auf seine Brust. »Sie hat mir das Herz gebrochen.«

»Sie Ärmster.« Julie lachte mitleidlos. »Können wir dann gehen?«

Felseninseln umrahmten den Hafen von Stykkishólmur. Ein kleiner Ort in der malerischen Bucht Breiðafjörður. Das Rauschen des Meeres vermischte sich mit dem Schreien der Seevögel. Ein blauer Schimmer hüllte die Landschaft ein. Die Gipfel der Berge waren schneebedeckt. Auf einer Anhöhe war die futuristisch anmutende Stykkishólmskirkja zu sehen.

Immer wieder blieb Julie stehen und ließ den Blick schweifen. Ihr fiel auf, dass Mirko genau wusste, wohin er sie führte.

»Du kennst dich hier gut aus«, stellte sie fest. Sie hatten inzwischen beschlossen, sich zu duzen.

»Ich arbeite schon länger für die Tychsen-Reederei«, sagte er. »Ich war bereits zweimal hier.«

Wenn er nicht versuchte, mit ihr zu flirten, war er ganz nett, fand Julie.

»Ich habe das eben ernst gemeint«, sagte er plötzlich. »Nele hat mir wirklich das Herz gebrochen.«

Julie sah ihn überrascht an und wartete auf die Fortsetzung.

»Aber es war meine eigene Schuld. Ich habe ihr sehr wehgetan«, fügte er schließlich hinzu.

Julie zollte ihm Anerkennung für seine Ehrlichkeit. »Liebst du sie denn immer noch?«, wollte sie wissen.

»Ja, aber das ändert nichts.« Er stieß einen Seufzer aus, dann klatschte er plötzlich in die Hände. »Aber das Leben ist zu kurz, um traurig zu sein«, sagte er, doch in seiner Stimme schwang eine Niedergeschlagenheit mit, die seine Worte Lügen strafte.

»Vielleicht wird ja doch noch alles gut«, versuchte sie ihn zu trösten. »Du solltest nichts unversucht lassen.«

Ein Grinsen breitete sich auf seinem Gesicht aus. »Dann versuchen wir es mit einem Wunder. Bist du gut zu Fuß?«

Julie nickte.

»Wir besteigen jetzt den heiligen Berg. Auf zum Helgafell!«

Kapitel 11

»Ich will nicht den doofen Berg hochlaufen!« Missmutig stapfte Emilia voran.

Nele schaute ihre Nichte an und legte einen Finger über ihre Lippen.

Emilia blieb stehen und stemmte die Händchen in ihre Hüfte. »Ich will auch nicht ruhig sein!«

Nele blieb auch stehen, ebenso wie Miriam und Noah. Sie und ihre Schwester hielten sich an das Schweigegelübde, das ihnen der Berg abverlangte. Der Volksglaube besagte, dass jeder, der den Helgafell zum ersten Mal bestieg, drei Wünsche frei hatte. Er durfte sich auf dem Weg aber nicht umdrehen, nicht reden und mit niemandem über seine Wünsche sprechen.

Noah jedoch stieß zwischen zusammengepressten Lippen hervor: »Du dafst nix sgn.«

»Ich sage, was ich will!« Emilia stampfte mit dem Fuß auf.

»Abr dn knnst dr nix wnschn.«

»Du kannst dir auch nix mehr wünschen«, erklärte die Fünfjährige ihrem Bruder. »Du hast auch geredet.«

Noah schüttelte heftig den Kopf.

»Wie konnten wir nur auf die Idee kommen, die Kinder mitzunehmen«, brach nun auch Miriam das Schweigen. »Wir hätten beide wissen müssen, dass das nicht funktioniert.«

Nele zögerte, entschloss sich dann aber schweren Herzens, ebenfalls zu reden. Wenn ihre Wünsche nicht in Erfüllung gingen, wusste sie wenigstens, woran es lag. »Ja, das wäre auch zu schön gewesen.« Sie lächelte ihrer Schwester zu. »Aber was sollen wir uns auch groß wünschen. Uns geht es gut, wir sind alle gesund und machen gerade eine Traumreise.«

»Du kannst dir ganz viel Geld wünschen«, schlug Emilia vor. »Und ein tolles Auto. Und ein tolles Haus. Und einen tollen Mann …« Sie brach mit ihren Aufzählungen ab. »Da kommt der Mirko mit der anderen Frau.« Emilia wies mit dem Finger in die Richtung, dann schaute sie Nele fragend an. »Wolltest du dir auf dem Berg den Mirko zurückwünschen?«

Nele schloss kurz die Augen. Dieses Kind besaß ein außerordentliches Talent, sie in peinliche Situationen zu bringen.

»Nein«, sagte sie laut und deutlich. »Das will ich nicht.« Mit erhobenem Kopf schaute sie Mirko an, der mit der anderen Frau langsam an ihr vorbeiging.

Mirko nickte knapp. Er lächelte, sagte aber kein Wort.

»Die beiden schaffen das mit dem Gelübde offensichtlich«, flüsterte Miriam ihr zu. »Es würde mich interessieren, was er sich wünscht.«

»Mich nicht«, sagte Nele ehrlich.

»Wirklich nicht?« Miriam musterte sie prüfend.

»Nein.« Kurz blickte sie Mirko und der Frau an seiner Seite nach. Es tat nicht einmal mehr weh. Sie lächelte. »Lass uns gehen«, sagte sie. »Nachdem wir es nicht geschafft haben, schweigend nach oben zu kommen, werden uns auch keine Wünsche erfüllt. Da können wir auch wieder zurückgehen. Oder wollt ihr nach oben?«

»Nein!«, riefen die Kinder gleichzeitig.

»Nein«, stimmte Miriam ihnen zu. »Es war von Anfang an eine blöde Idee.«

»Das war deine blöde Idee, Mama«, stellte Emilia klar.

»Genau.« Nele grinste. »Aber wir können es noch einmal versuchen«, schlug sie vor. »Ich frage Marisol, ob sie auf die Kinder aufpasst.«

»Nein, das klappt nur beim ersten Aufstieg«, lehnte Miriam ab. »Und so wirklich habe ich auch nicht daran geglaubt.« Langsam gingen sie zurück, bis Emilia wieder streikte und sich einfach auf den Boden setzte.

»Ich kann nicht mehr gehen. Meine Beine sind zu kurz.«

Noah betrachtete sie interessiert. »Deine Beine sind länger als meine«, sagte er schließlich. »Und ich kann auch noch gehen.«

Emilia drehte ihre Logik einfach um. »Mit kurzen Beinen geht das auch besser.«

»Aber Mama und Tante Nele haben gaaaanz lange Beine, die können auch noch gehen.«

»Ich kann aber nicht mehr gehen«, sagte Emilia und schloss das Thema energisch ab. »Basta!«

»Emilia, steh bitte auf«, bat Miriam. »Es ist zu kalt, um auf dem Boden zu sitzen.«

Emilia schüttelte den Kopf.

»Wir können dich doch nicht zum Schiff tragen«, sagte Nele streng. »Komm schon, steh auf. So weit ist das nicht.«

Emilia verschränkte die Arme vor der Brust.

»Dann gehen wir eben allein weiter«, sagte Nele und setzte sich langsam in Bewegung. Miriam schloss sich an, flüsterte ihr aber zu: »Das bringt nichts. Wenn es sein muss, bleibt Emilia den ganzen Tag da sitzen.«

»Und was machen wir jetzt?«, fragte Nele ebenso leise. »Müssen wir sie jetzt wirklich den ganzen Weg zurücktragen?«

»Mama!« Das war Noah, der neben seiner Schwester stehen geblieben war.

»Und Noah kommt auch nicht mit«, seufzte Miriam. »Die beiden streiten sich so oft, aber er würde niemals von ihrer Seite weichen.«

»Aber er will auch nicht, dass du weitergehst«, sagte Nele.

»Im Gegensatz zu Emilia hat er Angst.« Miriam schaute ihre Schwester hilflos an. »Was machen wir denn jetzt?«

Während sie noch überlegten, kam ein Mann mit zwei Jungen dazu. Der größere in Emilias und Noahs Alter trottete neben dem Mann her. Der kleine saß in einem faltbaren Karren. Nele erkannte sie als Gäste der *MS Kristiana*, sie hatte die drei schon beim Frühstück gesehen.

»Warum sitzt das Mädchen auf der Erde?«, wollte der Junge wissen.

»Sie sagt, ihre Beine sind zu kurz für den langen Weg.« Nele zwinkerte ihm zu. »Aber ich bin nicht sicher, ob das stimmt.« Sie ging vor dem Jungen in die Hocke. »Und es ist auch gar nicht weit, wir müssen nur zurück zum Schiff. Du bist doch auch auf der *MS Kristiana*, oder? Ich glaube, ich habe dich da heute Morgen gesehen.«

»Ja, ich und mein Papa und mein Bruder«, berichtete der Junge zutraulich.

»Gefällt es dir da?«, fragte Nele weiter.

Der Junge schüttelte den Kopf. »Nee, da ist es langweilig. Papa hat sich das gewünscht, weil Mama sich das gewünscht hat. Aber jetzt ist Mama im Himmel, und deshalb müssen Leo und ich mitfahren.«

Nele spürte einen Kloß im Hals. Am liebsten hätte sie den Jungen in die Arme genommen. »Wie heißt du denn?«, fragte sie.

»Elias.«

»Vielleicht bringt dein Vater dich und Leo mal in den Kindergarten auf dem Schiff«, schlug Nele vor. »Wir haben viele tolle Spielsachen, und da sind auch noch andere Kinder.«

»Sie kennen sich auf der *MS Kristiana* aus?«, fragte der Vater überrascht.

Nele erhob sich. »Ja. Normalerweise arbeite ich dort als Kindergärtnerin, aber auf dieser Reise bin ich Gast.«

»Wenn Sie auf dem Schiff Ihres Arbeitgebers Urlaub machen, muss es ja gut sein.« Der Mann lächelte müde. »Ich allerdings bin inzwischen leider zu der Überzeugung gelangt, dass es zu früh war, die Jungen mit auf diese Reise zu nehmen. Ich hätte noch ein paar Jahre warten sollen.«

»Ach, das glaube ich nicht. Das wird schon«, sagte Nele überzeugt. »Sie und Ihre Kinder brauchen ein paar Tage, um sich mit dem Alltag dort vertraut zu machen. Aber Sie sollten die beiden wirklich in den Kindergarten bringen. Sie werden sehen, das wird ihnen gutttun«, sagte sie lächelnd. »Und Ihnen auch.«

Emilia, deren Neugierde noch ausgeprägter war als ihre Sturheit, gab die Sitzblockade auf und kam langsam näher. »Darf ich da auch rein?«, fragte sie und wies auf die Karre.

»Ja, es ist Platz genug.« Der Mann grinste. »Und was ist mit euch?«, fragte er Noah und Elias.

Noah ließ sich nicht lange bitten. Zusammen mit seiner Schwester kletterte er in den Karren, worüber sich wiederum der kleine Leo freute. Er strahlte über das ganze Gesicht und klatschte in seine Händchen.

Der Mann stellte sich als Simon Adams vor. »Also, wenn Ihre Kinder genauso viele Pancakes gefrühstückt haben wie meine, könnte ich jetzt gut ein bisschen Hilfe beim Ziehen gebrauchen«, sagte er lächelnd zu Miriam und Nele.

Miriam stimmte sofort zu, und so zogen sie und Simon Adams die Karre gemeinsam hinter sich her.

Elias und Nele folgten ihnen. Eine Welle der Freude durchfuhr Nele, als der Junge nach wenigen Schritten seine kleine Hand vertrauensvoll in ihre schob und ihren Blick suchte. Sie lächelte ihn herzlich an. Dann schaute sie wieder nach vorn zu ihrer Schwester und Simon. Die beiden unterhielten sich angeregt. Ihre Hände, die den Karren zogen, berührten sich hin und wieder.

Nele lächelte zufrieden. Vielleicht war es ja gar nicht nötig, auf den Helgafell zu steigen, um sich etwas zu wünschen.

Kapitel 12

»Du siehst schlimm aus«, sagte Marisol, als sie hinter die Rezeption trat.

Jasmin musste lachen. »Nach dieser Bemerkung geht es mir gleich besser.«

Marisol stimmte in ihr Lachen ein. »So habe ich das nicht gemeint.« Dann wurde ihre Miene ernst. »Ich finde, du solltest mal zu Dr. Fredriksen gehen und dich durchchecken lassen.«

Auf keinen Fall! Alles in Jasmin sträubte sich gegen diesen Vorschlag. Von Anfang an hatte es zwischen Eva und ihr Spannungen gegeben, und sie konnte sogar verstehen, dass Adrians Frau sie nicht mochte. Adrian hatte ihr geschrieben, dass ihre Wege sich trennten. Dabei wusste Eva noch nicht, dass Adrian sich für sie, Jasmin, entschieden hatte. Aber Jasmin war sicher, dass Eva das spürte.

»Wenn man vom Teufel spricht«, wisperte Marisol neben ihr.

Eva Fredriksen kam auf sie zu. Kalt schaute sie Jasmin an. »Es gibt online noch immer keine Verbindung zur Reederei?«, fragte sie. »Ich habe Informationen über drei Passagiere bekommen. Hat darüber hinaus jemand bei der Anmeldung gesundheitliche Probleme angesprochen?«

»Herr Möller hat sich nach der medizinischen Betreuung an Bord erkundigt«, berichtete Jasmin und überreichte der Ärztin dessen Kontaktdaten. »Er hatte vor einem Monat eine Gallenblasenoperation, ist aber beschwerdefrei.«

Eva nahm den Blick nicht von dem Zettel, als sie Jasmin fragte: »Und wie geht es Ihnen? Ich habe gehört, dass Sie sich nicht wohlfühlen.« Ihrer Stimme war anzuhören, dass sie sich nur widerwillig erkundigte.

»Es geht mir besser«, sagte Jasmin, und in diesem Moment stimmte das sogar.

»Dann ist es ja gut.« Eva drehte sich um und ging davon.

»Für ihre Verhältnisse war sie ja geradezu freundlich«, sagte Marisol erstaunt. »Was ist mit der los?«

»Ich weiß es nicht«, murmelte Jasmin.

»Man munkelt, dass die Ehe zwischen ihr und dem Kapitän endgültig am Ende sein soll«, fuhr Marisol fort und legte damit den Finger in die Wunde.

Jasmin wollte nicht mit ihr über Adrian und Eva reden. Sie fühlte sich unbehaglich, auch deshalb, weil sie Marisol verschwieg, dass sie in dieser Geschichte eine Rolle spielte.

Vielleicht wäre es besser gewesen, wenn ich nicht auf die MS Kristiana *zurückgekehrt wäre.*

»Welche Auswirkungen hat der Ausfall des Computernetzes eigentlich für uns?«, fragte Jasmin in dem Versuch, das Thema zu wechseln. Sie atmete erleichtert auf, als Marisol sich darauf einließ.

»Es geht in erster Linie um die Verbindung zur Reederei. Vielmehr um eine fehlende Verbindung dorthin, es gibt keine«, erklärte Marisol. »Untereinander können wir hier mit den verschiedenen Abteilungen aber kommunizieren.«

»Das ist gut.« Jasmin wusste von Adrian, dass die Störung ziemlich gravierend war. Zeitweise hatte es zu einigen Schiffen auf hoher See überhaupt keinen Kontakt mehr gegeben. Sämtliche Kundendaten waren nicht zugänglich gewesen, ebenso wie Kontakte zu den Reisebüros. Es konnten keine Schiffsreisen verkauft werden, weil neue Buchungen nicht mit bestehenden abgeglichen werden konnten.

Adrian vermutete, dass Magnus irgendwie mit dieser Sache

zu tun hatte. Genaues wusste aber auch er nicht, er hatte seinen Schwiegervater bisher telefonisch nicht erreicht.

Apropos Magnus … »Gibt es eigentlich schon neue Informationen zu einem neuen Kreuzfahrtdirektor?«, fragte Jasmin.

»Ach, das weißt du ja noch gar nicht.« Marisol suchte in den Schubladen unter dem Rezeptionstresen, während sie weitersprach. »Der neue Kreuzfahrtdirektor kommt in Ísafjörður an Bord.« Sie tauchte mit einen Zettel in der Hand wieder auf. »Rúnar Arnarsson«, las sie vor. »Auf den bin ich echt gespannt.«

»Ich auch«, sagte Jasmin. »Der Name klingt isländisch.«

»Stimmt. Ich habe ein paar Kollegen gefragt, die schon auf anderen Schiffen der Reederei gearbeitet haben. Keiner kennt ihn.«

»Hoffentlich passt er zu uns.« Jasmin seufzte. »Mit Magnus war es ja nicht immer ganz einfach.«

»Ich bin so froh, dass er weg ist«, stieß Marisol hervor. »Ich wüsste nur gerne, warum er so schnell gehen musste.«

»Ich auch.« Selbst Adrian hatte ihr darüber nichts sagen können. »Irgendwann werden wir es erfahren.« Sie vertieften das Thema nicht weiter, weil aus einer der Kabinen eine Beschwerde kam.

»Ich kümmere mich darum«, sagte Marisol und verließ die Rezeption.

Jasmin begann mit der Koordinierung des Housekeepings und erstellte den Plan für die nächsten Tage. Dadurch bemerkte sie Leonie erst, als sie vor der Rezeption stand.

»Hallo, Jasmin, da bist du ja. Wie geht es dir?«

»Leonie, wie schön, dich zu sehen!« Jasmin kam hinter dem Tresen hervor und umarmte die junge Frau. Sie hatten sich auf der ersten Fahrt der *MS Kristiana* kennengelernt.

»Ich wollte gestern schon zu dir.« Leonie schaute sie besorgt an. »Aber Marisol sagte, dass du krank bist.«

»Nur eine Unpässlichkeit.« Jasmin winkte ab. »Es ist alles wieder gut.«

Leonie lächelte. »Ich habe hier etwas für dich.« Sie reichte Jasmin einen Umschlag.

Jasmin öffnete ihn neugierig und überflog die darin enthaltene Karte. »Ihr wollt heiraten?«, rief sie überrascht aus. »Wie wundervoll!« Sie freute sich sehr für Ben und Leonie.

»Ja, am Ende der Reise.« Leonie strahlte vor Glück. »Du kommst doch?«

»Ja! Vielen Dank für die Einladung. Natürlich bin ich dabei«, stimmte Jasmin fröhlich zu.

»Marisol laden wir auch ein«, berichtete Leonie. »Außerdem natürlich Kapitän Fredriksen. Wir sind uns nur nicht einig, ob wir auch seine Frau dabeihaben wollen. Ich mag sie nicht besonders.« Leonie zog eine Grimasse. »Aber Ben meint, dass wir sie schon wegen Kapitän Fredriksen einladen müssen. Was denkst du?«

Wieso fragt sie ausgerechnet mich?, schoss es Jasmin durch den Kopf. Aber Leonie wusste ja nichts von ihr und Adrian. Jasmin stand nach wie vor zu der Entscheidung, ihre Beziehung vorerst geheim zu halten. Aber ihr wurde zunehmend bewusst, dass das im Alltag auch mit Schwierigkeiten verbunden war. Gerade wegen ihrer Beziehung stand es ihr nicht zu, Leonie zu empfehlen, Eva Fredriksen nicht zur Hochzeit einzuladen.

»Warum sagst du nichts?« Leonie schaute sie gespannt an. »Es geht das Gerücht um, dass es in der Ehe der Fredriksens schon lange nicht mehr stimmt. Weißt du da mehr?«

Das war das zweite Mal, dass sie heute mit den Gerüchten um Adrian und Eva konfrontiert wurde. Und damit wurde es immer schwieriger für Jasmin. Sie wollte nicht lügen, aber die Wahrheit konnte sie nicht sagen.

»Ben könnte den Kapitän fragen, ob ihr sie einladen sollt«, wich sie geschickt aus.

Leonie ging sofort darauf ein. »Ja, das ist eine gute Idee.«

Jasmin ließ sich ihre Erleichterung nicht anmerken. Doch gleich darauf kam die nächste Klippe, die sie zu umschiffen hatte.

»Wie ist es dir ergangen, seit wir uns zuletzt gesehen haben?«, fragte Leonie. »Und was mich natürlich ganz besonders interessiert: Gibt es jemanden in deinem Leben?«

Auch jetzt wollte Jasmin nicht lügen. »Ja.« Sie lächelte verhalten. »Aber die Situation ist im Moment nicht so, dass ich darüber sprechen möchte.«

»Ich verstehe.« Leonie war anzusehen, dass sie überhaupt nichts verstand. »Das klingt kompliziert.«

Es wurde noch weitaus komplizierter, als genau in diesem Moment Ralph auftauchte. »Jasmin!« Seine Stimme klang belegt, während sein Blick hingerissen an ihr hinunter- und dann wieder hinaufwanderte. »Du siehst toll aus.«

»Ralph«, erwiderte Jasmin weitaus weniger begeistert. Er sah albern aus in seiner weißen Hose, dem ebenfalls weißen Poloshirt und dem blauweiß gestreiften Pullover, den er sich lose über die Schultern gelegt hatte. Kein Wunder, dass Leonie ihn mit hochgezogenen Brauen betrachtete.

»Ich habe gestern schon nach dir gesucht. Mama hat gesagt, dass du hier an der Rezeption arbeitest.«

Jasmin richtete sich auf. »Nicht ganz«, erwiderte sie selbstbewusst. »Ich bin die Hotelmanagerin auf der *MS Kristiana*.«

»Ich bin beeindruckt.« Ralphs abfälliges Lächeln zeugte vom Gegenteil.

»Ich gehe dann mal lieber.« Leonie winkte ihr zu. »Vielleicht können wir zusammen einen Kaffee trinken, wenn du frei hast.«

»Sehr gerne.« Jasmin hob die Hand, in der sie den Umschlag hielt. »Und vielen Dank für die Einladung.«

Leonie lächelte ihr zu, dann ging sie und ließ Jasmin allein mit Ralph zurück. Leider! Jasmin schaute sich um in der Hoffnung, dass Marisol endlich zurückkam.

»Ich hoffe, du hast inzwischen erkannt, dass du einen großen Fehler begangen hast.« Ralph kam einen Schritt näher und streckte die Arme nach ihr aus. »Aber ich bin bereit, dir zu verzeihen.«

Jasmin war fassungslos. Sie starrte ihn mit offenem Mund an, dann begann sie laut zu lachen.

Ralph ließ die Arme sinken. Er wirkte gekränkt. »Mama hat mir schon gesagt, dass du dich kein bisschen geändert hast.«

Jasmin blieb das Lachen im Halse stecken. »Ach, hat sie das? *Du* hast dich kein bisschen verändert. Bildest du dir wirklich ein, ich würde jemals zu dir zurückkommen?«

»Du wirst schon noch erkennen, was gut für dich ist«, prophezeite er und zog beleidigt ab.

»Das kann ja heiter werden«, murmelte Jasmin.

Kurz darauf kam Marisol zurück. »Ich war gerade in der Kabine deiner zukünftigen Schwiegermutter.« Sie grinste.

»Hör bloß auf.« Jasmin winkte ab. »In der Zwischenzeit war Ralph hier.«

»Ja, das dachte ich mir. Die Beschwerde war nur ein Vorwand, angeblich war das Bad nicht richtig gereinigt, aber da war alles in Ordnung. Als ich ankam, verließ dein Ralph sofort die Kabine.«

»Er ist nicht mein Ralph«, stellte Jasmin sofort klar.

»Den würde ich auch nicht wollen.« Marisol schüttelte sich. »Aber ganz ehrlich«, sagte sie dann ruhig, »weißt du, was ich so gar nicht verstehe?«

Jasmin wusste, worauf sie hinauswollte. »Du fragst dich,

wieso ich mich überhaupt in ihn verliebt hatte.« Sie seufzte tief auf. »Da bist du nicht die Erste. Ich kann nur immer wieder sagen, dass er ganz anders war, als ich ihn ohne Cosima und deren Einfluss kennengelernt habe. Vielleicht habe ich mir damals aber auch nur etwas vorgemacht.« Sie zuckte die Schultern. »Als ich auf die *MS Kristiana* kam, dachte ich, ich wäre ihn für immer los. Verflixt, Marisol, was macht er hier?«

»Offensichtlich ist er wegen dir hier.«

»Ich will das aber nicht!« Jasmin war jetzt wirklich wütend.

»Warum regt dich das denn so auf?«, fragte Marisol. »Beachte ihn einfach nicht.«

»Wenn das so einfach wäre.« Das hier war ihre letzte Fahrt mit der *MS Kristiana.* Sie wollte sie so gut wie möglich genießen. Die Anwesenheit von Ralph und Cosima störte sie dabei ungemein.

»Es wird bestimmt nicht so schlimm werden.« Marisol drückte ihre Hand. »Ich wette, die beiden bringen uns viel und oft zum Lachen.« Sie hatte die Worte kaum ausgesprochen, da tauchte Cosima auf. Ihre Augen versprühten Blitze, ihre Fülle unter dem geblümten Hemdblusenkleid zitterte vor Empörung.

»Wie kannst du es wagen«, zischte sie.

»Cosima!« Jasmin unterdrückte ein genervtes Stöhnen. »Was kann ich für dich tun?«

»Da legt dir mein Sohn seine Liebe zu Füßen, und du trampelst darauf herum.«

Plötzlich war diese Übelkeit wieder da. Jasmin begann zu würgen. Sie presste beide Hände vor den Mund und stürmte los.

»Jasmin!«, rief Cosima ihr mit wütender Stimme nach. »Du bleibst gefälligst hier, wenn ich mit dir rede!«

Doch Jasmin lief einfach weiter.

Jasmin lag mit geschlossenen Augen auf dem Bett in ihrer Kabine. Sie fühlte sich elend. Immer wenn sie glaubte, dass es besser ging, kehrte die Übelkeit in Wellen zurück. »Herein!«, rief sie, als es klopfte.

Marisol betrat die Kabine. Aber sie war nicht allein, Eva Fredriksen folgte ihr. Jasmin hatte nach Ralphs und Cosimas Auftritten geglaubt, dass es nicht schlimmer kommen konnte. Die Anwesenheit der Ärztin belehrte sie eines Besseren. Sie spürte Ärger in sich aufwallen und schenkte Marisol einen wütenden Blick, während sie sich aufsetzte.

»Das war nicht meine Idee«, rechtfertigte sich Marisol. »Sei bitte nicht böse.«

»Dazu hat sie keinen Grund«, beschied Eva Fredriksen und trat mit ihrer Arzttasche ans Bett. »Was fehlt Ihnen?«, fragte sie unfreundlich.

»Mir ist nur übel«, beschied Jasmin knapp. Am liebsten hätte sie die Ärztin aufgefordert, ihre Kabine sofort zu verlassen.

»Was haben Sie gegessen?« Eva Fredriksen klang kühl und unpersönlich.

»Nichts. Jedenfalls heute noch nicht.«

»Soll ich dir etwas bringen?«, fragte Marisol eifrig. »Eine Suppe vielleicht, oder …« Sie brach ab, als Jasmin die Augen schloss. Allein der Gedanke an Essen verstärkte ihre Übelkeit. »Auf keinen Fall«, stieß sie hervor.

»Das sieht nach einer Infektion aus«, sagte Dr. Fredriksen. »Ich lasse Ihnen etwas gegen die Übelkeit bringen. Wenn es innerhalb der nächsten achtundvierzig Stunden nicht besser wird, möchte ich Sie in der Krankenabteilung sehen«, erklärte sie bestimmt und verließ die Kabine.

Jasmin war erleichtert, als sich die Tür hinter der Ärztin schloss. Ihretwegen hätte sie gar nicht kommen müssen. »Warum?«, fragte sie Marisol vorwurfsvoll.

»Es war wie gesagt nicht meine Idee, sie zu dir zu schicken«, versicherte die Kollegin, »sondern Kapitän Fredriksens. Er hat nach dir gefragt, und da musste ich ihm doch sagen, dass es dir nicht gutgeht.«

Jasmins Herz schlug schneller. Ein warmes Gefühl durchströmte sie, als Marisol hinzufügte: »Er hat sich große Sorgen um dich gemacht.«

»Das ist nett von ihm«, sagte sie leise.

»Sehr nett sogar.« Ein breites Grinsen zog über Marisols Gesicht. »Denn eigentlich hat er nach dir gesucht, weil Cosima Heiden sich über dich beschwert hat.«

»Wieso wundert mich das jetzt nicht?« Jasmin war gereizt, Cosima legte es offensichtlich darauf an, ihr Ärger zu bereiten. Unabhängig davon konnte sie ja nicht wissen, dass es eine besondere Beziehung zwischen ihr und Adrian gab.

»Was hat Kapitän Fredriksen denn zu der Beschwerde gesagt?«, erkundigte sie sich.

Marisol winkte ab. »Keine Sorge, es wird keine Konsequenzen haben. Ich hatte eher das Gefühl, dass unser Kapitän schrecklich genervt war von Cosima Heiden.« Marisol musterte sie prüfend. »Du siehst gerade ein bisschen besser aus«, wechselte sie das Thema.

»Die Übelkeit lässt ein bisschen nach«, sagte Jasmin und hoffte, dass es so weiterging. Sie wollte aufstehen, doch Marisol hinderte sie daran.

»Am besten verlässt du deine Kabine während der Kreuzfahrt nicht mehr.« Sie lachte laut auf. »Ich finde diese Cosima ja auch zum Kotzen, aber du zeigst schon ziemlich drastisch, was du von ihr hältst.«

Jasmin verstand nicht sofort, worauf sie hinauswollte.

»Ist dir nicht aufgefallen, dass dir immer in Cosimas Gegenwart schlecht wird?«

»Du meinst, meine Beschwerden sind psychisch bedingt?« Eine Art Galgenhumor erfüllte Jasmin. »Das kann ja heiter werden.«

Gegen neunzehn Uhr legte die *MS Kristiana* ab und nahm Kurs auf Ísafjörður. Ayda hatte Jasmin die von Dr. Fredriksen verordneten Tropfen gebracht. Sie hatte sie sofort genommen und fühlte sich inzwischen, als wäre nie etwas gewesen. Sie hatte gerade beschlossen, zur Rezeption zurückzukehren, als sie eine *SMS* von Adrian bekam: Geht es dir besser?

Sie lächelte. Wie besorgt er doch war. So besorgt, dass er sogar Eva in ihre Kabine geschickt hatte.

Viel besser, schrieb sie zurück.

Das ist schön. Magst du zu mir in die Kabine kommen?

Ihr Herz klopfte schneller. Sie sehnte sich nach ihm, seit gestern hatte sie ihn nicht gesehen.

Jasmin machte sich sorgfältig zurecht, bevor sie sich auf den Weg zu den Unterkünften der leitenden Crew machte. In weiser Voraussicht hatte sie einen Stapel Akten dabei, und das war gut. Denn natürlich war es ausgerechnet Eva Fredriksen, die ihr auf dem Gang vor Adrians Kabine begegnete.

Die Ärztin zog die Brauen zusammen. »Wie geht es Ihnen?«

»Bedeutend besser.« Jasmin lächelte schwach. »Danke für Ihre Hilfe.«

»Das ist meine Aufgabe an Bord«, erwiderte die Ärztin kühl. »Darf ich fragen, was Sie hier machen?«

»Kapitän Fredriksen möchte mich sprechen.«

Jasmin war klar, wie ungewöhnlich es war, dass ein Crewmitglied in die private Kabine des Kapitäns gerufen wurde. Und das wusste auch Eva Fredriksen. Doch die Ärztin sagte nichts mehr, sondern maß sie lediglich mit einem langen Blick. Dann nickte sie knapp und ging weiter.

Jasmin atmete erleichtert auf und klopfte an Adrians Tür. Er öffnete sofort, sie schlüpfte eilig hinein, und er zog sie in seine Arme.

Jasmin ließ die Akten fallen und schmiegte sich an ihn. »Du hast mir so gefehlt«, sagte sie leise.

»Ich liebe dich.« Zärtlich küsste er sie. »Und heute lasse ich dich nicht mehr gehen«, flüsterte er dicht an ihrem Ohr.

Kapitel 13

Die *MS Kristiana* pflügte durchs Wasser, umgeben von tiefer Dunkelheit.

Evas Hände umklammerten die Reling. Sie schloss die Augen, spürte den Fahrtwind in ihrem Gesicht. Langsam drehte sie sich um und schaute zu Adrians Terrassentür. Die Vorhänge waren zugezogen, kein Lichtstreifen war zu sehen.

Aber Adrian war nicht allein. Eva wusste, dass die Hotelmanagerin bei ihm war. Sie wusste, dass die Akten nur eine Ausrede waren.

Eva hatte am Ende des Ganges gewartet, bis Jasmin Andres in Adrians Kabine verschwunden war. Danach war sie zurückgeschlichen und hatte an der Tür gelauscht. Noch jetzt brannte ihr Gesicht vor Scham, wenn sie daran dachte, dass sie sich tatsächlich dazu herabgelassen hatte. Danach war sie in ihre eigene Kabine gegangen und hatte gewartet … ohne wirklich zu wissen, worauf eigentlich.

Seither waren Stunden vergangen, und diese Frau war immer noch nebenan. Eva war inzwischen klar, dass Jasmin Andres die ganze Nacht bei Adrian bleiben würde. Das, was sie zunächst befürchtet und dann vermutet hatte, wurde in dieser Nacht für Eva zur Gewissheit.

Langsam ging sie zurück in ihre Kabine. Alles in ihr war taub, und sie fühlte sich leer, als sie sich auf die Kante ihres Bettes setzte. Blicklos starrte sie vor sich hin. Tränen liefen über ihre Wangen, aber das spürte sie nicht einmal …

Ísafjörður lag auf einer Sandbank, umgeben von hohen Bergketten und steilen Klippen. Hier in den Westfjorden zeigte sich Island von seiner ursprünglichen Seite mit steilen Klippen, majestätischen Bergen und wilden Schluchten.

Eva stand an diesem frühen Morgen wieder auf der Terrasse und schaute auf den Hafen. Sie hatte die ganze Nacht nicht geschlafen und wusste, dass es an der Zeit war, Entscheidungen für ihr zukünftiges Leben zu treffen.

Aber nicht heute, dachte sie. Heute war sie zu erschöpft, zu erfüllt von ihrem Schmerz, der heftig in ihr tobte.

Morgen, beschloss sie. *Oder übermorgen.* Spätestens bei der Rückkehr nach Reykjavík würde sie wissen, wie es weitergehen sollte. Auf jeden Fall ohne Hoffnung – ohne Adrian.

An diesem Morgen konnte sie nicht einmal mehr weinen. Sie war innerlich leer und ausgebrannt, sehnte sich nach einem Menschen, der sie in den Arm nahm, der für sie da war. Dem sie sich anvertrauen konnte. Früher war das Adrian gewesen, aber jetzt war da niemand. Schon lange nicht mehr.

In diesem Moment klingelte ihr Handy. Eva zog es lustlos aus der Tasche und nahm das Gespräch an.

»Hallo, Mama!«

Die Stimme ihrer Tochter zauberte ein Lächeln in Evas Gesicht. »Fenja! Wie geht es dir?«

»Super! Aber ich vermisse dich.«

Die Worte ihres Kindes streichelten Evas Seele. Sie war nicht allein, es gab da einen Menschen, der immer zu ihr gehören würde. »Ich komme bald nach Hause.« Und genau in diesem Moment traf Eva die Entscheidung, für die sie sich bis zum Ende der Reise hatte Zeit lassen wollen. Ohne nachzudenken, einfach aus ihrem Gefühl heraus.

»Ja, für ein paar Tage«, sagte Fenja unzufrieden. »Um dann wieder aufs Schiff zu gehen.«

»Was würdest du sagen, wenn ich für immer nach Hause komme?«, fragte Eva.

Sekundenlang war es still am anderen Ende. »Meinst du das ernst?«, hakte Fenja schließlich nach.

»Ja.«

»Und was ist mit Papa?«

Eva wusste, dass Fenja sich nichts mehr wünschte, als dass ihre Eltern wieder zusammenkamen. Aber dass das nicht mehr geschehen würde, sollte Adrian seiner Tochter ruhig selber sagen. Sie holte tief Luft. »Der fährt natürlich weiterhin zur See.« Sie war froh, dass es ihr gelang, die Bitterkeit aus ihrer Stimme herauszuhalten.

»Ja, klar. Aber du bleibst wirklich in Hamburg?«, fragte Fenja. »Das wünsche ich mir so sehr.«

»Ja, ich auch«, sagte Eva, und in diesem Moment fühlte sie genau das. Sie würde demnächst wieder mit ihrer Tochter zusammen sein. Und um eine Stelle musste sie sich auch keine Sorgen machen, Lothars Angebot galt sicher noch, ansonsten gab es genug Optionen in den Krankenhäusern der Stadt. Eva spürte, wie der Gedanke sie entspannte. Sie würde wieder die Arbeit machen, die sie wirklich ausfüllte. So ganz hoffnungslos lag die Zukunft mit einem Mal nicht mehr vor ihr.

Nebenan fiel die Tür ins Schloss. Adrian? Oder war es Jasmin Andres, die gerade die Kabine verließ? Gespannt lauschte Eva.

»Mama, bist du noch da?«

»Ja, ich bin noch da.«

»Du klingst auf einmal so weit weg.«

Eva zwang sich zu einem Lachen. »Das bildest du dir ein. Es ist alles in Ordnung.«

Fenja gab sich damit zufrieden. »Darf ich dich morgen wieder anrufen?«

»Du darfst mich anrufen, wann immer du willst«, sagte Eva herzlich. »Ich freue mich sehr über deinen Anruf.«

»Tschüss, Mama, ich hab dich lieb.«

»Ich hab dich auch sehr lieb.« Eva verabschiedete sich von ihrer Tochter. Zurück blieben die Liebe zu ihrem Kind und eine tiefe Dankbarkeit. Das Telefonat hatte ihr einen Teil der Kraft zurückgegeben, die sie in der vergangenen Nacht verloren hatte.

Kapitel 14

»Können wir uns das Frühstück nicht auch bringen lassen?«, fragte Valentina, obwohl sie ausgemacht hatten, dass sie heute Morgen in den Speisesaal gehen sollte.

Gestern hatten sie den Rest des Tages ausschließlich in der Kabine gegessen, weil ihnen beiden ein Besuch im Speisesaal zu peinlich gewesen war.

»Ich habe nicht vor, nur noch hier zu essen«, wehrte Julia ab.

»Weil du diesen Patrick wiedersehen willst.« Valentina klang alles andere als begeistert. »Und wenn du dich mit ihm anfreundest, darf ich wahrscheinlich die ganze Reise allein hier in der Kabine verbringen.«

Julie spürte Ärger in sich aufsteigen. »Es ist nicht meine Schuld, dass du hier bist«, sagte sie scharf.

Valentina lächelte böse. »Dabei wolltest du doch unbedingt, dass ich bleibe.«

»Verdammt, Valentina, willst du jetzt mit mir streiten?«

Valentina schnaubte, doch dann entspannte sich ihre Miene. »Nein, das will ich nicht«, sagte sie. »Aber im Gegensatz zu dir hänge ich seit der Abfahrt in diesem Raum. Allmählich fühle ich mich eingesperrt, obwohl sich die Tür öffnen lässt.«

»Tut mir leid.« Julie lächelte ihre Schwester versöhnlich an. »Heute tauschen wir eben den ganzen Tag die Rollen. Ich bleibe hier, und du verlässt als Julie die Kabine.« Der Gedanke, dass sie Patrick heute nicht wiedersehen würde, erfüllte sie mit Bedauern. Aber das ließ sie sich nicht anmerken.

»Ich weiß nicht.« Valentina zeigte sich unschlüssig. »Ich will hier zwar raus, aber du hast doch jetzt schon jede Menge Menschen kennengelernt. Was ist, wenn ich etwas Falsches sage?«

»Dann improvisierst du eben. Jetzt komm schon, Valentina, sei mal ein bisschen mutig«, sagte Julie in dem Versuch, ihre Schwester zu motivieren.

Doch die reagierte verärgert. »Das ist kein Mut, sondern purer Leichtsinn! Was machen wir, wenn die uns erwischen und wir beide das Schiff verlassen müssen? Wie sollen wir dann nach Hause kommen?«

Das wusste Julie auch nicht. Aber noch stand das ja nicht zur Debatte. »Darüber machen wir uns Gedanken, wenn es so weit ist«, erwiderte sie. »Du musst hier einfach raus, bevor dein Lagerkoller noch schlimmer wird.«

Valentina schwieg. »Also gut«, sagte sie schließlich. »Aber ich gehe nicht in den Speisesaal, sondern mache einen Landausflug.«

Julie nickte. »Wie du willst.«

Valentina lächelte. »Dann kannst du zum Frühstück gehen«, schlug sie vor. »Du musst mir auch nicht so viel mitbringen. Ein Croissant reicht völlig.«

Julie war begeistert. »Das mache ich!«, versprach sie und sprang auf. »Bis gleich.«

Ein wenig beklommen war ihr beim Betreten dann doch zumute. Als ihr Gregor über den Weg lief, spürte sie, wie sich ihre Wangen verfärbten.

Der Restaurantleiter ließ sich nichts anmerken. Er begrüßte sie mit einer knappen Verbeugung.

Julie grüßte zurück und hastete an ihren Tisch. Carla Stein und Ingo Thann saßen auf ihren Plätzen, aber Patrick Haardt war nicht da. Enttäuscht registrierte Julie die benutzte Kaffeetasse auf seinem Platz. Sie hatte ihn verpasst.

»Wir haben Sie gestern Abend vermisst«, sagte Carla Stein.

»Gab es neuen Ärger?« Ingo Thann schaute sie interessiert an.

»Nein, es ist alles perfekt«, versicherte Julie. »Ich fühle mich sehr wohl auf der *MS Kristiana.*«

»Das freut mich.« Ingo Thann strahlte sie an.

»Und wie gefällt Ihnen die Reise?« Julie musterte die beiden und stellte wieder fest, dass sie eigentlich überhaupt nicht zusammenpassten.

»Ich finde es wundervoll«, schwärmte Carla. »Ich könnte den ganzen Tag an der Reling stehen und aufs Meer schauen.« Sie lächelte. »Das ist meine erste Kreuzfahrt.«

»Meine auch«, sagte Julie. Sie bedankte sich, als Gregor ihre Tasse mit Kaffee füllte.

»Sehr gerne.« Seine Lippen verzogen sich zu einem amüsierten Schmunzeln.

Als er ging, wandte Julie sich wieder ihren Mitreisenden zu. »Haben Sie schon einmal eine Kreuzfahrt gemacht«, fragte sie Ingo Thann.

Das Paar warf sich einen kurzen Blick zu, bevor der Mann antwortete. »Ja, einige«, sagte er. »Ich war überall auf der Welt.«

»Beneidenswert.« Julie seufzte. »Ich kann mir das leider nicht leisten. Diese Reise hier habe ich gewonnen.«

»Tatsächlich?«, hakte Ingo Thann nach.

Julie hatte das Gefühl, dass es mehr als höfliches Interesse war. Auch Carla Stein musterte sie aufmerksam.

»Und Sie haben niemanden gefunden, der Sie auf der Fahrt begleitet?«

»Doch, das hätte ich! Leider war der Gewinn nur für eine Person«, berichtete Julie.

Ingo Thann schüttelte verständnislos den Kopf. »Das macht doch keinen Sinn«, sagte er. »Gerade so eine Reise sollte man zu zweit genießen. Zumal die Kosten für eine Begleitperson insgesamt kaum höher gewesen wären.«

»Ich habe mich erkundigt, das ist schon ziemlich teuer«, widersprach Julie. »Verkaufen durfte ich die Reise auch nicht, ich musste also entweder allein fahren oder den Gewinn verfallen lassen.«

»So sollte das nicht sein«, murmelte Ingo Thann.

Carla lächelte ihr zu. »Wen hätten Sie denn mitgenommen, wenn es möglich gewesen wäre?«

Julie musste nicht lange überlegen. »Meine Schwester.«

»Schade, dass das nicht geklappt hat«, sagte Carla mitfühlend. Dann warfen sie und Ingo Thann sich wieder einen kurzen Blick zu.

Ingo erhob sich. »Wenn du nichts dagegen hast, ziehe ich mich jetzt zurück«, sagte er zu Carla. »Ich mache mir heute einen ruhigen Tag, mit einem guten Buch.«

»Ich bleibe noch ein bisschen«, sagte Carla, und ermahnte ihn dann: »Vergiss deine Medikamente nicht.«

Ingo Thann tätschelte ihr mit einem liebevollen Lächeln die Wange. »Was würde ich nur ohne dich machen?«

Was für ein seltsames Paar.

»Was machen Sie denn so, wenn Sie nicht reisen?«, fragte Carla, als sie mit Julie allein war.

»Meine Schwester und ich führen die Gärtnerei, die wir von unseren Eltern geerbt haben«, sagte Julie. Tief in ihr meldete sich die altbekannte Unzufriedenheit, aber sie wollte jetzt nicht daran denken, nicht an die Entbehrungen, die Anstrengung, die Geldsorgen …

»Ist alles in Ordnung?«, vernahm sie Carlas fragende Stimme.

Sie sah auf, lachte. »Ein kurzer Anflug von Selbstmitleid«, sagte sie. »Es ist schon wieder vorbei.«

»Ich hätte da mal zwei Fragen.« Carla hob den Zeigefinger. »Erstens: Sollen wir uns duzen?« Ihr Zeigefinger schnellte ebenfalls in die Höhe. »Und wollen wir zusammen an Land gehen?«

»Ja, warum nicht!«, entgegnete Julie sofort. Erst dann fiel ihr ein, dass Valentina heute einen Landausflug machen würde und sie sich gar nicht mit Carla treffen konnte.

Carla klatschte begeistert in die Hände. »Ich freue mich«, sagte sie. »Ich wusste schon bei unserem ersten Aufeinandertreffen, dass wir uns gut verstehen werden.«

»Tatsächlich?« Julie war überrascht.

»Ja. Ich habe eine ziemlich gute Menschenkenntnis. Das hat mir in meinem Leben oft weitergeholfen.«

»Was machst du denn beruflich?«, fragte Julie, während sie fieberhaft überlegte, wie sie ihre Zusage zurücknehmen konnte.

Carla antwortete nicht sofort. »Ich arbeite freiberuflich in der Medienbranche«, sagte sie, wechselte dann aber schnell das Thema. »Wollen wir uns in einer halben Stunde an der Gangway treffen?«

»Ja.« Kurzentschlossen stimmte Julie zu.

Wie vermutet war ihre Schwester alles andere als begeistert, nachdem Julie ihr das gestanden hatte. »Ich soll also wieder den ganzen Tag in dieser verdammten Kabine verbringen?«, rief Valentina entsetzt.

»Es tut mir wirklich leid«, entschuldigte sich Julie. »Aber was hätte ich denn sagen sollen, als Carla mich fragte?«

»*Nein* wäre eine Möglichkeit gewesen.« Valentina schaute sie böse an.

Julie nickte. »Stimmt. Aber ich wollte den Landausflug so gerne zusammen mit ihr machen und habe spontan zugestimmt. Es tut mir leid, Valentina«, sagte sie noch einmal.

»Davon habe ich nichts!« Valentina ließ sich aufs Bett fallen und starrte an die Decke.

Die Verzweiflung ihrer Schwester war förmlich greifbar. »Ich habe eine Idee«, sagte Julie gedehnt. »Geh du doch an meiner Stelle«, schlug sie vor, hoffte aber inständig, dass Valentina nicht zustimmen würde.

»Warum eigentlich nicht?« Valentina setzte sich auf. »Ja, das mache ich«, sagte sie entschlossen. »Ich halte es hier drin keinen Tag länger aus. Also, was muss ich über diese Frau wissen?«

Julie schluckte ihre Enttäuschung hinunter und informierte ihre Schwester über das, was sie bisher von Carla wusste und von sich selbst erzählt hatte. »Ich hoffe, ich habe nichts vergessen«, schloss sie.

Valentina hörte ihr aufmerksam zu. »Ich habe schon ein bisschen Angst«, gestand sie schließlich. »Aber ich freue mich auch sehr.«

»Ach, das wird schon.« Julie umarmte ihre Schwester. »Und jetzt geh. Ich wünsche dir ganz viel Spaß.« Sie sah ihr nach, als sie durch die Tür schritt.

Und dann bekam sie schnell einen Eindruck von dem, was Valentina durchgemacht hatte. Die Zeit verging unglaublich langsam. Ein paar Minuten verbrachte Julie auf dem Balkon, aber irgendwann wurde es langweilig, ins Hafenbecken zu starren.

Dann setzte sie sich mit einem Buch in den Sessel am Fenster. Vergeblich versuchte sie, sich auf den Inhalt zu konzentrieren. Missmutig legte sie das Buch beiseite, sprang wieder auf und tigerte unruhig umher.

Nach einer weiteren halben Stunde hielt sie es nicht mehr aus. *Nur ein paar Minuten*, nahm sie sich fest vor, und verließ die Kabine. Sie hatte nicht vor, an Land zu gehen, aber sie wollte sich ein wenig auf dem Schiff umsehen. Unter Menschen sein.

Auf dem Gang vor ihrer Kabine begegnete sie niemandem. Erst im Treppenhaus, wo sich auch die beiden Aufzüge befanden, traf sie ausgerechnet auf Patrick Haardt.

»Ich habe mich schon gefragt, ob Sie das Schiff wieder verlassen haben«, sagte er lächelnd.

Julie lachte. »Nein, nein. Aber gestern, nachdem Sie den Speisesaal bereits verlassen hatten, gab es eine etwas … peinliche Situation. Ich hatte mich danach entschieden, vorerst in meiner Kabine zu essen.«

»So schlimm?«, erkundigte er sich mitfühlend.

»Ja. Aber nicht dauerhaft. Heute Morgen habe ich mich zum Frühstück wieder in den Speisesaal getraut.«

»Dann habe ich Sie verpasst. Wie schade.«

»Ja, das finde ich auch«, gab Julie unumwunden zu. Er gefiel ihr.

»Was halten Sie davon, wenn wir gleich gemeinsam an Land gehen?« Gespannt schaute er sie an.

»Ich kann nicht …« Ihre Gedanken rasten. »Ich …« Ihr fiel keine passende Ausrede ein. Sie konnte ihm ja schlecht sagen, dass sie befürchtete, an Land ihrer Schwester über den Weg zu laufen.

»Schon gut.« Er lächelte immer noch, allerdings bedeutend distanzierter. »Ich wünsche Ihnen noch einen schönen Tag.«

Wahrscheinlich glaubt er jetzt, dass ich nichts von ihm wissen will. Als er weitergehen wollte, stellte Julie sich ihm in den Weg. »Was immer Sie jetzt denken, es ist alles ganz anders«, sagte sie hastig.

»Sie wissen, was ich denke?« Um seine Mundwinkel zuckte es.

»Sie denken, dass ich keine Lust habe, etwas mit Ihnen zu unternehmen.« Julie wunderte sich über sich selbst. So offensiv war sie sonst nicht. »Aber es ist alles ganz anders«, fuhr sie fort. »Nur … Es ist …«, geriet sie wieder ins Stammeln. Sie atmete tief durch. »Ich kann es einfach nicht erklären.«

Er schaute sie nur an, sagte kein Wort.

Julie lächelte. »Ich bedaure selbst, dass ich jetzt zum zweiten Mal ablehnen muss. Dabei würde ich wahnsinnig gerne mit Ihnen an Land gehen.«

Endlich, er lächelte wieder. Doch seine folgenden Worte waren nicht gerade ermutigend. »Es ist sehr nett, dass Sie das sagen. Aber Sie müssen sich keine Sorgen machen, Ihre Absagen bereiten mir keine schlaflosen Nächte und kratzen auch nicht an meinem Selbstbewusstsein. Belassen wir es einfach dabei.« Er nickte ihr freundlich zu und ging weiter.

»Verdammt!«, fluchte Julie leise. Und dann ärgerte sie sich gleich noch einmal über sich selbst, weil sie die Kabine verlassen hatte. Ein Fehler, den sie sofort korrigieren würde. Sie wandte sich um …

… und sah direkt in Ingo Thanns überraschte Miene. »Ich dachte, Sie wollten mit Carla an Land gehen.«

Ihr wurde heiß und kalt. Ihre Gedanken rasten, verzweifelt suchte sie nach einer Erklärung. »Das mache ich auch. Jetzt … Sofort … Ich habe mich nur deutlich verspätet.« Etwas Besseres fiel ihr nicht ein. Sie spurtete los, angetrieben von heilloser Panik und verfolgt von heftigen Gewissensbissen.

Kapitel 15

»Nele, wir brauchen deine Hilfe.« Händeringend stand Marisol vor ihr.

»Nein!« Nele hatte sich geschworen, an diesem Punkt nicht mit sich reden zu lassen. »Ich habe Urlaub.«

»Ich weiß«, sagte Marisol kleinlaut. »Aber wir haben Anmeldungen für den Kindergarten, nur für einzelne Tage, aber keine Betreuerin. Lucy Braun kann wegen eines Notfalls in ihrer Familie nun doch nicht kommen. Ich würde ja einspringen, aber Jasmin geht es im Moment nicht so gut, und da muss ich den Platz an der Rezeption besetzen.«

Sofort wurde Nele von Sorge erfüllt. »Das tut mir leid. Was ist denn mit ihr?«

»Dr. Fredriksen vermutet, dass es sich um eine Infektion handelt. Jedenfalls ist ihr Gesundheitszustand instabil, und sie ist bereits mehrfach stundenweise ausgefallen. In den Zeiten übernehme ich ihre Aufgaben. Außerdem ist der neue Kreuzfahrtdirektor noch nicht an Bord, sodass wir seine Arbeit mitmachen müssen.«

»Das tut mir wirklich leid für Jasmin. Und für dich, das klingt echt stressig«, sagte Nele ehrlich. »Und das mit Magnus ist der Knaller. Was ist denn da passiert? Das muss ja wirklich etwas Ernstes gewesen sein.« Nele hatte mehr als einmal darüber nachgedacht.

»Ich weiß auch nichts Neues. Sobald ich was erfahre, verrate ich es dir.« Marisol begann zu grinsen. »Aber eines ist sicher: Er ist weg! Und offensichtlich für immer.«

Darüber verspürte auch Nele Erleichterung. »Du hast da was im Gesicht«, sagte sie grinsend.

Marisol fasste sich mit der Hand an die Wange. »Was denn?«

»Böse Schadenfreude.« Nele lachte, und auch Marisol lachte laut auf.

»Dazu stehe ich!« Gleich darauf wurde ihre Miene wieder ernst. »Kannst du dir das mit dem Kindergarten überlegen?«, bat sie. »Du musst nicht jeden Tag arbeiten.«

Nele rang mit sich. »Also gut«, gab sie schließlich nach.

»Danke, Nele!«, rief Marisol überschwänglich und umarmte sie. »Vielen, vielen Dank!«

»Schon gut.« Nele hob mahnend den Zeigefinger. »Aber nur ein paar Tage.«

»Ganz bestimmt«, versicherte Marisol. »Kannst du bitte nachher zur Rezeption kommen? Dann gebe ich dir die Unterlagen über die angemeldeten Kinder.«

»Ich bin in einer halben Stunde da«, versprach Nele.

Miriam war nicht begeistert über den Arbeitseinsatz ihrer Schwester. »Ich finde das nicht in Ordnung«, sagte sie. »Du hast diesen Urlaub verdient. Die Reederei kann ihn dir doch nicht schenken und dann wieder wegnehmen!«

»Das macht sie auch nicht«, widersprach Nele, obwohl sie eben noch genauso gedacht hatte. »Und es geht nur um ein paar Tage.«

»Wir kommen auch wieder in den Kindergarten«, rief Emilia laut. Sie saß auf dem Fußboden der Suite und spielte mit ihrer Puppe, hatte aber offensichtlich jedes Wort mitbekommen. »Wenn Tante Nele da ist, macht das Spaß.«

»Aber dann ist Mama ganz allein«, wandte Noah ein. Er lag auf dem Sofa und blätterte in einem Bilderbuch.

»Mein Sensibelchen«, sagte Miriam zärtlich. »Ist er nicht süß?«

»Soll ich bei dir bleiben, Mama?«, fragte Noah.

»Ich bleib nicht bei ihr«, stellte Emilia kategorisch fest. »Wenn Mama nicht allein sein will, kann sie ja mit in den Kindergarten kommen.«

»Mama ist schon alt, die darf nicht mehr in den Kindergarten«, belehrte Noah seine Schwester.

Nele grinste. »Dein Sensibelchen!«

Miriam warf ihr einen vernichtenden Blick zu, bevor sie sich an ihre Kinder wandte. »Ihr könnt ruhig in den Kindergarten gehen, ein paar Stunden komme ich schon allein zurecht.«

Nele stand auf. »Ich gehe dann mal zur Rezeption«, verkündete sie. »Und dann lade ich euch alle zu einem großen Eis ein.«

»Juchhu!« Noah legte sein Bilderbuch zur Seite und sprang auf. »Wann denn?«

»Wenn ich zurückkomme«, sagte Nele.

»Wie lange dauert das?«

»Nicht lange«, versicherte Nele.

»Ich hab aber jetzt Hunger auf Eis. Können wir zuerst Eis essen?«

»Das geht leider nicht«, sagte Nele. »Ich mache aber ganz schnell.« Sie war fest entschlossen, ihr Versprechen zu halten und ihn nicht so lange warten zu lassen.

Die Rezeption war unbesetzt, als sie dort ankam. Nele nahm hinter dem Tresen auf einem der beiden Bürostühle Platz und wartete.

In den nächsten Minuten war niemand zu sehen. Viele der Passagiere waren an Land, andere ruhten sich in ihren Kabinen aus.

Ungeduldig schaute Nele auf die Uhr … und dann kam ER.

Wie von selbst erhob sie sich, starrte ihn mit offenem Mund an, ohne es zu merken. Nie zuvor war sie einem Mann mit so einer Ausstrahlung begegnet. Er war groß, mindestens eins neunzig, die Schultern breit. Seine Augen waren von einem klaren, hellen Blau, das blonde Haar hatte er am Hinterkopf zu einem kleinen Zopf zusammengebunden. Mit federnden Schritten kam er auf sie zu. Als er sie anlächelte, wurden ihr die Knie weich.

»Sind Sie Marisol?« Ein leichter Akzent lag in seiner Stimme.

»Nein«, hauchte sie, nickte aber.

Belustigt schaute er sie an. »Okay, dann fangen wir anders an. Mein Name ist Rúnar Arnarsson, ich bin der neue Kreuzfahrtdirektor.«

Der neue Kreuzfahrtdirektor? Kein Passagier? Neles Herz machte einen Satz, als ihr aufging, dass er blieb und sie ihn jeden Tag sehen konnte. Andererseits … Nie wieder würde sie sich auf einen Kollegen einlassen. Das wurde viel zu kompliziert, wenn es nicht klappte. Doch ihr Blick wanderte von seinem Gesicht über seine breiten Schultern, den muskulösen Körper, bis hin zu seinen Füßen, und wieder zurück.

Das Lächeln auf seinem Gesicht wurde breiter. »Und wer sind Sie?«

»Nele«, brachte sie hervor. Plötzlich wurde ihr bewusst, dass sie ihn anstarrte und sich wie eine komplette Idiotin verhielt.

Reiß dich zusammen. Sie straffte die Schultern und bemühte sich um ein unverbindliches Lächeln. »Ich bin Nele Bierwald«, sagte sie und streckte ihm die Hand entgegen. »Ich freue mich, Sie kennenzulernen.«

»Hallo, Nele.« Seine kräftigen Finger schlossen sich um ihre zarte Hand und hielten sie länger fest als nötig. Ganz deutlich spürte sie, dass es eine ganz besondere Schwingung zwischen ihm und ihr gab. Ausgerechnet jetzt tauchte Marisol auf.

Es beruhigte Nele ein wenig, dass die Kollegin auf Rúnar ähnlich reagierte wie sie selbst. Marisol starrte ihn an, erholte sich aber schneller von ihrer Überraschung.

Nele bedauerte, dass Rúnar ihre Hand jetzt losließ.

»Sind Sie Marisol?«, fragte er.

Marisol nickte. »Und Sie müssen Rúnar Arnarsson sein. Schön, dass Sie da sind! Wir brauchen Sie hier dringend. Schauen Sie mal, da kommt gerade auch Jasmin Andres, sie ist unsere Hotelmanagerin.«

Nele beobachtete erstaunt, dass Rúnars Anblick Jasmin offenbar völlig ungerührt ließ. Sie begrüßte ihn mit einem Händedruck und bot ihm gleich an, ihm alles zu zeigen.

Rúnar war einverstanden und folgte ihr.

Schade, dachte Nele, doch dann drehte er sich noch einmal um und lächelte ihr zu.

»Was für ein Traumtyp!« Marisol stieß einen Seufzer aus. »Sein Anblick hat mich umgehauen.«

»Mich auch«, gestand Nele. »Ich fürchte, ich habe mich besonders dämlich verhalten. Komisch, dass Jasmin so gar nicht auf ihn reagiert hat.«

»Sie lässt sich nichts anmerken, aber ich glaube, es geht ihr immer noch schlecht. Außerdem ist ihr Ex an Bord, zusammen mit seiner Mutter. Wenn du die beiden mal erlebt hast, verstehst du, wieso sie selbst gegenüber solchen Männern immun ist.«

»Nach meinen Erfahrungen mit Mirko bin ich das auch«, behauptete Nele, obwohl ihr Gefühl im Moment deutlich spürbar eine andere Sprache sprach. »Aber wir werden in Zukunft beobachten können, wie sich unsere weiblichen Passagiere reihenweise in ihn verlieben.«

»Ja, er wird eine Menge Herzen brechen.« Marisol lachte. »Uns stehen spannende Zeiten bevor.«

Kapitel 16

Die *MS Kristiana* verließ Ísafjörður am späten Nachmittag mit Kurs auf Akureyri, wo sie zwei Tage im Hafen liegen würde. Es gab einige Ausflugsangebote, aber Leonie konnte sich nicht entscheiden, woran sie teilnehmen wollte.

»Du hast morgen aber ganz bestimmt frei«, vergewisserte sie sich zum wiederholten Mal bei Ben.

Er kam lachend zu ihr und setzte sich neben sie aufs Bett. Bevor er sie fest in die Arme schloss, nahm er ihr den Prospekt aus der Hand und legte ihn zu den anderen Flyern, die auf dem Bett verstreut lagen.

»Ich habe ganz bestimmt morgen frei«, sagte er.

»Seit wir unterwegs sind, habe ich dich kaum gesehen«, beschwerte sie sich. »Sollte das nicht unsere vorgezogene Hochzeitsreise sein?«

»So war es eigentlich gedacht.« Ben küsste sie zärtlich. »Aber das hat sich inzwischen geändert.«

Leonie erschrak. »Was hat sich geändert? Willst du mich nicht mehr heiraten?«

Er lachte. »Was du gleich wieder denkst! Nichts könnte mich davon abhalten. Nein, es geht um unsere Hochzeitsreise. Ich möchte nach unserer Heirat eine Traumreise mit dir machen. Was hältst du von den Malediven?«

Leonie traute ihren Ohren nicht. »Ist das dein Ernst?«

»Bei Reisen in dieser Preisklasse mache ich keine Witze«, konterte er trocken. »Wir wäre es mit einem Zimmer direkt auf dem Wasser?«

»Ein Wasserbungalow?« Eine Welle der Freude durchströmte Leonie. Sie legte ihre Hände auf Bens Schultern und schob ihn sanft ein Stück von sich weg, damit sie ihm ins Gesicht schauen konnte. »Das wäre der Wahnsinn. Aber es ist zu teuer.«

»Deine Chefin hat mir erzählt, dass so ein Urlaub nach der Hurtigruten-Fahrt schon lange dein Traum ist.«

Leonie lächelte. »Ja, aber die Hurtigruten sind durch nichts zu toppen. Da habe ich dich kennengelernt«, sagte sie zärtlich.

»Ich hoffe, ich habe mit meiner Malediven-Buchung trotzdem keinen Fehler gemacht.« Er grinste sie an.

Wie bitte? »Du – hast – gebucht?«, brachte sie stockend hervor.

»Ja. Wir fliegen ein paar Tage nach unserer Hochzeit los und bleiben zwei Wochen da.«

»Ich fasse es nicht!« Leonie freute sich riesig, sie lachte und weinte zugleich. »Aber diese Reise ist doch schon ein Traum! Ich fahre mit dem Mann, den ich liebe, auf der *MS Kristiana* und werde ihn auf Island heiraten.«

»Ja, aber leider werde ich auch in den nächsten Tagen wenig Zeit haben.« Er hob bedauernd die Schultern. »Morgen aber habe ich aber den ganzen Tag frei und bin nur für dich da.«

Dass er plötzlich so viel arbeiten musste, konnte eigentlich nur eines bedeuten: »Ist etwas mit Adrian?«, fragte Leonie alarmiert.

»Nein, ihm geht es gut.« Ben lächelte sie an. »Aber es gibt noch eine Überraschung«, sagte er geheimnisvoll. »Die schlechte Nachricht ist: Das hier ist meine letzte Fahrt auf der *MS Kristiana.*«

Leonie erschrak. Das war wirklich eine schlechte Nachricht. Sie wusste, dass Ben seine Arbeit hier liebte, er hatte ihr viel von seinem Leben auf der Brücke und dem Schiff erzählt, immer voller Begeisterung. »Warum?«, wagte sie zu fragen.

»Das liegt an der guten Nachricht.« Seine Stimme vibrierte vor Freude. »Ich bekomme ein eigenes Schiff!«

Leonie fiel ihm begeistert um den Hals. »Das ist ja wunderbar!«, jubelte sie. »Ich weiß, wie sehr du dir das gewünscht hast.«

»Ja! Kannst du dir das vorstellen: Die Reederei ernennt mich endlich zum Kapitän!«

»Das ist großartig! Und du hast es dir verdient«, sagte sie ehrlich. »Weißt du schon, welches Schiff du übernimmst?«

»Ein ganz neues Hybridschiff, ähnlich wie die *MS Kristiana*. Adrian hat mich vorgeschlagen, weil ich mich mit dem Antrieb auskenne. Die Reederei will nach und nach alle Schiffe damit ausstatten und eine umweltfreundliche Flotte zusammenstellen.«

Leonie gefiel diese Idee.

»Mein Leben ist perfekt«, sagte er leise. »Ich habe einen Traumberuf und heirate die Frau, die ich über alles liebe.«

Leonie küsste ihn zärtlich. »Ich liebe dich auch sehr. Ich kann mein Glück nicht fassen.«

»Ich werde sehr viel unterwegs sein«, sagte er ernst.

»Und am Ende jeder Reise kommst du zu mir.« Leonie ahnte, dass ihr das Trauma, das sie Malte verdankte, ihr noch einige Male zusetzen würde, auch wenn sie tief in ihrem Innern wusste, dass sie Ben vertrauen konnte. Sie schmiegte sich an ihn. »Ich freue mich auf das gemeinsame Leben mit dir, und zwar mit allen Konsequenzen.«

Als Leonie am nächsten Morgen aufwachte, war es draußen bereits hell. Ben lag neben ihr, er schlief tief und fest, nachdem er am vergangenen Abend noch Dienst auf der Brücke verrichtet hatte. Sie hatte ihn nicht gehört, als er in der Nacht zurückgekommen war.

Leise und vorsichtig, um ihn nicht zu wecken, stieg sie aus dem Bett und ging zur gläsernen Balkontür.

Eine grüne Küstenlinie säumte das Ufer, dahinter erhoben sich schneebedeckte Gipfel. Langsam zog die *MS Kristiana* ihre Bahn über den Eyjafjörður. An der Spitze des längsten Fjordes Islands lag ihr Ziel: Akureyri. Hier würden sie heute und morgen vor Anker liegen.

Leonie konnte sich nicht sattsehen an der vorbeiziehenden Landschaft. Erst als Ben laut gähnte, wandte sie sich zu ihm um. »Ausgeschlafen?«

»Nicht wirklich.« Er drehte sich zur Seite, stützte seinen Kopf in die Hand und schaute lächelnd zu ihr. »Willst du nicht lieber wieder zu mir ins Bett kommen?«

»Auf keinen Fall!« Sie schüttelte entschieden den Kopf. »Ich will heute ganz viel erleben.«

Er klopfte auf die freie Betthälfte neben sich. »Das will ich auch, also komm her.«

Leonie lachte und verschwand ins angrenzende Bad. Als sie zurück in die Kabine kam, lag Ben immer noch im Bett, doch jetzt telefonierte er. »… in Ordnung, Adrian«, hörte sie ihn sagen. »Ja, das ist kein Problem.«

Ihre Vorfreude auf den Tag schwand augenblicklich. »Sag jetzt nicht, dass du heute doch wieder den ganzen Tag auf der Brücke sein musst.« Es gelang ihr nicht, ihre Enttäuschung zu verbergen.

»Das sag ich ja gar nicht.« Er wich ihrem Blick aus.

»Wir machen also unseren Ausflug wie geplant?«

»Ja, natürlich.«

»Und was verschweigst du mir dann?«

Ben lachte befangen. »Du kennst mich zu gut.«

Also war da wirklich etwas! Leonie wartete schweigend auf die Fortsetzung.

»Ich muss nach Hamburg«, sagte er schließlich leise. »Aber nur ganz kurz und erst ganz am Ende der Reise.«

Leonie war entsetzt. »Am Ende der Reise wollen wir heiraten!«

»Bis dahin bin ich zurück«, versicherte er.

Leonie spürte tief in sich wieder die Angst aufsteigen. Der Moment war wieder ganz nah, als Malte sich eine Woche vor der Hochzeit von ihr getrennt hatte. Noch einmal würde sie das nicht ertragen.

Offenbar ahnte Ben, was in ihr vorging, denn er sprang aus dem Bett, kam eilig auf sie zu und schloss sie fest in die Arme. »Wir werden heiraten, hier auf Island! Das verspreche ich dir«, sagte er eindringlich.

Leonie hörte seine Worte, doch die Angst in ihr war stärker. Ihr Lachen klang mehr wie ein Schluchzen. »Es tut mir leid«, sagte sie leise. »Ich weiß, dass ich dir vertrauen kann.«

Er umfasste ihr Gesicht sanft mit beiden Händen. »Ich werde alles dafür tun, dass du es nicht nur weißt, sondern irgendwann auch fühlen kannst«, sagte er zärtlich, dann küsste er sie.

Nach dem Frühstück wollte Ben noch einmal kurz auf die Brücke. »Wir treffen uns in einer halben Stunde an der Gangway«, verabschiedete er sich von ihr.

Leonie nutzte die Zeit für einen Besuch an der Rezeption. Dort stand Marisol und beobachtete Jasmin, die sich ein wenig abseits mit einem ungemein attraktiven Mann unterhielt. Leonie stellte sich neben Marisol, die aber bemerkte sie nicht einmal.

»Hast du eine Erscheinung?«, neckte sie leise.

»Sieht er nicht fantastisch aus?«

»Ja«, musste Leonie zugeben. »Fast zu schön, um wahr zu sein.«

»Eher männlich als schön«, bemerkte Marisol. Sie stieß einen Seufzer aus. »Aber gut, dass wir ihn haben, nachdem du dir den schönen Ben geschnappt hast«, sagte sie grinsend zu Leonie. »Natürlich denke ich dabei nur an unsere weiblichen Gäste, ich bin schließlich glücklich verheiratet.«

»Natürlich«, gab Leonie ironisch zurück. »Dir läuft bei seinem Anblick das Wasser ja fast schon aus dem Mund.«

Marisol lachte laut auf. »Nein, so schlimm ist es noch nicht. Und ich starre ihn nicht nur an, weil er gut aussieht, sondern weil ich mich immer wieder vergewissern muss, dass ich nicht träume. Er heißt übrigens Rúnar Arnarsson. Klingt das nicht toll?« Marisol presste beide Hände gegen ihre Brust. »Ich bin so froh, dass Magnus nicht mehr hier ist. Er war ständig auf der Suche nach Fehlern der Mitarbeiter, die er dann gemeldet hat. Immer tauchte er plötzlich wie aus dem Nichts auf. Auch deshalb freue ich mich so sehr über Rúnars Anwesenheit. Ich muss ihn einfach immer wieder anschauen und mich vergewissern, dass ich nicht träume.«

»Ja, das verstehe ich. Ben hat nicht viel erzählt, aber aus seinen Andeutungen habe ich schon geschlossen, dass Magnus kein angenehmer Kollege war.«

»Nein, das war er wirklich nicht. Aber jetzt mal zu was Erfreulicherem.« Marisol strahlte sie an. »Vielen Dank für die Einladung zu eurer Hochzeit. Ich freue mich sehr.«

»Ich freue mich auch.« Leonie zögerte. »Aber ehrlich gesagt gibt es immer noch Momente, in denen ich Angst habe, dass etwas dazwischenkommt«, fügte sie ehrlich hinzu.

»Ja, das kann ich gut verstehen«, sagte Marisol ruhig. »Aber eigentlich ist es doch gut, dass dir das damals passiert ist«, fügte sie lächelnd hinzu. »Sonst wärst du heute mit Malte verheiratet. Ich finde, Ben passt viel besser zu dir.«

Leonie lächelte ebenfalls. »Ja, das stimmt. Danke.«

Jasmin trat mit Rúnar zu ihnen und machte sie miteinander bekannt. »Leonie heiratet Ben Mermann, unseren ersten Offizier, wenn wir nach Reykjavík zurückkommen.«

»Allerdings nicht direkt in Reykjavík, sondern ungefähr fünfzig Kilometer außerhalb. In der Þingvallakirkja«, fügte Leonie hinzu. Sie hatte sich so viele Bilder dieser Kirche angesehen und konnte sich keinen romantischeren Ort für ihre Märchenhochzeit vorstellen.

»Einer der schönsten Orte, um sich ewige Liebe zu schwören«, bestätigte nun auch Rúnar. Er lächelte begeistert. »Ich könnte mir durchaus auch vorstellen, da zu heiraten, wenn ich einmal die Frau fürs Leben finde.«

»Sie sind Single?«, stieß Leonie so ungläubig hervor, dass nicht nur Marisol und Jasmin, sondern auch Rúnar laut lachten.

»Ja, leider«, bestätigte Rúnar. »Seit fünf Jahren.«

Leonie war überrascht. »Das verstehe ich nicht. Die Frauen machen es Ihnen doch bestimmt leicht.«

»Solche Frauen suche ich nicht.« Rúnar lächelte. »Ich bin nicht der Typ für eine Nacht, für mich kommt nur eine feste Beziehung infrage.«

Ein dreistimmiges Seufzen erklang. Als Rúnar sie der Reihe nach ansah, legte Leonie eine Hand auf ihre Brust. »Sie haben gerade unsere Herzen gewonnen«, erklärte sie lachend. »Wenn ich nicht schon den Mann gefunden hätte, den ich über alles liebe …« Sie ließ den Satz offen.

»Und ich bin schon verheiratet«, ergänzte Marisol. Alle Augen waren jetzt auf Jasmin gerichtet, doch die schüttelte lachend den Kopf. »Ich bin auch vergeben«, sagte sie zu Leonies Erstaunen. Sie blickte zu Marisol, die ebenfalls überrascht wirkte. Jasmin war vergeben?

»Und Ihre Einstellung finde ich super«, fuhr Jasmin einfach

fort und tätschelte freundschaftlich Rúnars Arm. »Wollen wir jetzt die Ausflugsprogramme für die Passagiere zusammenstellen?«

Rúnar nickte, und sie machten sich auf den Weg. Kaum waren sie außer Hörweite, fragte Leonie: »Jasmin hat einen neuen Freund?«

»Keine Ahnung.« Marisol zuckte die Schultern. »Ich bin total überrascht. Sie hat jedenfalls nichts erzählt.«

»Ich frage sie einfach«, entschied Leonie. »Dann kann ich ihren Partner auch zur Hochzeit einladen.«

Marisol lachte. »Du bist vor allem neugierig. Wie praktisch, dass du einen Vorwand hast, um nachzuhaken.«

»Ja«, gab Leonie zu. »Das mache ich bei der nächsten Gelegenheit. Aber jetzt wartet Ben auf mich. Ich halte dich auf dem Laufenden«, sagte sie und eilte davon. Dieser Tag gehörte Ben und ihr.

Kapitel 17

Nachdenklich machte Eva sich auf den Weg zu Lothars Kabine. Sie hatte ihm ihre Entscheidung noch nicht mitgeteilt. Sie wusste selbst nicht, warum sie zögerte, wollte aber nicht darüber nachdenken. Heute wollte sie einfach nur den Tag genießen.

»Ich freue mich, dass du heute Zeit für mich hast«, sagte Lothar, als er auf ihr Klopfen die Tür öffnete. »Wir können auch sofort los.« Er holte seine Tasche, dann liefen sie gemeinsam den Gang hinunter. »Ich habe einen Mietwagen gebucht«, sagte er fröhlich.

»Wie schön, danke«, sagte Eva lächelnd. »Ich bin froh, dass wir uns nicht in einen dieser Touristenbusse quetschen müssen. Hast du schon ein bestimmtes Ziel im Auge?«

»Ja. Wir beginnen mit dem Wasserfall der Götter.« Lothar griff kurz nach ihrer Hand und drückte sie. »Keine Sorge, es ist interessanter, als es klingt.«

»Dann bin ich ja mal gespannt. Ich war zwar schon auf Island, aber noch nie in Akureyri.« Eva lächelte … und dann sah sie Adrian.

Er stand auf dem Gang und sprach mit Jasmin Andres. Es schien um Berufliches zu gehen, denn die Hotelmanagerin reichte ihm eine Akte. Aber als Adrian sie daraufhin anschaute, mit einem Lächeln voller Zärtlichkeit, da war Evas ganzer Schmerz wieder da und verdrängte die Freude, die sie eben noch empfunden hatte.

Auch Lothar hatte die beiden gesehen. »Da ist ja dein Mann«, sagte er. »Ich würde ihn gerne begrüßen.«

»Lieber nicht«, erwiderte Eva hastig. »Wie du siehst, hat er gerade Besseres zu tun.« Ohne Lothars Antwort abzuwarten, bog sie eilig in den nächsten Gang ein, damit Adrian sie nicht sah.

Lothar folgte ihr. »Was genau meinst du damit?«, fragte er sichtlich verwirrt, als er sie eingeholt hatte.

»Die Frau, die bei ihm stand, ist seine Geliebte«, stieß Eva hervor. Sie hatte es nicht sagen wollen, und doch kam es voller Bitterkeit über ihre Lippen.

Lothar war sichtlich verwirrt. »Trotzdem bleibst du auf dem Schiff? Wie hältst du das aus?«

Eva schloss für einen Moment die Augen. »Überhaupt nicht«, gestand sie leise. »Je mehr Adrian sich von mir entfernt, desto stärker spüre ich, wie sehr ich ihn noch liebe. Es tut so unglaublich weh.« Es gelang ihr nur mit Mühe, die Tränen zurückzuhalten.

Lothar schloss sie tröstend in seine Arme. »Das kann ich mir vorstellen«, sagte er ruhig. »Du kennst mein Angebot. Ich will dich nicht bedrängen, aber du solltest jetzt erst recht darüber nachdenken.«

Und da war er, der richtige Augenblick, ihm zu sagen, dass sie sich entschieden hatte. Sie setzte zu einer Antwort an, doch in diesem Moment ließ Lothar sie wieder los.

»Aber nicht heute«, sagte er ernst. »Wir machen uns einen wundervollen Tag, und du schiebst alles beiseite, was dich belastet.« Er lächelte ihr zu. »Also, nicht heute«, sagte er noch einmal. »Ich verordne dir heute ausschließlich Spaß.«

Er schaffte es tatsächlich, sie zum Lächeln zu bringen. *Seine Gesellschaft tut mir gut*, dachte Eva und spürte, wie sie ruhiger wurde.

Als sie eine Viertelstunde später im Mietwagen saßen und aus Akureyri herausfuhren, fühlte sie sich fast schon wie befreit. Die ungezähmte Schönheit der Landschaft, die Fahrt vorbei an dem Fjord lösten ihren Schmerz und ihre Wut. Bunt gestrichene Holzhäuser leuchteten in der Herbstsonne, steile Straßen führten hinauf in die Hügel.

Eva musste lachen, als sie an einer Ampel anhielten und das Rotlicht in Form eines Herzens leuchtete.

Nach etwa zwanzig Minuten verließen sie die Ringstraße und stellten ihren Wagen auf dem ausgeschilderten Parkplatz ab, auf dem nur wenige Fahrzeuge standen.

Eva hörte das Rauschen des Wasserfalls bereits, als sie ausstieg.

»Weißt du, wie der Goðafoss zu seinem Namen gekommen ist?«, fragte Lothar auf dem Marsch dorthin und begann, als Eva verneinte, sofort eifrig zu erzählen: »Der norwegische König Olav I. soll den Isländern mit dem Stopp der Holzlieferungen gedroht haben, wenn sie nicht zum Christentum übertreten. Auf diesen Druck hin entschieden die Isländer im Jahr 1000, das Christentum als Staatsreligion anzuerkennen. Privat jedoch durfte man seinen alten nordischen Glauben weiterhin praktizieren. Um die Annahme des Christentums als allgemeine Religion zu unterstreichen, wurden die heidnischen Götterbilder in einen Wasserfall geworfen. Seither trägt er den Namen Goðafoss, also Götterwasserfall.« Sie umrundeten einen riesigen Felsen, dann streckte Lothar die Hand aus. »Und da ist er.«

Eva war überwältigt. »Wie schön!«, stieß sie hervor und starrte fasziniert auf das Schauspiel, das sich ihren Augen bot. Über eine Breite von dreißig Metern schoss das Wasser kaskadenartig in die Tiefe. Einzelne Felsen teilten den Wasserfall, das Wasser schimmerte kristallblau. Es war eine beeindruckende Kulisse inmitten der felsigen grünen Landschaft, die durch das Tosen der Wassermassen eindrucksvoll akustisch untermalt wurde.

Eva war wie berauscht, als sie sich nach einer Dreiviertelstunde auf den Rückweg machten. »Danke, dass du mir das gezeigt hast«, sagte sie schließlich im Wagen.

Er drückte ihre Hand. »Auch wenn man es sich in manchen Momenten nicht vorstellen kann, so gibt es doch so viele schöne Dinge, die uns über alles hinwegtrösten können«, sagte er sanft.

Eva wusste, dass er recht hatte, und musste sich eingestehen, dass sie all diese schönen Dinge, von denen er sprach, in den letzten Jahren schlicht vernachlässigt hatte. »Ich will noch nicht zurück zum Schiff«, sagte sie, als er den Wagen startete.

Lothar warf ihr einen kurzen Blick zu. »Das habe ich auch nicht vor«, sagte er lächelnd und fuhr los.

Ihr nächstes Ausflugsziel war der See Mývatn. »Der Name ist Programm«, berichtete Lothar. »Im Sommer bilden sich am Wasser riesige Mückenschwärme, die wiederum viele Vögel anlocken. Deshalb ist der See ein beliebtes Ziel für Ornithologen.«

»Klingt verlockend«, sagte Eva grinsend, »zumindest der Teil mit den Mücken.«

Lothar lachte. »Ja, es geht doch nichts über grundlegende Informationen. Im Ernst: Ich habe so viel über Island gelesen, dass ich inzwischen ganze Passagen auswendig kenne. Sag mir bitte, wenn ich dich zu sehr langweile.«

»Du langweilst mich überhaupt nicht. Ich habe mich lange nicht mehr so wohlgefühlt wie heute«, sagte Eva ehrlich. Sie lehnte sich entspannt zurück und spürte seit langer Zeit zum ersten Mal wieder eine tiefe Zufriedenheit.

»Genau so war es geplant«, erwiderte Lothar fröhlich und steuerte den Wagen auf einen Parkplatz. Auch jetzt stellte er keine Fragen nach ihren Zukunftsplänen, sprach nicht über ihre Probleme wegen Adrian. Er lebte einfach im Hier und Jetzt.

»Darum beneide ich dich«, sagte Eva aus diesen Gedanken heraus.

»Was meinst du?«

»Na ja, ich finde es bemerkenswert, dass du es schaffst, alles auszublenden und dich nur auf den Moment zu konzentrieren.«

Lothar schwieg einen Moment, dann sagte er ernst: »Nur so konnte ich überleben.«

Eva starrte ihn an. Sie wusste nicht, worauf er hinauswollte, und ihr ging auf, dass sie sich noch nie Gedanken über ihn und sein Leben gemacht hatte, obwohl sie ihn schon seit fast zehn Jahren kannte. Sie hatten eng zusammengearbeitet. Sie hatte ihn stets geschätzt, als Kollegen, später als guten Freund. Doch jetzt wurde ihr bewusst, dass sie eigentlich so gut wie nichts über ihn wusste. Sie schluckte. »Ich hatte keine Ahnung«, sagte sie leise. »Was ist denn passiert?«

»Es ist schon so lange her …« Sein Blick verlor sich in weiter Ferne. Er schwieg, lange, dann schaute er sie wieder an. »Mein Sohn wäre vor zwei Tagen volljährig geworden.«

»Wäre?« Eva war erschrocken. Sie hatte nicht gewusst, dass er Kinder hatte.

Lothar lächelte wehmütig. »Ich habe bisher nie darüber gesprochen. Meine Frau hatte ihn in den Kindersitz gesetzt und ist noch einmal zurück ins Haus, um ihre Handtasche zu holen. In dieser kurzen Zeit fuhr ein Lkw durch die Straße. Der Fahrer verlor die Kontrolle und knallte direkt in unseren Wagen.« Lothar verstummte. In seinen Augen lag all der Schmerz, den diese Erinnerung auch heute noch in ihm auslöste. »Jonathan war auf der Stelle tot«, schloss er leise.

Eva war zutiefst gerührt. »Oh mein Gott, Lothar, was für eine schreckliche Geschichte«, brachte sie leise hervor.

Lothar lächelte traurig. »Damals wollte ich auch nicht mehr weiterleben. Ich konnte einfach nicht begreifen, dass er nicht mehr da ist. Dass ich nie wieder sein Lachen hören, sein süßes, kleines Gesichtchen sehen sollte. Er hatte an diesem Morgen seine ersten Schritte gemacht, und ein paar Stunden später war er tot.«

»Und was ist mit deiner Frau?«, fragte Eva leise. Sie hatte gewusst, dass er geschieden war. Es erschütterte sie, wie viel Leid und Schmerz hinter seiner Geschichte steckte.

»Für sie war es natürlich genauso schlimm«, sagte er bewegt. »Wir haben es nicht geschafft, uns in dieser Zeit gegenseitig Halt zu geben. Unsere Ehe ist letztendlich daran gescheitert.«

Eva spürte einen Kloß im Hals, und es gelang ihr nur mit Mühe, die Tränen zurückzuhalten. Sie hätte Lothar gerne berührt, seine Hand gehalten, aber sie war sich nicht sicher, ob er das im Moment wollte.

»Es tut mir unendlich leid«, flüsterte sie.

Er suchte ihren Blick, lächelte wehmütig. »Irgendwann lässt der schlimmste Schmerz nach, auch wenn ein Teil der Trauer immer bleibt.«

Eva schloss für einen Moment die Augen. Sie wusste, dass er auch auf ihre Situation anspielte, und war ihm dankbar für seine Worte. »Danke, für dein Vertrauen«, sagte sie. »Ich weiß das sehr zu schätzen.«

»Danke, dass du mir zugehört hast.«

Es fiel ihm offensichtlich ebenso schwer wie ihr, wieder ins Hier und Jetzt zurückzukehren. Er atmete tief durch. »Wir wollten uns einen schönen Tag machen«, sagte er schließlich.

»Können wir das denn jetzt noch?« Eva war verunsichert.

»Ja.« Er nickte und bekräftigte es gleich noch einmal. »Ja!« Dann öffnete er die Tür und stieg aus.

Auch Eva verließ den Wagen. Seine Geschichte wirkte in ihr

nach. Auch er schien in Gedanken versunken zu sein. Sie fühlte sich ihm ganz nah, und als er ihr kurz zulächelte, erkannte sie, dass er es ebenso empfand. Schweigend setzten sie ihren Weg fort über Kiesel und Steine. Karge Felsen säumten ihren Weg.

Die Sonne zeigte sich an diesem kühlen Herbsttag nicht, aber das tat der Schönheit der Umgebung keinen Abbruch. Sie folgten dem beschilderten Weg, und dann war der Mývatn vor ihnen. Viele kleine und größere Inseln lagen wie hingetupft in dem blau schimmernden See. Die Zugvögel waren bereits Richtung Süden unterwegs, doch sie sahen Singschwäne, deren posaunenähnliche Töne sich mit dem leisen Pfeifton der Spatelenten vermischte. Gänsesänger und Stockenten schwammen auf dem See.

»Der Mývatn ist das größte Brutgebiet für Enten auf der Insel. Die Kragen- und die Spatelente sind zwei Vogelarten, die nur auf Island brüten«, erklärte Lothar.

Langsam wanderten sie weiter und hatten nun einen Blick über das Geothermalgebiet Hveraröng. Qualm stieg an verschiedenen Stellen aus der Erde, ebenso wie vulkanische Gase. Einige der Quellen bildeten Schwefel, was deutlich zu riechen war. Es zischte und sprudelte. Die vegetationslose Landschaft war bestimmt von unterschiedlichen Braun- und Beigetönen.

»Allmählich habe ich Hunger«, bemerkte Lothar. »Du auch?«

»Ja«, stimmte Eva zu. »Selbst der Gestank kann mir nicht den Appetit verderben.«

Lothar lächelte. »Es soll hier in der Nähe ein ganz gutes Restaurant geben.«

»Weißt du das auch aus deinen Büchern?«, erkundigte sich Eva amüsiert.

»Nein, das weiß ich von eurem Kreuzfahrtdirektor«, erwiderte Lothar lachend.

Eva erschrak. »Magnus ist wieder da?«, brachte sie hervor. Sie hatte natürlich auch gehört, was auf dem Schiff längst die Runde gemacht hatte: Magnus war entlassen worden. Aber im Gegensatz zu allen anderen kannte sie auch die Hintergründe. Es war unvorstellbar, dass er zurück sein sollte. Es war auch von einem neuen Kreuzfahrtdirektor die Rede gewesen. Eva wusste allerdings nicht, ob er schon an Bord war, getroffen hatte sie ihn jedenfalls noch nicht.

»Nein, der hieß anders.« Lothar überlegte kurz. »Rúnar Sowieso. Den Nachnamen habe ich vergessen.«

Eva atmete erleichtert auf. »Natürlich, der neue Kreuzfahrtdirektor. Im ersten Moment habe ich gedacht …« Sie brach ab und schüttelte den Kopf. »Das ist natürlich Unsinn!«

Lothar musterte sie. »Was dachtest du denn?«

Eva erwiderte seinen Blick. Er hatte ihr Vertrauen geschenkt und seine Geschichte erzählt. Eva fand, dass sie sein Vertrauen erwidern konnte. Sie versuchte sich zu sammeln, wusste nicht recht, wo sie beginnen sollte.

Doch kaum hatte sie die ersten Worte ausgesprochen, sprudelte es aus ihr heraus. Sie erzählte ihm von Magnus, alles, ließ auch ihre Affäre nicht aus. Sie sprach über ihre Halbschwester, die verschwunden und ebenso plötzlich wieder aufgetaucht war. Dabei brach all die Bitterkeit, die sie je wegen Kristiana empfunden hatte, aus ihr heraus. Und dann erzählte sie auch von dem Hackerangriff, den Magnus und Kristiana zu verantworten hatten.

Lothar hörte ihr aufmerksam zu, unterbrach sie mit keinem Wort. Als sie geendet hatte, schloss er sie einfach in die Arme.

Eva ließ es zu. Sie lehnte sich an ihn, ihr Kopf ruhte auf seiner Schulter. Sie schloss die Augen und fühlte sich zum ersten Mal seit langer Zeit geborgen und beschützt.

Als sie schließlich den Kopf hob, ließ Lothar sie wieder los.

»Es ist alles in Ordnung«, versicherte sie, als sie seinen besorgten Blick bemerkte.

»Nein, das ist es nicht«, entgegnete er ruhig. »Aber ich glaube, wir haben heute beide einen großen Schritt in diese Richtung gemacht, indem wir über das gesprochen haben, was uns bewegt.«

»Ja, das stimmt«, sagte Eva ehrlich, und fügte mit einem Lächeln hinzu: »Und jetzt habe ich erst recht Hunger.«

Das Restaurant lag in der Nähe des Sees. Der rechteckige Speiseraum war einfach gestaltet, ausgestattet mit schnörkellosen Holztischen und Stühlen. Es gab keinen Tischschmuck, keine Dekoration, aber das war auch nicht erforderlich. Der grandiose Ausblick auf den See durch die großen Fenster rundum genügte völlig.

Sie entschieden sich beide für einen leichten Salat, dazu probierten sie *Rugbraud*, ein Roggenbrot, das im Restaurant selbst gebacken wurde. Zum Dessert gab es Skyr mit Beerenfrüchten.

»Ich glaube, ich habe lange nicht mehr so gut gegessen«, stellte Eva anschließend fest. »Dabei waren es ganz einfache Gerichte.«

»Manchmal sind die einfachen Dinge die besten«, erwiderte Lothar mit einem leisen Lächeln.

Eva musterte ihn. Dieser Mann besaß offensichtlich weitaus mehr Facetten, als sie je an ihm gesehen hatte.

»Warum starrst du mich so an?«, fragte er.

»Weil mir gerade zum zweiten Mal an diesem Tag bewusst geworden ist, dass ich dich eigentlich überhaupt nicht kenne.«

Zu ihrer Überraschung nickte Lothar. »Das stimmt«, bestätigte er und erhob sich. »Fahren wir weiter?«

»Ja.« Eva stand ebenfalls auf und musste sich eingestehen, dass dieser Mann sie mit einem Mal sehr verwirrte.

Ihr letztes Ziel lag am östlichen Teil des Sees. Hier war der Boden von Spalten durchzogen, aus einigen stieg heißer Dampf auf.

Lothar folgte der Straße bis zu einem Parkplatz. »Ich muss dich vorwarnen«, sagte er ernst, als er den Motor abstellte. »Es wird jetzt ein wenig anstrengend.«

»Ich bin fit«, behauptete Eva und stieg aus dem Wagen.

Der Weg führt zuerst durch eine Heidelandschaft und ein lichtes Birkenwäldchen und wurde dann zu schwarzem Sand, der sich bis zu einer Felsenkluft erstreckte. Es folgte ein Gebiet mit wassergefüllten Spalten, aus denen ebenfalls heißer Dampf in die kühle Herbstluft aufstieg.

»Können wir hier baden?« Die Frage war nicht ernst gemeint, doch Lothar nickte. »Wir müssten uns allerdings nach der Temperatur erkundigen, denn die wechselt aufgrund sich ändernder Zuflüsse.«

Eva war beeindruckt. Sie sah sich um, aber es war keine Menschenseele zu sehen. »Schade, gerade keiner da, den wir fragen könnten«, sagte sie lächelnd. »Aber macht nichts, ich habe sowieso keinen Badeanzug dabei.« Sie fühlte sich gut, trotz der schweren Themen, die sie mit Lothar besprochen hatte. Es war, als hätte sich mit dem Reden etwas in ihr gelöst.

Lothar lachte und deutete auf ein Loch in dem kargen Felsen, groß genug, um sie hindurchzulassen. »Da, der Eingang zur Grjótagjá-Höhle. Wollen wir mal reinschauen?«

Eva stimmte zu, und kurz darauf tasteten sie sich vorsichtig die Felsen hinab. Immer wieder schaute Lothar sich nach ihr um.

»Kannst du noch? Ist dir das nicht zu anstrengend?«

»Nichts in der Welt würde mich jetzt zur Umkehr bringen«, erwiderte sie ehrlich.

Ihr stockte der Atem, als sie unten ankamen und sie sich

nicht mehr auf den Weg, sondern allein auf die Schönheit der Höhle konzentrieren konnte. Felsen in weißgrauen und beigen Tönen bildeten diesen Hohlraum, das Wasser auf dem Grund der Höhle leuchtete klar und blau.

»Genau hier haben Jon Snow und Ygritte gebadet«, sagte Lothar ehrfürchtig.

Eva wusste nicht, worauf er hinauswollte. »Wer ist das?«

»Frag deine Tochter.« Lothar grinste. »Sie hat doch bestimmt die Serie Games of Thrones gesehen.«

»Ja, das hat sie.« Eva musste jetzt lachen. »Und sie wird mich ganz sicher sehr um diesen Augenblick hier beneiden.«

Schließlich wurde es Zeit, den Rückweg anzutreten. Mit jedem Meter, den sie sich Akureyri und dem Schiff näherten, wurde Eva bewusster, dass sie eigentlich nicht dorthin wollte. Sie sprach immer weniger und schwieg schließlich ganz.

Natürlich entging das Lothar nicht.

»Ich könnte dich zu einem Hotel in Akureyri bringen«, schlug er vor, »dann hättest du ein bisschen mehr Abstand.«

»Das geht leider nicht«, sagte Eva bedauernd. »Ich darf das Schiff tagsüber zu einem Landgang verlassen, weil dann ein Arzt vor Ort erreichbar ist, aber nachts muss ich auf der *MS Kristiana* sein.«

»Schade«, sagte Lothar. »Aber vermutlich ist es auch nicht die Lösung, dass du die Nacht in einem Hotelzimmer verbringst. Auf dem Schiff hast du wenigstens Menschen um dich, die dir vertraut sind.«

»Ja.« Eva schluckte. All das, was sie am Morgen hinter sich gelassen hatte, holte sie mit voller Wucht wieder ein. Und es war völlig egal, ob sie sich in einem Hotelzimmer oder auf dem Schiff einsam fühlte. Adrian war für sie nicht mehr erreichbar, zu den anderen Crew-Mitgliedern hatte sie keinen engen Kontakt, und an alldem war sie nicht ganz unschuldig.

Kapitel 18

Sie hatten sich abgewechselt. Gestern war Marisol am Vormittag zu einem Landausflug aufgebrochen, heute hatte Jasmin ihren freien Tag.

»Herein«, rief sie, als es an der Tür ihrer Kabine klopfte. Sie war überrascht, als Adrian eintrat.

»Was unternehmen wir heute?«, fragte er.

»Du und ich?« Hatte er etwa frei? Jasmin freute sich.

»Ja. Ich habe heute auch frei, würde aber trotzdem gerne wieder aufs Schiff.«

Sie verstand nicht, was er meinte.

Er lachte. »Ich würde gerne Wale mit dir beobachten. Also, streng genommen mit dir und vielen anderen Touristen.«

Jasmin war begeistert. Seit der ersten Fahrt mit der *MS Kristiana* hatte sie diese majestätischen Tiere in ihrem natürlichen Lebensraum sehen wollen. Voller Freude wollte sie Adrian um den Hals fallen, doch in diesem Moment überfiel sie die Welle der Übelkeit so plötzlich, dass sie es gerade noch schaffte, sich ins Bad zu flüchten. Dort übergab sie sich. Minutenlang und immer wieder, obwohl sie am Morgen kaum etwas gegessen hatte.

»Was ist mit dir?«, hörte sie Adrian besorgt rufen.

»Komme … gleich …« Mehr brachte sie nicht über die Lippen, weil sie sich erneut übergeben musste.

Endlich war es vorbei. Erschöpft putzte sie sich die Zähne, wusch sich das Gesicht und verließ das Bad.

Adrian saß auf ihrem Bett und blickte sie besorgt an. »Ich

hoffe, du willst mir damit nicht indirekt sagen, dass du meinen Vorschlag zum Kotzen findest.«

Sie setzte sich neben ihn. »Sehr nett ausgedrückt«, sagte sie matt. »Als ob es mir in deiner Gegenwart nicht schon peinlich genug wäre.«

»Das muss dir nicht peinlich sein«, sagte er sanft, sein Blick blieb besorgt. »Jasmin, was ist los mit dir? Mittlerweile macht es bereits innerhalb der Crew die Runde, dass du krank bist. Du solltest dich gründlich von Eva untersuchen lassen.«

»Nein!«, rief sie heftig. Sie schloss für einen Moment die Augen und fügte dann ruhiger hinzu: »Ausgerechnet von Eva. Es ist schon alles schwierig genug.«

»Aber sie war doch schon bei dir? Ist da irgendetwas vorgefallen?«

»Nein, sie war sehr souverän und höflich. Sie vermutet, dass es sich um einen Infekt handelt. Genau das glaube ich auch. Mir geht es ja nicht ständig schlecht, und die Medizin hilft auch.«

»Unter diesen Umständen sollten wir die Walbeobachtung vielleicht ausfallen lassen«, beschloss Adrian.

Jasmin hätte den Ausflug sehr gerne gemacht, aber sie musste sich eingestehen, dass ihr gerade auch ein wenig davor graute. Die Übelkeit kam in Wellen, für sie immer unvorhersehbar und sehr heftig. Was, wenn das auch auf dem Boot geschah? Aber im Moment war sie verschwunden, und sie wollte Adrian auch nicht die Freude verderben. »Es geht mir schon besser«, sagte sie ehrlich.

Doch er ließ sich nicht umstimmen. Seine Sorge um sie rührte sie, auch wenn sie sich – leider vergeblich – dagegen wehrte, dass er deswegen Eva anrief.

Nach ein paar Minuten kam die Ärztin mit ihrer Tasche zu ihr. Sie kommentierte nicht, dass Adrian in Jasmins Kabine war, doch ihr Blick, der zwischen ihm und Jasmin hin- und herwechselte, verriet sie.

Sie weiß es, fuhr es Jasmin durch den Kopf. *Sie weiß, dass Adrian und ich ein Paar sind.*

Doch Eva Fredriksen stellte lediglich einige Fragen, die sich ausschließlich auf Jasmins Symptome bezogen.

»Ich könnte Ihnen ein stärkeres Mittel gegen die Übelkeit verschreiben«, sagte sie, überlegte es sich dann aber anders. »Aber ich möchte Sie vorher auf der Krankenstation gründlich untersuchen. Ich brauche eine Blut- und eine Urinprobe.«

»Das klingt vernünftig«, sagte Adrian an Jasmins Stelle.

Eva presste für einen Moment die Lippen aufeinander, bevor sie sich wieder an Jasmin wandte. »Ich erwarte Sie in einer halben Stunde im Untersuchungszimmer. Auf Wiedersehen.«

Adrian begleitete sie zur Tür. »Danke, Eva.«

»Du brauchst mir nicht zu danken. Das ist mein Job!«, hörte Jasmin sie unfreundlich sagen.

»Hast du ihr von uns erzählt?«, wollte sie von Adrian wissen, kaum dass die Tür hinter der Ärztin ins Schloss gefallen war.

»Nein! Ich wollte damit bis zum Ende der Reise warten. Die Situation ist angespannt genug.«

»Ich glaube, dass sie es weiß«, sprach Jasmin ihre Gedanken aus. »Bitte sprich mit ihr. Alles andere wäre nicht fair.«

»Ja, du hast recht«, erklärte Adrian sich einverstanden. »Ich rede mit ihr, sobald sich eine günstige Gelegenheit ergibt.«

»Die gibt es nie«, sagte Jasmin ernst. »Also such bitte das Gespräch und sag ihr die Wahrheit.«

Eine halbe Stunde später betrat Jasmin angespannt die Krankenstation. Adrians Angebot, sie zu begleiten, hatte sie abgelehnt. Die Situation war ohnehin schwierig genug für alle.

Doch zu ihrer Überraschung kam es nicht zu einer weiteren

Begegnung mit Eva. Stattdessen wurde sie von Schwester Ayda empfangen. Eva Fredriksen hatte sie informiert und ihr genaue Anweisungen erteilt. Jasmin musste eine Urinprobe abgeben, außerdem nahm Ayda ihr Blut ab. Dann überreichte sie Jasmin ein Medikament.

»Das kannst du nehmen, wenn die Übelkeit wiederkommt«, sagte sie. »Sobald Dr. Fredriksen die Laborergebnisse hat, wird sie dir etwas anderes verschreiben. Oder dich gegebenenfalls zu einem Spezialisten überweisen.«

»Hier in Island?«, fragte Jasmin überrascht.

»Nein. Die Reederei würde dann für dich einen Rückflug nach Hamburg buchen«, verkündete Ayda. »Dr. Fredriksen hat sich bereits nach entsprechenden Möglichkeiten erkundigt.«

Jasmin stockte der Atem. Hatte Eva Fredriksen einen Verdacht, dass ihr womöglich etwas Schlimmes fehlte? Oder wollte sie diese Gelegenheit nur nutzen, um sie loszuwerden?

Natürlich wollte Adrian später wissen, was die Untersuchung ergeben hatte.

»Bisher noch nichts.« Jasmin berichtete von den diagnostischen Maßnahmen und erwähnte auch, dass Eva nicht anwesend gewesen war. Ihre Vermutungen behielt sie für sich, solange sie nicht wusste, ob sie damit richtiglag.

Erfreulicherweise kehrte die Übelkeit in den nächsten Stunden nicht zurück. Auf die Waltour verzichteten sie dennoch, was sich als gute Entscheidung erwies, weil das Wetter plötzlich umschlug. Ein starker Wind peitschte das Wasser auf, heftiger Regen prasselte hernieder. Und so verbrachten sie einen gemütlichen Tag in Adrians geräumiger Kabine, nahmen dort die Mahlzeiten ein und träumten von ihrer gemeinsamen Zukunft. Am Abend, als das Schiff auslaufen sollte, musste Adrian zurück auf die Brücke.

»Bleib doch«, bat Adrian. »Ich habe nur bis Mitternacht Dienst. Es wäre schön, wenn du bei meiner Rückkehr noch da bist.«

»Ich weiß nicht, ob die Idee so gut ist«, sagte Jasmin zögernd. Sie dachte an das letzte Mal, da war sie Eva auf dem Weg zu Adrian begegnet. »Was ist, wenn jemand bemerkt, dass ich die ganze Nacht bei dir verbringe?« Bisher war das gutgegangen, aber sie wollte ihr Glück nicht herausfordern.

Lächelnd schaute er sie an. »Ich will dich bei mir haben, Tag und Nacht!«

»Ich weiß.« Eine Welle der Zärtlichkeit durchfuhr Jasmin. »Ich sehne mich auch danach. Aber ich will kein Gerede innerhalb der Crew. Schon gar nicht wegen deiner Frau. Ich finde, das sind wir ihr schuldig.«

»Ich werde bald mit ihr reden«, versprach er.

Jasmin küsste ihn zum Abschied, dann verließ sie als Erste seine Kabine. Ungesehen erreichte sie Deck drei und die Rezeption. Dort sprach Marisol gerade mit einem Paar, das schon durch seinen großen Altersunterschied auffiel. Er trug einen dichten Vollbart und eine Hornbrille mit leicht getöntem Glas. Von seinem Gesicht war nicht viel zu sehen, trotzdem kam er Jasmin bekannt vor, ebenso wie die Frau. Sie trug Jeans und ein Shirt. Ein Kopftuch war um ihren dunklen Pagenkopf gebunden.

»Frau Carla Stein und Herr Ingo Thann«, stellte Marisol ihr die beiden Gäste mit einem vielsagenden Blick vor. »Und das ist Frau Andres, unsere Hotelmanagerin.« Die Tatsache, dass sie Jasmin ansprach, obwohl diese eigentlich nicht im Dienst war, ließ Jasmin aufhorchen.

»Gibt es ein Problem?«, erkundigte sie sich sofort.

»Nein, es ist alles in Ordnung«, versicherte Ingo Thann hastig. »Wir waren nur neugierig, wer hier für den reibungslosen Ablauf verantwortlich ist.«

»*Du* warst neugierig«, verbesserte ihn seine hübsche Begleiterin. Sie hängte sich bei ihm ein und schaute ihn verliebt an.

»Wir bieten Führungen auf der *MS Kristiana* an. Wenn Sie sich für das Schiff interessieren, kann ich Ihnen eine Teilnahme sehr empfehlen«, sagte Jasmin freundlich. Sie verschwieg, dass es diesen Service auf dieser Fahrt zum ersten Mal gab. Es war eine Möglichkeit, die Gäste bei fortdauernd schlechtem Wetter zu unterhalten. Bei den vergangenen beiden Fahrten war mehrmals danach gefragt worden.

»Dazu gehört auch ein Besuch auf der Brücke bei Kapitän Fredriksen und …«

»Nein!«, wehrte Ingo Thann so heftig ab, dass Jasmin und Marisol einen verwunderten Blick tauschten.

»Es ist alles in Ordnung«, versicherte Ingo Thann. »Wir sind beide sehr zufrieden.« Er fasste nach dem Arm seiner Begleiterin und zog sie mit sich fort.

»Was war das denn?«, fragte Marisol leise.

Jasmin schaute dem Paar nach. »Ich habe die beiden schon einmal gesehen«, sagte sie nachdenklich. »Ich kann mich nur nicht erinnern, wann und wo das war.«

»Das ist ja auch nicht so wichtig.« Marisol schaute sie schmunzelnd an. »Viel mehr würde mich interessieren, seit wann es wieder einen Mann in deinem Leben gibt.«

Jasmin war sofort auf der Hut. »Wie kommst du darauf?«, versuchte sie, Zeit zu schinden, dabei kannte sie die Antwort.

Marisol grinste vielsagend. »Na, weil du Rúnar gesagt hast, dass du auch nicht mehr frei bist.« Sie schaute Jasmin erwartungsvoll an und schien weitere Erklärungen zu erwarten, die Jasmin ihr aber nicht geben konnte.

»Ach komm, sag schon, Jasmin«, hakte sie nach, als Jasmin schwieg. »Bist du vielleicht doch wieder mit diesem komischen Ralph zusammen? Ist er deshalb auf dem Schiff?«

Jasmin musste laut lachen. »Ganz bestimmt nicht«, versicherte sie.

»Aber du hast dich verliebt?«

Marisol war nicht mehr nur eine Kollegin, sie war eine Freundin geworden. Jasmin mochte sie nicht belügen. »Ja«, gab sie zu. »Aber es ist noch zu früh, darüber zu reden.«

»Ich verstehe schon. Du willst eigentlich überhaupt nicht darüber reden.«

»Im Moment nicht«, sagte Jasmin ehrlich. »Sei mir bitte nicht böse.«

»Natürlich bin ich nicht böse«, sagte Marisol, doch Jasmin entging nicht, dass das Lächeln der Kollegin etwas schief geriet. Vermutlich war sie verletzt, weil Jasmin ihr nicht vertraute.

»Ich würde es dir gerne erklären«, setzte Jasmin an.

»Schon gut, du musst mir nichts erklären.« Marisol deutete hinter sie. »Da kommt übrigens dein Ex.«

Jasmin wandte sich um. Tatsächlich, Ralph kam auf sie zu. Er trug auch heute wieder eine weiße Hose, ein weißes Poloshirt und einen blauweiß gestreiften Pullover.

»Da bist du ja«, sagte er.

»Kann ich etwas für dich tun?«, fragte sie zurückhaltend.

»Ja, Ma braucht eine zusätzliche Decke. Sie friert ständig.«

»Das hättest du auch dem Zimmerservice sagen können.« Jasmin bemühte sich um einen freundlichen Ton.

»Ich wollte es aber dir sagen.« Ralph räusperte sich. »Und ich wollte dich fragen, ob wir uns einmal zusammensetzen können. Vielleicht bei einem Glas Wein.«

Noch während er sprach, schüttelte Jasmin den Kopf.

»Oder bei einer Tasse Kaffee«, bat er kleinlaut.

»Nein. Wir haben uns nichts mehr zu sagen.« Jasmin wollte das Gespräch mit ihm so schnell wie möglich beenden. »Ich sorge dafür, dass deiner Mutter eine Decke gebracht wird.« Damit wandte sie sich um, doch Ralph wollte sie offenbar noch nicht gehen lassen. Schwer legte er seine Hand auf ihre Schulter.

Jasmin zuckte zusammen. Die Berührung war so unangenehm, dass sie seine Hand wegschlug.

Ralphs Augen verengten sich zu schmalen Schlitzen. »Früher hat dir das nichts ausgemacht. Ganz im Gegenteil.«

»Die Betonung liegt auf *früher*«, wies Jasmin ihn zurecht.

»Bitte, Jasmin!« Er wirkte jetzt wütend. »Du hast doch erreicht, was du wolltest. Mama und ich sind dir sogar bis nach Island gefolgt. Aber jetzt lass es gut sein und komm endlich wieder nach Hause.«

Jasmin starrte ihn fassungslos an. Dass sie ihr bis nach Island folgten, war ja nun wirklich das Letzte, was sie gewollt hatte. Hatte er wirklich nicht begriffen, dass sie sich endgültig von ihm getrennt hatte? »Ich komme nie wieder zu dir zurück«, sagte sie hart und ging.

»Frau Heiden hat sich wieder über dich beschwert.« Adrian war extra von der Brücke gekommen, um ihr das mitzuteilen. Er lachte amüsiert. »Vielleicht sollte ich ihr sagen, dass ich kaum die richtige Stelle für ihre Beanstandungen bin.«

Jasmin hingegen fand das nicht lustig. »Was genau hat Cosima gesagt?«

»Angeblich hast du dich ihrem Sohn gegenüber ungebührlich verhalten.«

»Was auch immer sie darunter versteht.« Jasmin war wütend. »Ich habe Ralph lediglich mitgeteilt, dass ich nicht mehr zu ihm zurückkomme.« Sie schwieg einen Moment. »Ich frage mich«, sagte sie schließlich langsam, »wieso das den beiden plötzlich so wichtig ist. Ich glaube kaum, dass Ralphs Liebe zu mir wieder entflammt ist. Und Cosima war mit seiner Wahl ohnehin nie einverstanden, sie konnte mich nicht ausstehen.

Aber jetzt reist sie mit Ralph sogar bis nach Island, um mich zurückzuholen.«

Adrian schloss sie in seine Arme. »Ihre Beweggründe sind mir ehrlich gesagt egal, solange du nur bei mir bleibst.«

»Daran zweifelst du hoffentlich nicht einen Augenblick.« Jasmin umarmte ihn. »Ich kann es kaum erwarten, bis wir endlich wieder in unserem Paradies sind.«

»Das geht mir genauso«, sagt er. »Ich kann es kaum noch abwarten, bis wir endlich mit diesen Heimlichkeiten aufhören und in unser gemeinsames Leben starten können.«

Kapitel 19

»Morgen komm ich in den Kindergarten«, schrie Elias, als er Nele sah. Er, sein Vater und sein Bruder kamen ihr auf dem Gang entgegen. »Und der Leo auch.«

Nele ging in die Hocke, so wie sie es immer machte, um auf Augenhöhe mit den Kindern zu sein. »Ich freue mich auf euch«, versicherte sie.

»Kommt der Noah auch?«, wollte Elias wissen.

»Ja«, bestätigte Nele. »Und Emilia.«

Elias winkte ab. »Die ist ein Mädchen, mit der spiele ich nicht.«

»Warum denn nicht?«, fragte Nele überrascht.

»Weil mein Freund auch nicht mit Mädchen spielt. Weil die doof sind.«

»Mädchen sind nicht doof, aber das wirst du auch noch feststellen«, sagte Nele lächelnd.

Simon Adams schaute sie besorgt an, als sie sich wieder erhob. »Glauben Sie, dass ihm eine weibliche Bezugsperson fehlt?«

»Nein. Diese Phase tritt bei vielen Jungen in seinem Alter auf«, versuchte Nele ihn zu beruhigen.

»Dann ist es ja gut.« Simon Adams atmete erleichtert auf. »Ich würde morgen auf Grímsey gerne einen Ausflug machen, wenn die Jungen bei Ihnen in Kindergarten sind«, sagte er dann.

Nele ließ sich nicht anmerken, dass das Örtchen ursprünglich auch auf ihrem Wunschzettel für einen Landgang gestanden hatte, aber jetzt musste sie arbeiten. »Meine Schwester will auch auf die Insel«, berichtete sie. »Ihre Kinder sind dann ebenfalls im Kindergarten.«

»Oh …« Er wirkte plötzlich unbeholfen und stotterte herum. »Also, glauben Sie … meinen Sie … wenn ich Ihre Schwester fragen würde … ich meine …« Hilflos brach er ab.

»Klar«, sagte Nele. »Fragen Sie Miriam, ob sie diesen Ausflug gemeinsam mit Ihnen machen möchte. Ich bin sicher, dass sie sich freut.«

»Ja?« Er strahlte.

»Ganz bestimmt«, sagte Nele. Ihre Schwester hatte seit der ersten Begegnung immer wieder über Simon Adams und die armen mutterlosen Jungen gesprochen. Nele hatte auch bemerkt, dass Miriam bei den Mahlzeiten nach der Familie Ausschau hielt. Bisher hatten sie die Adams' aber nicht mehr gesehen.

»Ich hätte mich längst mal wieder bei Ihnen und Ihrer Schwester gemeldet, vor allem wegen Elias. Er wollte so gerne mit Noah spielen. Aber ich wusste Ihre Kabinennummer nicht, und an der Rezeption wurde mir keine Auskunft erteilt.«

»Ja, wir dürfen die Nummern nicht weitergeben«, bestätigte Nele. »Die Passagiere dürfen sie nur miteinander austauschen.«

»Ich verstehe.« Simon blickte bedrückt drein. »Das ist allerdings schade, denn dann dürfen Sie mir Ihre Kabinennummer ja auch nicht sagen.«

»Als Angestellte der Reederei darf ich das nicht, aber als Passagier kann ich sie Ihnen verraten.« Nele nannte sie ihm schmunzelnd. »Und dort finden Sie auch meine Schwester.«

Simon bedankte sich mehrmals bei ihr, bis Elias an seiner Hose zupfte. »Das hast du schon ganz oft gesagt, Papa. Können wir jetzt zu Noah? Ich will mit dem spielen.«

»Wo ist eigentlich Leo?«, fragte Nele.

»Der ist bei unseren Kabinennachbarn«, sagte Simon Adams. »Sie haben eine Tochter in seinem Alter, und Leo findet Mädchen noch nicht doof.«

»Der ist ja auch noch ein Baby«, stellte Elias fest.

Nele streichelte ihm über das verstrubbelte Haar. Der Junge lächelte sie an und schien diese Berührung zu genießen. »Ich komme jeden Tag in den Kindergarten«, verkündete er. »Bis wir wieder zu Hause sind.«

Nele brachte es nicht übers Herz, ihm zu sagen, dass sie nur an einzelnen Tagen arbeitete. »Ich freue mich auf morgen«, verkündete sie, und das stimmte sogar.

Simon bedankte sich, dann ging er mit seinem Sohn weiter.

Während Nele noch überlegte, ob sie seinen Besuch bei ihrer Schwester ankündigen sollte, tauchte Rúnar auf. »Ich habe Sie beobachtet«, sagte er direkt. Als er so dicht vor ihr stand, stellte sie fest, dass er mehr als einen Kopf größer war als sie. Mehr noch beschäftigten sie seine Worte. Sie hatte keine Ahnung, was sie davon halten sollte, dass er sie beobachtete. Schweigend schaute sie zu ihm auf und wartete auf die Fortsetzung.

»Sie können sehr gut mit Kindern umgehen«, sagte er.

»Das ist mein Job«, erwiderte Nele distanziert.

»Nein, das ist nicht nur ein Job. Man spürt, dass Sie Kinder lieben«, hielt Rúnar dagegen. »Ich bin froh, dass wir eine so gute Kindergärtnerin an Bord haben.«

Nele freute sich über das Lob, aber eines wollte sie klarstellen. »Danke. Aber eigentlich habe ich Urlaub«, warf sie ein.

»Das weiß ich.« Rúnar lächelte sie an und zeigte dabei seine strahlend weißen Zähne. »Ich habe bereits mit Herrn Tychsen gesprochen. Die Reederei wird sich auch für Ihren außerplanmäßigen Einsatz erkenntlich zeigen.«

Nele freute sich. Natürlich war ihr Einsatz nicht selbstverständlich, aber es tat gut zu wissen, dass ihre Leistung anerkannt wurde, auch wenn es nur um ein paar Tage ging. Doch bevor sie etwas entgegnen konnte, trat die Schiffsärztin zu ihnen.

Sie wirkte angespannt, hielt die Lippen dicht aufeinandergepresst. In dem Blick, mit dem sie Rúnar ansah, lag zu Neles Erstaunen Traurigkeit. »Sie haben Kontakt zu meinem Vater?«

»Ja.« Der neue Kreuzfahrtdirektor wandte sich direkt an Dr. Fredriksen. »Ich stehe in ständigem Kontakt mit Ihrem Vater.«

Nele verstand nicht, worum es ging, aber sie hatte den Eindruck, dass die Ärztin gegen die Tränen ankämpfte. Ausgerechnet Dr. Fredriksen, die immer so kühl und unnahbar wirkte! Nele empfand Mitleid ihr, aber nur genau so lange, bis die sie ungehalten anfuhr.

»Warum starren Sie mich so an? Haben Sie nichts zu tun?«

Nele lag eine ebenso heftige Antwort auf der Zunge, doch sie entschied sich dagegen. Die Tochter des Reeders war verletzt, aus welchem Grund auch immer, und trat um sich. Es war Zufall, dass dieses Mal Nele im Weg stand. »Ich gehe dann mal«, murmelte sie lediglich.

Rúnar legte kurz eine Hand auf ihren Unterarm. »Aber nicht, ohne dass ich mich noch einmal bei Ihnen bedankt habe«, sagte er lächelnd. »Und Herr Tychsen hat mich ausdrücklich darum gebeten, dass ich das auch in seinem Namen tue.« Er bedachte Eva mit einem langen Blick.

Nele verstand nicht, was zwischen den beiden vor sich ging, aber sie freute sich sehr über seine Worte. Der Reeder hatte ihr nicht nur die Reise geschenkt, sondern bedankte sich auch höchstpersönlich! »Danke, das ist sehr nett«, sagte sie lächelnd und ging. Fröhlich nahm sie die Treppe nach oben und eilte in die Suite.

»Du bist ja ganz außer Atem.« Miriam erhob sich von der Couch und kam Nele entgegen. »Ist etwas passiert?«

»Ja.« Nele strahlte über das ganze Gesicht. »Der neue Kreuzfahrtdirektor hat sich bei mir für meinen Einsatz bedankt.«

»Hat dich sein Dank so beeindruckt, oder war es der Kreuzfahrtdirektor selbst?«, fragte Miriam amüsiert.

Nele spürte, dass sie rot wurde. »Ja, er ist toll! Jetzt freue ich mich erst recht, dass Magnus nicht mehr da ist«, gestand sie. »Ach ja«, wechselte sie das Thema, bevor Miriam weiter darauf eingehen konnte. »War Simon Adams hier?«, fragte sie, obwohl ihr eigentlich klar war, dass die Zeit dafür viel zu kurz gewesen war. Hätte er sich sofort auf den Weg zu ihrer Schwester gemacht, wären sie einander begegnet.

»Nein«, hauchte Miriam, und ein Glanz zeigte sich in ihren Augen.

»Er gefällt dir«, stellte Nele lachend fest.

»Ich finde ihn ganz nett«, erwiderte ihre Schwester ausweichend.

»Du findest ihn nicht nur ganz nett, sondern richtig gut.«

»Was du schon wieder denkst.« Miriam lachte verlegen, war aber offensichtlich neugierig. »Was will Simon Adams denn von mir?«

»Das soll er dir schön selbst sagen.« Nele grinste.

»Du lässt mich jetzt nicht im Ungewissen«, schnaubte Miriam.

Nele lachte nur und ging zu den Kindern. Noah spielte mit seinem kleinen Feuerwehrauto, Emilia schaute ihm gelangweilt zu. »Spielst du Mutter, Vater und Kind mit mir?«, drängelte sie ihren Bruder.

»Nö, keine Lust.«

»Wenn du mit mir spielst, gebe ich dir fünf Gummibärchen ab. Aber keine roten.«

Noah hielt inne, offenbar ließ er sich das Angebot durch den Kopf gehen. Er war ein richtiges kleines Schleckermaul, während Emilia Herzhaftes vorzog. Und im Gegensatz zu seiner Schwester konnte er sich Süßigkeiten nie einteilen, sondern aß sie stets sofort auf. Manchmal hegte Nele den Verdacht, dass Emilie ihre Leckereien nur hortete, um Noah im passenden Moment damit zu bestechen.

»Darf ich dann der Vater sein?«, fragte der Kleine.

Emilia schüttelte den Kopf. »Der bin ich.«

»Du kannst doch die Mutter sein!«

»Die bin ich auch!« Emilia klang unerbittlich.

»Und wer soll ich dann sein?«

»Das Kind! Dann musst du alles tun, was ich sage.«

»Dafür würde ich mindestens zwanzig Gummibärchen verlangen«, mischte Nele sich ein. »Nur rote.«

Noah war sichtlich begeistert, während Emilia wütend mit dem Fuß aufstampfte. »Die kriegt der aber nicht.«

»Dann bin ich auch nicht das Kind.« Noah schaute seine Schwester herausfordernd an.

Miriam trat zu ihnen. »Warum hältst du dich da nicht raus?«, fragte sie Nele verärgert.

»Ja, warum hältst du dich da nicht raus?« Emilia war richtig wütend.

»Weil meine Schwester so etwas auch mit mir gemacht hat«, erwiderte Nele lachend.

Miriam war empört. »Ich habe dich nie mit Gummibärchen erpresst!«

»Stimmt, es war Lakritze.«

Miriam senkte den Blick.

»Mama, stimmt das?«, wollte Noah wissen.

Miriam gab eine unverständliche Antwort von sich, aber Noah schien es zu genügen. »Ich will dreißig Gummibärchen von dir«, sagte er mit fester Stimme zu seiner Schwester. »Nur rote.«

»Der Junge lernt schnell«, murmelte Nele, woraufhin Miriam ein prustendes Geräusch von sich gab, das sie dann als Hustenanfall tarnte. »Du untergräbst meine Bemühungen, die Kinder ordentlich zu erziehen«, zischte sie.

»Ich zeige deinem Sohn, wie er sich gegen dominante Frauen durchsetzt«, widersprach Nele.

Miriam wies mit dem Zeigefinger auf sich. »Willst du mir vorwerfen, ich wäre dominant?«

»Woher soll Emilia das sonst haben?«, konterte Nele.

Emilia fand offensichtlich, dass es Zeit war, Partei zu ergreifen. Sie stellte sich neben Miriam und griff nach deren Hand.

Daraufhin ging Noah breitbeinig neben Nele in Stellung.

»Mama und ich sind nicht domenant!«, verkündete Emilia angriffslustig.

»Doch, seid ihr wohl!« Noah plusterte sich auf und verschränkte die Ärmchen vor der Brust. Er schaute zu Nele auf. »Ist domenant was Schlimmes?«

»Nur für die, die darunter leiden müssen«, gab Nele grinsend zurück.

»Was heißt das?« Das war typisch Noah. Er hinterfragte Dinge, wenn er sie nicht verstand.

»Dominante Menschen geben den Ton an«, erklärte Nele. »Das sind Menschen, die immer bestimmen wollen.«

»Ja, dann bin ich domenant«, gab Emilia überraschend zu. »Ich will bestimmen, aber ich weiß ja auch alles besser als der da.« Sie wies auf ihren Bruder.

»Ich weiß gerade nicht, ob ich lachen oder weinen soll.« Miriam ließ ihren Blick zwischen ihren Kindern hin- und herwandern. »Ja, Emilia, manche Sachen weißt du wirklich besser als Noah«, sagte sie dann ruhig. »Aber dafür gibt es andere Dinge, mit denen Noah sich besser auskennt.«

»Welche?«, fragte Noah prompt.

»Autos, Dinosaurier, Ameisen«, zählte Miriam auf.

Ameisen?

»Und was kann ich besser?«, fragte Emilia eifersüchtig.

»Malen, Geschichten und Spiele erfinden.« Miriam lächelte ihre Kinder an. »Ein interessiertes und ein fantasievolles Kind, was kann eine Frau sich mehr wünschen?«

»Einen liebevollen Mann«, ergänzte Nele und musste über den Gesichtsausdruck ihrer Schwester lachen. Genau in diesem Moment schlug die Türklingel an. Nele öffnete. Wie sie vermutet hatte, stand Simon Adams vor der Tür, zusammen mit beiden Kindern.

Leo strahlte Nele an, dann lief er in die Suite.

Nele öffnete die Tür weit und trat zur Seite. »Kommt rein.«

»Ich hoffe, wir kommen nicht ungelegen.« Simon Adams wirkte auch jetzt wieder ein wenig verlegen und unbeholfen.

»Nein, es ist alles in Ordnung. Miriam freut sich schon«, sagte sie so laut, dass ihre Schwester es hören musste. Langsam drehte sie sich um und bemerkte amüsiert deren wütenden Blick.

Simon Adams bekam davon nichts mit. Staunend sah er sich im Raum um. »Wow«, stieß er hervor. »So wohnen also die Superreichen.«

»Die haben eher eine eigene Yacht«, warf Nele trocken ein.

»Ja, natürlich.« Simon Adams schaute zuerst sie an, dann Miriam. Er wusste offenbar nicht, was er sagen sollte, und auch Miriam wirkte völlig verunsichert. Nur die Kinder zeigten keinerlei Berührungsängste und stritten bereits darum, wer mit Noahs Feuerwehrauto spielen durfte.

»Das ist mein Feuerwehrauto«, rief Noah erbost.

»Nein!« Leo versuchte, es ihm aus den Händen zu reißen. »Meins!«

»Das gehört meinem Bruder«, bestimmte Emilia kategorisch. »Also mir!«

»Können wir nicht was anderes spielen?«, versuchte Elias die Situation diplomatisch zu retten.

»Ja, das ist eine sehr gute Idee«, machte Nele sich bei den Kindern bemerkbar. »Was haltet ihr davon, wenn wir alle zusammen in den Kindergarten gehen? Dann könnt ihr euch den schon mal ansehen.«

»Den kennen wir schon«, warf Emilia abfällig ein.

»Ja, den kennen wir schon. Sag dem da mal, dass das mein Feuerwehrauto ist.« Noah starrte Leo finster an.

Na gut, ich habe noch ein anderes Argument, das die Bande sicher überzeugt, dachte Nele. *Auch wenn der Vorschlag den Eltern so kurz vor dem Abendessen sicher nicht gefällt.* Aber sie war fest entschlossen, ihrer Schwester und Simon ein wenig Zeit zu verschaffen, um sich besser kennenzulernen. Ohne Kinder.

»Wer hat Lust auf ein großes Eis?«

»Ich!«

»Ich!«

»Ich auch!«

Dreimal ja, nur Elias hatte kein Wort gesagt. »Magst du kein Eis?«, fragte Nele.

»Ich darf von Fremden nichts annehmen«, sagte der Junge, während er flehend zu seinem Vater schaute.

»Es ist okay.« Simon nickte seinem Sohn zu. »Du darfst mitgehen.«

Elia strahlte. »Dann mag ich auch Eis«, sagte er zu Nele.

Sekunden später verließ Nele zusammen mit den Kindern die Suite. Als sie sich noch einmal umdrehte, sah sie, dass Miriam und Simon auf der breiten Couch Platz nahmen. Zufrieden schloss sie die Tür hinter sich. Das war zumindest ein Anfang …

Kapitel 20

Sie hatten sich bei den Mahlzeiten bisher nicht wirklich an die abgesprochene Reihenfolge gehalten. Meist war es Julie, die im Speisesaal aß. Wegen Patrick Haardt.

Julie war dankbar, dass Valentina ihr das ermöglichte, nachdem sie zugegeben hatte, dass ihr der Mann gefiel und sie ihn gerne kennenlernen wollte. »Leider gibt es inzwischen so viele Missverständnisse zwischen uns, dass er wahrscheinlich das Interesse an mir verloren hat«, klagte sie jetzt.

»So viele Missverständnisse waren es nun auch wieder nicht.« Valentina setzte sich neben sie auf die Bettkante und legte einen Arm um Julies Schultern. »Und es war nun wirklich nicht so schlimm, als dass du es nicht erklären könntest.«

Julie zuckte die Schultern. »Genau, kein Problem. Ich sage ihm einfach, dass hier auf dem Schiff meine Doppelgängerin herumläuft.«

Valentina zog ihren Arm weg. »Du weißt genau, was ich meine.«

»Ja, das weiß ich«, gab Julie sofort zu. »Und es war meine eigene Schuld. Ich hätte vor Ísafjörður einfach in der Kabine bleiben sollen.«

»Und warum hast du das nicht gemacht?«

Julie entging der vorwurfsvolle Ton nicht. »Weil ich es nicht mehr ausgehalten habe.« Sie seufzte auf. »Mir fiel schon da die sprichwörtliche Decke auf den Kopf.«

Die vergangenen zwei Tage hatten sie immerhin so aufgeteilt, dass sie beide an Land gehen konnten.

Am ersten Tag in Akureyri hatte Valentina sich einer geführten Tour angeschlossen. Mit einem Bus waren sie zum *Dettifoss* gefahren. Selbst auf dem Video war die gewaltige Kraft des *stürzenden Wasserfalls* zu erkennen, mit der die gewaltigen Wassermassen tosend in die Tiefe krachten.

Julie hingegen hatte heute einen Ausflug zum Geothermalgebiet Námaskarð gemacht. Es war eine Reise wie in eine andere Welt gewesen. Schwarze Flüsse schlängelten sich durch rötlichen Lehm. Erdlöcher, die in bunten Farben schimmerten und aus denen es zischte und brodelte. Den Schwefelgeruch hatte Julie noch jetzt in der Nase.

»Meinst du, bei mir ist das anders?«, entgegnete Valentina jetzt.

»Natürlich nicht«, murmelte Julie.

»Ich weiß genau, was du denkst: Wenn ich nicht mit aufs Schiff gekommen wäre, hättest du jetzt nicht diese Probleme!«, stieß Valentina ärgerlich hervor.

Julie war entsetzt. »Wie schön, dass du genau zu wissen glaubst, was ich denke«, erwiderte sie zynisch.

Valentina rückte ein Stück von ihr ab. »Etwa nicht?«

»Nicht im Ansatz!« Julie spürte die Verzweiflung in sich wachsen. »Wir haben uns immer so gut verstanden, Valentina«, sagte sie so ruhig wie möglich. »Ich finde es ganz schrecklich, dass wir uns ständig streiten, seit wir auf dem Schiff sind.«

»Wir streiten nicht, wir diskutieren«, behauptete Valentina.

Sie suchte ihren Blick, und dann brachen beide gleichzeitig in lautes Lachen aus. Julie spürte, wie die Anspannung von ihr abfiel. »Wir müssen einfach alles besser planen«, sagte sie. »Und ich habe und werde diese Kabine ganz bestimmt nicht mehr verlassen, wenn du unterwegs bist.«

»Und ich …« Valentina wurde durch das Klingeln ihres

Handys unterbrochen. Sie warf einen kurzen Blick darauf, dann drückte sie zu Julies Verwunderung das Gespräch weg.

»Willst du nicht rangehen?«, hakte Julie nach.

»Das ist Marcus.«

»Ja und? Warum willst du denn nicht mit ihm reden?«

»Ich …« Valentina brach ab, als das Telefon erneut klingelte.

»Jetzt geh schon ran«, drängelte Julie.

Valentina atmete tief durch, dann nahm sie das Gespräch an. »Hallo, Marcus.« Ein Lächeln umspielte ihre Lippen, während sie ihm zuhörte.

»Ja, die Reise ist sehr schön«, sagte sie, dann lauschte sie wieder eine Weile, bevor sie sagte: »Der Schlüssel liegt unter der Kasse.«

Unmittelbar darauf war das Gespräch bereits beendet. Valentina wirkte enttäuscht. »Er wollte nur wissen, wo der Schlüssel zum Putzraum ist«, erklärte sie Julie.

Julie lächelte. »Eigentlich weiß er doch, wo der Schlüssel liegt«, warf sie sanft ein.

»Wirklich?«

»Ganz bestimmt«, versicherte Julie. »Ich bin sicher, er hat nur angerufen, um deine Stimme zu hören.«

Valentina stieß einen Seufzer aus. »Es ist verrückt«, sagte sie schließlich leise. »Aber ich vermisse ihn.«

Julie fasste einen Entschluss. »Ich möchte, dass du heute Abend in den Speisesaal gehst«, sagte sie. »Ich glaube, du brauchst diese Abwechslung dringender als ich.«

Doch Valentina wollte davon nichts wissen. »Auf keinen Fall«, lehnte sie entschieden ab. »Ich brauche heute Abend vor allem Ruhe.«

Julie versuchte noch mehrfach, sie umzustimmen, doch irgendwann hatte sie das Gefühl, dass sie Valentina nur noch auf die Nerven ging und ihre Schwester sich tatsächlich wünschte, dass Julie endlich die Kabine verließ. »Bis später«, verabschiedete sie sich.

»Bis später.« Valentina lächelte, aber Julie wusste, dass sie ihr etwas vormachte.

Die Stimmung am Tisch war an diesem Abend nicht gut. Patrick Haardt begrüßte sie freundlich, aber sehr distanziert, und verabschiedete sich schnell. Und bei Carla Stein und Ingo Thann hing der Haussegen offenbar auch ein wenig schief.

»Kannst du meinem Partner bitte bestätigen, dass wir vorgestern zusammen an Land waren? Er behauptet nämlich plötzlich, er hätte dich zur gleichen Zeit hier an Bord gesehen.«

»Nicht nur gesehen, sondern auch gesprochen«, stellte Ingo Thann fest.

Verdammt!, fluchte Julie insgeheim. *Verdammt! Verdammt! Verdammt!* Wie sollte sie sich da herausreden?

»Ja, es stimmt«, sagte sie. »Ich war mit Carla an Land. Aber wir sind beide vorher noch in unseren Kabinen gewesen, in der Zeit haben wir uns an Bord getroffen«, sagte sie zu Ingo Thann.

»Nein, das kann so nicht stimmen.« Er schüttelte entschieden den Kopf. »Ich habe die Kabine erst lange nach Carla verlassen. Ich habe Sie hier an Bord getroffen, als Carla angeblich mit Ihnen den Ausflug machte.« Misstrauisch schaute er seine Begleiterin an.

Er glaubt ihr nicht, dachte Julie erschrocken. *Er ist davon überzeugt, dass ich seiner Freundin ein falsches Alibi gebe. Und ich kann das nicht richtigstellen. Es sei denn, ich erzähle von Valentina …*

Ingo Thann stand auf. »Ich weiß nicht, wem oder was ich glauben soll. Ich ziehe mich jetzt zurück. Einen schönen Abend noch.«

»Oje«, sagte Julie, nachdem er gegangen war. »Das wollte ich nicht.«

Carla schaute sie überrascht an. »Du kannst doch nichts dafür! Wir haben beide die Wahrheit gesagt.«

»Trotzdem …« Julie wusste nicht, was sie erwidern sollte. »Ich würde es jedenfalls sehr bedauern, wenn du mit ihm wegen einer so unbedeutenden Sache ernsthaft streitest.«

Carla lachte laut auf und winkte ab. »Im Grunde vertraut mir Ingo. Er weiß, dass ich ihn nie betrügen würde. Das renkt sich schon wieder ein.«

»Hoffentlich«, sagte Julie ehrlich.

Carla nahm ihre Hand und drückte sie kurz. »Es ist nett, dass du dir so viele Gedanken um uns machst, aber völlig unnötig. Ich werde trotzdem einmal nach ihm sehen. Du bist mir doch nicht böse, wenn ich dich allein lasse?«

»Natürlich nicht«, versicherte Julie.

»Wir sehen uns morgen«, verabschiedete sich Carla und verließ eilig den Speisesaal. Sie war vermutlich besorgter, als sie es nach außen gezeigt hatte.

Nachdenklich schaute Julie ihr hinterher. Irgendwie verlief diese Reise nicht so, wie sie es sich vorgestellt hatte, für keine von ihnen. Und jetzt hatte das sogar Auswirkungen auf den Aufenthalt anderer Gäste. Julie beschloss, Carla und Ingo Thann die Wahrheit zu sagen, sollte es zu einem ernsthaften Zerwürfnis zwischen den beiden kommen.

Missmutig verließ auch sie den Speisesaal. Der Appetit war ihr heute Abend gründlich vergangen. *Und jetzt?*, fragte sie sich, als sie draußen stand. Valentina erwartete sie bestimmt nicht so früh zurück und würde sich wahrscheinlich auch nicht freuen, sie jetzt schon zu sehen.

Leider war es auch zu kühl, um sich auf den Außendecks aufzuhalten.

Auch wenn sie selbst kein Bedürfnis mehr nach Gesellschaft verspürte, machte sie sich auf den Weg in die Piano-Bar. Dort wollte sie sich irgendwo in eine ruhige Ecke zurückziehen, ein Glas Wein trinken und alle Gedanken an ihre komplizierte Situation beiseiteschieben.

Sie hätte sich von Anfang an durchsetzen und darauf bestehen müssen, dass Valentina diese Fahrt unter ihrem Namen antrat. Dann wären sie beide glücklich gewesen, und sie selbst hätte sich die Begegnungen mit Patrick Haardt ersparen können.

Es war verrückt, aber es tat richtig weh, wenn sie an diesen Mann dachte. Dabei hatte sie ihn doch gerade erst kennengelernt.

Nein, nicht einmal das, korrigierte sie sich selbst. *Ich kenne ihn nicht wirklich, aber ich hätte gerne die Gelegenheit dazu bekommen*, dachte sie wehmütig und betrat die Piano-Bar. Und blieb abrupt stehen. Der Mann, der sich so oft in ihre Gedanken schlich, saß an einem der runden Tische und nippte an einem Glas Rotwein.

Die Bar war um diese Zeit noch nicht besonders gut besucht. Die Nachtschwärmer würden erst später eintreffen.

Patrick Haardt schien zu spüren, dass er beobachtet wurde. Er hob den Kopf, wirkte kurz irritiert – dann trafen sich ihre Blicke und konnten sich nicht mehr voneinander lösen. Zarte Klavierklänge erfüllten den Raum. Sie kamen vom Band, der Platz hinter dem Klavier war verwaist.

Julies Herz klopfte wie verrückt, ihre Beine fühlten sich an wie Gummi. Und doch gelang es ihr, einen Fuß vor den anderen zu setzen. Schritt für Schritt, wie magisch von Patrick angezogen.

Er stand auf, blickte sie unverwandt an.

Julie erschrak zutiefst, als hinter ihr plötzlich etwas laut krachend zu Boden fiel. Gleichzeitig verstummte die Musik.

»Es ist nichts passiert«, rief der Barkeeper in den Raum. »Alles in Ordnung.«

»Der Depp da ist an einem Kabel hängen geblieben und hat die Musikanlage zerstört«, sagte einer der Besucher an der Theke.

Nicht nur die Musikanlage, dachte Julie ernüchtert, *sondern diesen magischen Moment zwischen Patrick und mir*. Sie suchte wieder seinen Blick. Auch daraus war der Zauber verschwunden, aber er lächelte sie an.

»Darf ich mich zu Ihnen setzen? Oder wollen Sie lieber allein sein?«, brachte sie hervor.

»Ich würde mich sehr freuen, wenn Sie mir Gesellschaft leisten«, antwortete er zu ihrer Freude und wies auf den zweiten Cocktailsessel an seinem Tisch.

Sie setzten sich, und sofort breitete sich verlegenes Schweigen zwischen ihnen aus. Zu viel stand zwischen ihnen. Missverständnisse, die Julie auch jetzt nicht aus der Welt schaffen konnte. Und doch wollte sie so offen wie möglich zu ihm zu sein.

Plötzlich begannen sie beide gleichzeitig zu sprechen. »Was ich noch sagen wollte«, begann Julie.

»Ich habe gerade an Sie gedacht …« Er brach ebenso ab wie sie. Beide lachten laut auf, und die Spannung zwischen ihnen löste sich.

»Sie haben an mich gedacht?« Julie musterte ihn amüsiert. »Erzählen Sie mir mehr.«

Bevor er ansetzen konnte, kam der Kellner und erkundigte sich nach Julies Wünschen. Sie bestellte ebenfalls ein Glas Rotwein und konzentrierte sich dann wieder auf Patrick. Er blieb ihr die Antwort nicht schuldig.

»Sie sind mir ein Rätsel. Ich habe das Gefühl, dass Sie mich nicht ganz uninteressant finden«, sagte er ruhig, nachdem der

Kellner sich entfernt hatte. Er schwieg kurz. »So wie ich Sie. Aber wenn ich versuche, mich außerhalb der Mahlzeiten mit Ihnen zu verabreden, weichen Sie mir aus.«

Julie hatte dem nichts zu entgegnen. »Ich hätte mich so gerne mit Ihnen getroffen«, sagte sie ehrlich und suchte verzweifelt nach einer Möglichkeit, ihm alles zu erklären. Das aber war unmöglich, ohne ihm die ganze Wahrheit zu gestehen. Und so verstummte sie hilflos.

»Okay, dann versuche ich es noch einmal.« Sein intensiver Blick hielt sie fest. »Morgen erreichen wir Grímsey. Haben Sie Lust …«

»Ja!«, sagte Julie schnell. Valentina würde verstehen, dass sie diesen Landausflug machen wollte. Sie musste es einfach verstehen!

Patrick lachte. »Sind Sie ganz sicher? Ich weiß nicht, ob ich eine weitere Abfuhr verkrafte.« Er zog eine schmerzliche Grimasse und legte eine Hand auf sein Herz.

Julie musste nun ebenfalls lachen. »Sie sind ein hervorragender Schauspieler.«

»Eigentlich bin ich Rechtsanwalt«, stellte er richtig. »Und ich besitze eine ausgezeichnete Menschenkenntnis, aber die versagt bei Ihnen völlig.« Er musterte sie interessiert.

Julie atmete tief durch. »Das ist alles ein wenig kompliziert. Irgendwann werden Sie es verstehen.« Es kam ganz darauf an, wie sich das zwischen ihnen entwickelte. Sie war längst dabei, sich in ihn zu verlieben, und sie spürte, dass es bei ihm nicht anders war. Aber sie befanden sich noch nicht an einem Punkt, an dem sie ihm anvertrauen konnte, was trennend zwischen ihnen stand.

»Morgen auf Grímsey«, versprach sie voller Vorfreude.

»Morgen auf Grímsey!«, wiederholte er lächelnd. »Um elf an der Gangway, dann haben wir den ganzen Tag Zeit, die Insel zu erkunden. Sie liegt ja direkt auf dem Polarkreis, ist das nicht irre? Aber das wussten Sie sicher.«

Valentina wusste das sicher, sie interessierte sich für Island. Im Gegensatz zu Julie …

»Ja«, erwiderte sie gedehnt, entschloss sich dann aber für die Wahrheit. Sie wollte zu allen anderen nicht noch eine weitere Lüge hinzufügen. »Nein, das weiß ich nicht«, gestand sie und fügte erklärend hinzu: »Ich habe diese Reise gewonnen. Ich selber wäre nie auf die Idee gekommen, ausgerechnet nach Island zu fahren, ich würde immer den Süden wählen. Ich mag Sonne und warme Strände.«

Patrick war sichtlich verblüfft, dann lachte er laut auf. »Ich bin auch nicht ganz freiwillig hier«, gestand er. »Ich habe die Reise von einem Mandanten erhalten.«

Julie wartete gespannt auf die Fortsetzung, aber er schwieg. »Sie dürfen wahrscheinlich nicht darüber reden?« Es war mehr eine Feststellung als eine Frage.

»Das stimmt«, bestätigte er. »Ich darf nicht darüber reden.«

»Ist Ihr Mandant auch an Bord?«

Wieder lachte Patrick laut auf. »Auch darüber darf ich nicht reden. Ich kann nur sagen, dass es sich um einen äußerst angenehmen Job handelt. Und ich bin froh und dankbar, dass ich dadurch Island kennenlernen darf. Das ist eine Erfahrung, die ich nicht missen möchte.«

»Mir hätte es auch gefallen …« Julie hielt erschrocken inne, schüttelte den Kopf. Beinahe wäre ihr etwas entschlüpft, was sie nicht sagen durfte. »Ich meine, mir gefällt es auch sehr gut. Ich könnte mir sogar vorstellen, diese Reise noch einmal zu machen.«

»Darauf trinken wir.« Er erhob sein Glas und stieß mit ihr an.

Es lag nicht nur am Wein, dass die Stimmung zunehmend

gelöster wurde. Patrick erzählte ihr einige heitere Begebenheiten aus seinem Arbeitsalltag, Julie berichtete von ihrem Gartenbaubetrieb und dem kleinen Laden. Dabei wurde ihr bewusst, dass sie die Arbeit liebte. Hinter all den Sorgen, die sie und Valentina quälten, hatte sie das in der Vergangenheit nie mehr so deutlich gespürt.

»Und das machen Sie alles ganz allein?«, fragte er interessiert.

Julie war sofort auf der Hut. Wieder eine Klippe, die sie vorsichtig umschiffen musste. »Ich habe eine Schwester«, verriet sie. »Valentina gehört der Betrieb zur Hälfte. Und wir haben natürlich Aushilfen, anders wäre die Arbeit nicht zu bewältigen.« Diese Informationen waren völlig unverfänglich, befand Julie.

Patrick Haardt hörte interessiert zu, dann bestellte er ein weiteres Glas Wein. Bevor sie anstießen, beschlossen sie, einander zu duzen.

Als er schließlich ein drittes Glas ordern wollte, lehnte Julie ab. Sie wollte Valentina nicht länger allein lassen. Außerdem musste sie ihrer Schwester irgendwie beibringen, dass sie morgen den Landausflug machen wollte.

Patrick war enttäuscht. »Schade. Es war ein schöner Abend. Ich hoffe, wir können das bald wiederholen.«

»Wir sehen uns ja schon morgen wieder«, sagte Julie lächelnd und erhob sich. Auch Patrick stand auf. »Lass uns wenigstens noch einen kleinen Spaziergang auf dem Außendeck machen.«

Nur zu gerne willigte Julie ein. Einen kleinen Moment konnte sie Valentina noch warten lassen.

Sie verließen die Piano-Bar und gingen zum Ausgang. Patrick schob die Glastür auf und ließ ihr den Vortritt auf das Außendeck, das um das ganze Schiff herumführte.

Draußen war es kalt und windig. Nur die Beleuchtung des Schiffes schnitt Lichtschneisen in die Dunkelheit und erhellte einen Teil des Wassers. Eine schier endlos erscheinende dunkle Fläche, unaufhaltsam in Bewegung.

Fröstelnd umschlang sich Julie mit beiden Armen. Daraufhin zog Patrick seine Jacke aus und hängte sie ihr um die Schultern.

Julie war ihm dankbar für diese aufmerksame Geste. Sie blieb stehen und wandte sich ihm zu. »Aber dann wird dir doch kalt«, sagte sie leise.

»Mir ist nicht kalt.« Er stand so dicht vor ihr, dass sie seinen Atem spürte, und es fühlte sich einfach richtig an, dass er sie in die Arme schloss. Sein Kuss schmeckte nach Verlangen und Zärtlichkeit. Sie hüllte sich in seine Umarmung, vergaß Raum und Zeit …

Valentina schlief bereits, als Julie in die Kabine huschte. Vielleicht stellte sie sich auch einfach nur schlafend, Julie war es egal. Eigentlich war sie sogar froh darüber. Sie wollte an diesem Abend nicht mehr reden, sondern einfach nur von Patrick träumen. Die Erinnerung an die vergangenen Stunden mit ihm gehörten ihr, sie schloss sie tief in ihrem Herzen ein.

Kapitel 21

Lange starrte Eva auf das Ergebnis der Laboruntersuchung. Schon die Vermutung hatte ihr zugesetzt, jetzt jedoch hatte sie die Gewissheit. Schwarz auf weiß lag sie vor ihr.

Als jemand an die Tür klopfte, deckte sie das Papier hastig zu. »Herein!«

Adrian betrat ihr Büro. »Hast du die Ergebnisse von Jasmin Andres?«

»Selbst wenn ich sie hätte, dürfte ich sie dir nicht sagen.« Sie wunderte sich selbst darüber, dass es ihr gelang, sich so kühl und gelassen zu zeigen. Dabei brodelte es in ihr, unablässig.

»Da hast du natürlich recht.« Adrian trat zu ihr und nahm unaufgefordert auf einem der beiden Stühle vor ihrem Schreibtisch Platz. »Ich wollte schon die ganze Zeit mit dir über etwas reden, Eva«, begann er ernst. »Ich habe immer auf einen günstigen Zeitpunkt gewartet, aber den gibt es wohl nicht.«

Eva gelang es weiterhin, sich gelassen zu zeigen. Dass sich ihre Hände unter dem Schreibtisch schmerzhaft ineinander vergruben, konnte er zum Glück nicht sehen. »Ich weiß längst, dass du eine Affäre mit der Hotelmanagerin hast.«

»Das ist keine Affäre.« Adrian suchte ihren Blick. »Ich liebe Jasmin.«

Seine Worte taten unsagbar weh, durchbohrten schonungslos ihr Herz. Sie hatte es gewusst, aber es aus seinem Mund zu hören war doppelt schlimm.

»Aha. Und wie stellst du dir das vor?«, fragte sie spröde. »Du, ich und diese Frau gemeinsam auf der *MS Kristiana?*«

»Ich verlasse das Schiff.«

»Du gehst auf ein anderes Schiff?« Wie ein Hauch kamen diese Worte über ihre Lippen.

»Nein. Ich habe gekündigt, ebenso wie Jasmin. Wir werden zukünftig in Svolvær leben.«

Er hatte gekündigt? Er, der mit Leib und Seele Kapitän war, wollte sich sesshaft machen? Eva dachte daran, wie oft er ihr gefehlt hatte. Wie sehr ihr seine Nähe und sein Trost gefehlt hatten, damals, als sie im Krankenhaus wegen eines angeblichen Fehlers angeklagt worden war. Nur dadurch war diese ganze Spirale in Gang gesetzt worden, die ihr gemeinsames Glück zerstört hatte. Sie hätte ihn so sehr an ihrer Seite gebraucht, aber er war für sie nicht erreichbar gewesen. Nur deshalb hatte sie sich auf Magnus eingelassen – und das seither an jedem Tag bereut.

Aber jetzt gab Adrian die Seefahrt auf. Für diese andere Frau, die er erst seit ein paar Monaten kannte. Wie konnte er …

»Hast du mich überhaupt jemals geliebt?« Sie war zutiefst verletzt, der Schmerz war kaum zu ertragen.

»Bitte, Eva«, bat er mit gequälter Miene. »Das bringt doch nichts.«

Und Eva schwieg, brachte kein Wort mehr über ihre Lippen, starrte ihn nur an. Alles in ihr schien zu brennen.

»Kannst du mir nun sagen, was mit Jasmin …«

»Nein«, fiel sie ihm hart ins Wort. »Wenn sie die Ergebnisse wissen will, wird sie sich schon selbst zu mir bemühen müssen. Ich darf dir keine Auskunft geben.«

»Na gut, das muss ich akzeptieren.« Er erhob sich, blieb aber stehen und schaute auf sie hinab. »Verzeih mir bitte, Eva«, sagte er ruhig. »Und um deine Frage zu beantworten: Ja, ich habe dich sehr geliebt. Ein Teil von mir wird dich immer lieben, aber es reicht nicht mehr für ein gemeinsames Leben. Dazu ist zu viel passiert.« Damit drehte er sich um und ging.

Eva starrte ihm nach, bis die Tür hinter ihm ins Schloss fiel. Dann zog sie Jasmin Andres' Laborergebnisse hervor. Egal, wie hart es sie in den vergangenen Monaten bereits getroffen hatte, es gab immer noch eine Steigerung …

Unangenehme Erinnerungen schlichen sich in ihr Bewusstsein, als sie sich auf den Weg in das Büro des Kreuzfahrtdirektors machte. Auf der letzten Fahrt war das noch Magnus' Reich gewesen, und auch wenn er jetzt weg war, war seine Präsenz hier immer noch spürbar und weckte eine Vielzahl unangenehmer Empfindungen in ihr. Aber sie war fest entschlossen, etwas über ihren Vater zu erfahren und ihm Grüße zukommen lassen.

Bereits von Weitem sah sie, dass die Tür des Büros einen Spaltbreit offen stand. Sie verlangsamte ihre Schritte, als sie Stimmen vernahm. Eine davon kannte sie nur zu gut.

Eva stieß die Tür so heftig auf, dass sie gegen die Wand schlug. Die beiden Männer im Raum fuhren erschrocken herum.

»Eva!« Ihr Vater kam auf sie zu und blieb dicht vor ihr stehen. »Was machst du hier?«

»Das frage ich dich? Und wie siehst du überhaupt aus?«

Ihr Vater trug einen dichten Vollbart, der die untere Hälfte seines Gesichts verdeckte, dazu eine dicke Hornbrille. Er war kaum wiederzuerkennen.

»Ich bin inkognito unterwegs.« Ein breites Grinsen erschien auf seinem Gesicht. »Schließt du bitte die Tür, dann erzähle ich dir alles.«

Rúnar Arnarsson fühlte sich sichtlich unbehaglich. »Entschuldigen Sie bitte, dass ich nichts gesagt habe.«

»Du musst dich nicht entschuldigen«, erwiderte Clemens. »Ich habe dich um dein Stillschweigen gebeten.«

»Sogar mir gegenüber?«, fragte Eva bitter. »Womit habe ich dieses Misstrauen verdient?«

»Das war kein Misstrauen, das war reine Vorsicht.« Clemens sah sie streng an. So wie er immer schaute, wenn er verhindern wollte, dass eine Entscheidung von ihm infrage gestellt wurde.

»Ich wüsste zu gerne, wo da der Unterschied ist.« Eva rieb sich müde die Stirn. Sie war nicht sicher, ob sie heute noch mehr ertragen konnte.

»Ich möchte dich bitten, niemandem zu sagen, dass ich an Bord bin«, begann Clemens. »Adrian nicht und auch nicht Fenja, wenn du mit ihr telefonierst.«

»Das verspreche ich erst, wenn du mir sagst, was das alles zu bedeuten hat.« Gespannt wartete Eva auf die Fortsetzung.

»Es geht um die Reederei.«

»Natürlich, worum sonst.« Sie hörte selbst, wie bitter ihre Stimme klang.

Clemens zog die Brille aus. Erst jetzt fielen Eva die dunklen Ringe unter seinen Augen auf. Er wirkte müde, erschöpft irgendwie. Er suchte ihren Blick, dann sagte er leise: »Ich werde die Reederei verkaufen.«

Es kam wie ein Blitz aus heiterem Himmel, damit hatte Eva nicht gerechnet. Die Reederei war sein Lebenswerk, das hatte er oft genug betont, er hatte sein ganzes Leben danach ausgerichtet. Und jetzt wollte er sie verkaufen? Fassungslos starrte sie ihn an, unfähig, ein Wort zu sagen.

»Es ist an der Zeit, dass ich die Geschäfte in andere fähige Hände lege«, fügte er mit einem Lächeln in Richtung Rúnar hinzu.

Evas Gedanken rasten. »*Sie* kaufen die Reederei?«, wandte sie sich an den Isländer.

»Mein Vater ist daran interessiert«, erwiderte Rúnar ruhig. »Aber es soll vorerst noch geheim bleiben, weil es da … ein paar Schwierigkeiten gibt.«

»Magnus«, ergänzte Clemens, und Schmerz lag in seiner Stimme, als er leise hinzufügte: »Und Kristiana. Die Geschichte ist noch nicht ausgestanden. Die beiden haben mir ein Ultimatum gestellt. Entweder überschreibe ich ihnen den norwegischen Teil der Reederei, oder sie fügen der Firma massiven Schaden zu.«

Eva erschrak. Das durfte ja wohl nicht wahr sein! »Aber haben die beiden denn was in der Hand?«, wollte sie wissen.

»Nun, die beiden glauben immer noch, dass sie unsere IT komplett lahmgelegt haben. Sie hatten tatsächlich sämtliche Daten auf File-Servern verschlüsselt. Und damit meine ich wirklich sämtliche Daten, angefangen von den Schiffsrouten, Standorten der Schiffe bis hin zu Kunden- und Buchungsdaten, sämtliche Netzwerk-Applikationen der Reederei waren nicht mehr verfügbar. Mit anderen Worten: Die Reederei stand vollkommen still. Du warst dabei, als die beiden ihre Forderung gestellt haben.«

»Magnus will das Familienunternehmen zurück«, sagte Eva nachdenklich. »Das ist ja vielleicht noch nachvollziehbar. Aber was treibt Kristiana dazu an, sich so gegen dich zu stellen?«

Clemens' Lächeln wirkte traurig. »Sie hat mir nie verziehen, dass ich mich nicht für sie und ihre Mutter entschieden habe. Das hat sie mir gesagt, bevor sie vor zehn Jahren verschwand.« Clemens rutschte mit unbehaglicher Miene auf seinem Stuhl herum. »Tatsächlich kam ihr Verschwinden für mich nicht so überraschend, wie ich immer behauptet habe. Wir hatten vorher einen schrecklichen Streit, in dem sie mir die Schuld am Tod ihrer Mutter gab. Sie hat mir Rache geschworen, bevor sie ging.« Clemens schwieg sekundenlang und starrte vor sich hin. »Es war ein Fehler, sie nicht ernst zu nehmen.«

»Wie solltest du? Wir wussten doch alle nicht einmal, dass sie noch lebt.«

»Dafür weiß ich jetzt umso mehr.« Clemens lachte bitter auf. »Kristiana hat die letzten zehn Jahre gut genutzt. Sie hat sich offenbar zu einer sehr fähigen Computerspezialistin entwickelt. Sie und Magnus kannten sich schon von früher aus Bergen. Nun sind sie einander offensichtlich wieder begegnet und haben diese unheilvolle Allianz geschmiedet.«

»Woher weißt du das jetzt alles, nachdem sie zehn Jahre lang alle Spuren verwischt hat?«, fragte Eva.

»Die erste neue Spur führte nach Neuseeland, wie ich ja inzwischen erfahren habe.« Clemens' Stimme klang bitter. »Von da aus war es dann nicht schwer, ihren Weg weiterverfolgen zu lassen.«

»Es tut mir leid«, sagte Eva bedrückt. »Ich hätte dir sofort von dem Foto erzählen sollen, anstatt es zu löschen. Kann sie dir denn immer noch schaden?«

»Jetzt nicht mehr.« Clemens lächelte. »Aber wir lassen sie in dem Glauben. Außerdem haben wir durchsickern lassen, dass ich mich aus gesundheitlichen Gründen in einer Rehaklinik befinde. Sie sollen sich ganz sicher fühlen, damit wir den Verkauf ohne weitere Störungen abwickeln können.« Clemens machte eine kurze Pause, bevor er hinzufügte: »Und deshalb habe ich mich auch komplett zurückgezogen. Vor allem von dir. Wir müssen davon ausgehen, dass sie dich überwachen, um herauszufinden, wo ich bin, wenn sie das mit der Klinik nicht schlucken.«

»Da war es natürlich sehr geschickt, dass du dich ausgerechnet auf dem Schiff versteckst, auf dem ich arbeite«, entgegnete Eva ironisch.

Clemens grinste. »Das war vielleicht nicht meine beste Idee, aber ich wollte wenigstens eine Fahrt auf der *MS Kristiana* machen, bevor die Reederei und damit das Schiff in andere Hände gehen. Inkognito, als ganz normaler Passagier.« Sein Blick wurde ernst. »Und ich wollte in deiner Nähe sein, falls Magnus und Kristiana dich bedrohen.«

Dass ihr Vater sich um sie Sorgen machte, berührte Eva. Aber da war noch etwas. »Bist du sicher, dass du alles verkaufen willst? Die Reederei war dein Leben.«

»Sie hat aber auch vieles in meinem Leben zerstört, weil ich sie immer an erster Stelle gesetzt habe.« Clemens nahm ihre Hand. »Ich weiß, dass vor allem du sehr darunter gelitten hast. Und deine Mutter …« Seine Stimme brach. »Es ist vorbei«, sagte er schließlich. »Und es fällt mir nicht einmal besonders schwer. Sobald die Reederei verkauft ist, habe ich Zeit für dich, für Fenja.« Ein zärtliches Lächeln erschien auf seinem Gesicht. »Und für Fiona.«

»Ist sie auch an Bord?«

Clemens begann zu lachen. »Offiziell sind wir als Ingo Thann und Carla Stein hier. Aber zeig bitte nicht, dass du uns kennst, wenn wir uns hier irgendwo begegnen.«

»Ganz bestimmt nicht«, versprach Eva und drückte seine Hand. »Sei mir nicht böse, Papa, ich brauche jetzt erst einmal Zeit für mich. Das war alles ein bisschen viel, was ich heute erfahren habe, dabei hat der Tag gerade erst begonnen.«

Clemens schloss sie in die Arme. »Alles wird gut«, sagte er leise.

Eva gab Ayda Bescheid, dass sie im Notfall per Handy zu erreichen war, dann zog sie sich in ihre Kabine zurück. Sie verspürte das Verlangen nach frischer Luft, wollte tief durchatmen, und so trat sie hinaus auf die Terrasse.

Die *MS Kristiana* lag im Hafen der kleinen Insel Grímsey, von der an diesem Morgen aber nicht viel zu sehen war, sie hatte sich in eine dichte Nebelwolke gehüllt. Aber Eva war auch nicht an der Aussicht interessiert, sie musste ihre Gedanken ordnen, die sich um all das drehten, was sie in der letzten Stunde erfahren hatte. Gefühle und Verstand kollidierten miteinander. Sie sehnte sich nach etwas, das ihr Halt gab. Eine Konstante in ihrem Leben, die bei allen Veränderungen blieb. Und so zog sie sich in ihre Kabine zurück und rief Fenja an. Noch während das Freizeichen ertönte, ging ihr auf, dass ihre Tochter um diese Zeit in der Schule war. Doch zu Evas Überraschung meldete sie sich bereits nach dem zweiten Klingeln.

»Mama? Ist alles in Ordnung bei dir?«

»Wieso bist du nicht in der Schule?«, fragte Eva streng.

Fenja lachte laut auf. »Rufst du echt an, um mich zu kontrollieren?«

»Nein.« Auch Eva lachte. »Ehrlich gesagt ist mir das gerade erst eingefallen.«

»Ich habe zwei Freistunden.« Fenja schwieg einen Moment.

»Rufst du mich an, um mir zu sagen, dass du es dir anders überlegt hast und doch auf dem Schiff bleibst?«, fragte sie vorsichtig. Die Sorge war ihrer Stimme deutlich anzuhören.

»Nein, ich rufe dich an, um dir zu sagen, dass es dabei bleibt. Du kannst dich fest darauf verlassen, dass dies meine letzte Fahrt ist. Danach komme ich für immer nach Hause«, versprach Eva. Es fühlte sich gut an, vor allem als Fenja jubelnd ausrief: »Ich freue mich so! Die Zeit ohne dich war doof, Mama. Ich hab dich so vermisst.«

»Du fehlst mir auch sehr. Nicht mehr lange, dann bin ich für immer zu Hause!«

Als sie zurück in die medizinische Abteilung kam, wartete Jasmin Andres dort auf sie. Eva fragte sich, ob diese Frau von ihrem Gespräch mit Adrian am Morgen wusste. War er sofort zu Jasmin geeilt, um ihr davon zu berichten? Schmerz und Wut kehrten mit voller Wucht zurück.

»Wollen Sie zu mir?«, fragte Eva kühl.

»Ja, natürlich.« Jasmin Andres stand auf und verschränkte die Arme vor der Brust.

Sie wirkt erstaunlich selbstbewusst, dachte Eva überrascht. *Dabei hat sie meine Ehe zerstört! Sie hat mir den Mann genommen und Fenja den Vater!*

Eva war nach diesem Vormittag nicht mehr in der Lage, klar zu denken. Schon gar nicht in Gegenwart dieser Frau, sie konnte sie schlicht nicht ertragen. »Die Laborergebnisse sind noch nicht da«, hörte sie sich sagen.

»Wann …«

»Ich gebe Ihnen Bescheid, sobald sie mir vorliegen«, unterbrach Eva sie rüde und stürmte aus dem Büro.

Jasmin Andres folgte ihr nicht. Als Eva ein paar Minuten später durch den Wartebereich der Krankenstation ging, war die Hotelmanagerin verschwunden.

Eva atmete tief durch. Sie würde die Ergebnisse nicht ewig zurückhalten können, aber noch weniger konnte sie sich im Moment mit dieser Person abgeben.

»Eva?« Lothar kam lächelnd auf sie zu. »Wo bist du mit deinen Gedanken?«

Über ihren Vater durfte sie nicht reden, über Adrian und Jasmin Andres wollte sie nicht reden. Aber eine Sache konnte sie doch mit ihm besprechen. »Ich habe eine Entscheidung getroffen«, sagte sie unvermittelt. »Eigentlich wollte ich es dir erst zum Ende der Kreuzfahrt sagen …« Sie hielt inne. Warum eigentlich? Um es sich möglicherweise doch noch anders zu überlegen?

Lothar war sichtlich verwirrt, und Eva fuhr fort: »Ich werde nach Hause zurückkehren und nicht mehr auf einem Kreuzfahrtschiff arbeiten, das habe ich Fenja versprochen.« Sie hielt einen Moment inne und suchte seinen Blick. »Wenn dein Angebot noch steht, würde ich es gerne annehmen.«

Kapitel 22

Valentina hatte am vergangenen Abend wach im Bett gelegen, als ihre Schwester nach Hause gekommen war. Die ständigen Auseinandersetzungen mit Julie, das Telefonat mit Marcus, die Situation an Bord hatten ihr zugesetzt, und sie war nicht zur Ruhe gekommen. Dennoch hatte sie nicht darüber reden wollen und sich schlafend gestellt.

Jetzt machte sie sich darüber Gedanken. Es war noch nie vorgekommen, dass sie mit ihrer Schwester nicht reden konnte. Hier waren sie sich räumlich so nahe wie nie – und schienen sich dadurch immer weiter voneinander zu entfernen.

Sie wollte auch an diesem Morgen nicht mit ihr sprechen, deshalb verhielt sie sich sehr leise, als sie sich in aller Eile fertigmachte. Sie hinterließ ihrer Schwester einen Zettel: *Bin frühstücken. Heute Morgen ist ja meine Speisesaalzeit. Bis später!*

Valentina hoffte, dass sie heute auch das Schiff zu einem Ausflug verlassen konnte. Sie wollte die Insel gerne sehen, die mitten auf dem Polarkreis lag. Die *MS Kristiana* würde am späten Nachmittag wieder ablegen und nach Bakkagerði weiterfahren.

Vor dem Speisesaal traf sie Patrick Haardt. Bevor sie ihren Tischnachbarn begrüßen konnte, trat er auf sie zu, schloss sie in seine Arme und küsste sie.

Im ersten Moment war Valentina wie erstarrt. Dann stieß sie ihn zurück und verpasste ihm eine schallende Ohrfeige. »Was fällt Ihnen ein!«, fauchte sie ihn an.

Er rieb sich die Wange, in seinem Blick lag vollkommene Fassungslosigkeit.

»Wagen Sie es nie wieder, mich anzufassen!«

Er ließ seine Hand sinken. »Ganz bestimmt nicht«, versicherte er. »Nach gestern Abend habe ich gedacht, dass du … Verzeihung, das mit dem Du lassen wir dann wohl besser«, unterbrach er sich. »Am besten gehen wir uns jetzt grundsätzlich aus dem Weg.« Damit drehte er sich um und verschwand in die Richtung, aus der er gekommen war.

Valentina durchfuhr ein Schock, als ihr bewusst wurde, dass Patrick Haardt sie für Julie gehalten hatte. Was war gestern Abend zwischen ihm und ihrer Schwester passiert? Sie wusste, dass Julie diesen Mann sehr mochte … Valentina wurde abwechselnd heiß und kalt.

Ich habe alles kaputt gemacht! Valentina wusste, dass Julie ihr das nie verzeihen würde.

Sie entschied, Patrick Haardt nachzulaufen, hielt aber mitten in der Bewegung inne. Und dann? Sollte sie so tun, als wäre sie Julie, und sich bei ihm entschuldigen? Oder sollte sie ihm direkt die Wahrheit sagen, mit allen Konsequenzen?

Nie zuvor hatte sie sich so hilflos gefühlt. Nichts davon war durchführbar. Eines hingegen stand fest: Sie musste Julie sagen, was passiert war.

Langsam machte sie sich auf den Weg zurück zur Kabine. Der Appetit war ihr vergangen.

Julie saß auf der Bettkante und hörte ihr mit steinerner Miene zu. Sie sagte kein Wort, als Valentina geendet hatte.

»Ich konnte doch nicht wissen, dass ihr euch nähergekommen seid«, versuchte Valentina sich zu rechtfertigen.

Julie starrte vor sich hin.

»Du hättest mir etwas sagen müssen!« Valentina störte sich selbst an dem trotzigen Ton ihrer Stimme.

Julie stand auf. Ihr Gesicht war schneeweiß, die Lippen fest zusammengepresst. »Hätte ich das?«, fragte sie gefährlich leise. »Abgesehen davon, dass dazu noch keine Zeit war: Muss ich dir über alles in meinem Leben Rechenschaft ablegen? Für dich habe ich alles aufgegeben, was mir wichtig war. Mein Leben in München, meine Arbeit. Nur um mit dir um das zu kämpfen, was dir wichtig ist: der verdammte Gartenbaubetrieb. Aber jetzt ist Schluss!« Julies Stimme war heiser vor Wut. Und sie setzte noch einen drauf: »Ich lasse nicht zu, dass du mein Leben zerstörst.«

Valentina war entsetzt. »Ich zerstöre doch nicht dein Leben. Julie!« Sie streckte die Hand nach ihrer Schwester aus, doch die wich zur Seite.

»Ich kann dich heute nicht mehr ertragen. Warte nicht auf mich.« Julie schnappte sich ihre Handtasche und stürmte aus der Kabine.

Valentina zuckte zusammen, als die Tür hinter ihr ins Schloss fiel. »Julie, warte«, rief sie noch, aber Julie kam nicht zurück.

»Ich kann dich heute nicht mehr ertragen, warte nicht auf mich«, wiederholte sie leise die Worte ihrer Schwester. Die Zurückweisung schmerzte, und natürlich würde sie auf ihre Schwester warten. Was blieb ihr auch anderes übrig?

Valentina stöhnte auf, als ihr aufging, dass sie in der Kabine bleiben musste. Wie sollte sie das aushalten? Sie wanderte hin und her. Von der Tür zum Fenster und wieder zurück. Ihre Gedanken drehten sich unablässig im Kreis. Und dann fasste sie einen Entschluss. Spontan, was vollkommen untypisch für sie war, und voller Bereitschaft, das Risiko einzugehen, heute aufzufliegen. Entschlossen verließ sie die Kabine und machte sich auf die Suche nach ihrer Schwester.

Julie war nicht im Speisesaal, aber damit hatte Valentina auch nicht wirklich gerechnet. Sie wusste, dass ihre Schwester nichts essen konnte, wenn sie aufgeregt war.

Ziellos irrte sie durch die Gänge und betrat schließlich den Aufzug. Dort begegneten ihr Carla Stein und Ingo Thann. Die beiden schauten sie verwundert an.

»Hattest du nicht vor zwei Minuten etwas anderes an?«, fragte Carla. »Wie hast du das geschafft, dich so schnell umzuziehen?«

»Und haben Sie da nicht gesagt, dass Sie einen Landausflug machen wollen?«, ergänzte Ingo Thann.

Der Aufzug hielt auf der nächsten Etage, die gläserne Tür schwang auf. »Danke«, stieß Valentina hervor und eilte zu Fuß wieder nach unten. Hoffentlich erwischte sie Julie noch, bevor sie das Schiff verließ.

Sie erblickte ihre Schwester in der Nähe des Ausgangs, zusammen mit Patrick Haardt. Valentina schlich näher heran und versteckte sich hinter einer Säule.

»Das war einfach zu viel«, hörte sie Patrick sagen. »Und wenn Sie Ihr Verhalten nicht erklären können, wäre es mir recht, wenn Sie mich nicht mehr ansprechen.«

»Patrick, bitte«, flehte Julie ihn an.

»Du hast mich geohrfeigt, Julie!«, rief er fassungslos aus. »Ich dachte, dass da etwas zwischen uns ist«, fügte er leise hinzu.

»Das ist es doch auch!«, bestätigte Julie eifrig.

»Dann verstehe ich deine Spielchen nicht.«

»Ich kann es dir nicht erklären«, sagte Julie. Valentina hörte die Hilflosigkeit in der Stimme ihrer Schwester und konnte gut nachempfinden, wie sie sich fühlte.

Patrick wandte sich zum Gehen. Valentina sah, dass ihre Schwester regelrecht zusammensackte. Mit hängenden Schultern schaute sie Patrick nach. In ihrem Blick lag tiefe Verzweiflung.

Alles wegen mir!

Valentinas Handeln wurde nicht mehr von der Vernunft bestimmt, sondern ausschließlich von ihren Gefühlen, ein Wust aus Mitleid und schlechtem Gewissen. Nichts hielt sie mehr in ihrem Versteck. Sie eilte los und stellte sich Patrick in den Weg. »Ich kann das erklären«, sagte sie mit fester Stimme.

Patrick starrte sie an, als hätte er einen Geist vor sich, auch Julie war vor Schreck wie versteinert.

»Sie haben eben nicht Julie geküsst, sondern mich«, fuhr Valentina fort. »Mein Name ist Valentina. Ich bin Julies Zwillingsschwester.« Sie streckte ihm die Hand entgegen.

Er ergriff sie. »Patrick.«

»Ich weiß.« Sie schmunzelte.

In diesem Moment meldete sich auch Julie zu Wort. »Valentina«, stieß sie erschüttert hervor. »Das hättest du nicht machen sollen!«

»Doch, Julie. Ich will nicht, dass du wegen mir unglücklich wirst. Es war die einzige Möglichkeit, glaub mir. Egal, was das für Konsequenzen haben wird.« Sie schluckte schwer, wusste aber, dass sie das einzig Richtige getan hatte.

Julie umarmte sie fest. »Ich habe so schlimme Dinge gesagt. Es tut mir leid, Valentina.«

»Du hattest ja recht«, sagte Valentina leise. »Mit allem.«

»Nein. Ich habe es nicht so gemeint.« Julie drückte sie noch einmal.

»Doch, Schwesterherz. Du hast jedes Wort genau so gemeint, wie du es gesagt hast.«

Patrick räusperte sich. »Entschuldigung, aber ich verstehe immer noch nicht, was hier eigentlich los ist«, sagte er verwirrt. »Wieso seid ihr beide an Bord, gebt euch aber als Julie aus?«

Plötzlich kam ihm ein Gedanke. »Natürlich, du hast gesagt, der Gewinn war nur für eine Person. Und da euch niemand auseinanderhalten kann, seid ihr beide aufs Schiff gekommen.«

»Nein, so war es nicht«, erwiderte Julie bestimmt. »Wir hatten nicht die Absicht, die Reederei zu betrügen. Es stimmt, Valentina hat sich an Bord geschmuggelt. Ich wollte ihr aber nur meine Kabine zeigen.« Sie erzählte ihm, was passiert war, und von den Problemen, die ihnen dadurch entstanden waren.

»Ich hatte ein Billigticket, das ich nicht umtauschen konnte. Und ein neues Ticket konnte ich mir nicht leisten.« Valentina spürte jetzt wieder die Panik, die sie auch an dem Tag empfunden hatte.

Patrick runzelte die Stirn. »Aber selbst wenn du erst am Ende der Reise zurückfliegst, brauchst du doch Geld für ein Ticket.«

Dass er sie duzte, störte Valentina nicht.

»Ja, natürlich. Aber unsere Firma arbeitet weiter, und bis zum Abflug ist bestimmt so viel Geld eingegangen, dass ich mir das Ticket leisten kann«, sagte sie. »Allerdings kommen jetzt wahrscheinlich auch noch Forderungen der Reederei auf uns zu. Ich habe keine Ahnung, wie wir das bezahlen sollen«, fügte sie mutlos hinzu. Im Grunde blieb nur eine Möglichkeit. »Vielleicht kann ich mich ja auch weiterhin verstecken.« Sie schaute Patrick verlegen an. »Wirst du uns verraten?«

»Wir machen Patrick auf keinen Fall zu unserem Komplizen!«, sagte Julie bestimmt. »Und du wirst dich auch nicht mehr in der Kabine verstecken. Wir klären das jetzt.«

»Ich habe eine bessere Idee«, sagte Patrick nachdenklich. »Vertraut ihr mir?«

Julie nickte. »Ja.«

»Nein«, sagte Valentina im selben Moment.

Patrick lachte. »*Ein* Ja reicht mir.« Er zog Julie in seine Arme und küsste sie. »Ich werde mich um die Angelegenheit kümmern. Jetzt sofort«, sagte Patrick. »Wo finde ich euch?«

»Am liebsten im Speisesaal«, sagte Julie. »Ich habe noch nicht gefrühstückt.«

»Ich auch nicht.« Valentina hatte wirklich Hunger. »Kannst du mir etwas mitbringen?«

»Ihr geht beide dort essen«, beschloss Patrick. »Ich komme später dazu.«

Georg fielen fast die Augen aus dem Kopf, als die Schwestern sich nebeneinander an den Tisch setzten. »Ich bin ein wenig überrascht«, sagte er.

»Bringen Sie uns trotzdem Kaffee?«, bat Julie.

»Kommt sofort.«

Valentina war unwohl zumute. »Was da jetzt wohl noch alles nachkommt«, murmelte sie.

»Warte es ab, vielleicht wird es ja gar nicht so schlimm, wie wir befürchten«, sagte Julie beruhigend.

Valentina war da nicht so sicher. Sie glaubte auch nicht, dass Patrick etwas erreichte. Wenn schon, dann hätte sie sich lieber selbst mit den zuständigen Mitarbeitern auf dem Schiff in Verbindung gesetzt und alles geregelt.

Julie drückte ihre Hand. »Du musst endlich lernen, anderen Menschen wieder zu vertrauen«, sagte sie, als hätte sie Valentinas Gedanken gelesen.

Valentina atmete tief durch. »Ich weiß nicht, ob ich das jemals wieder kann.«

Es dauerte eine halbe Stunde, bis Patrick in den Speisesaal kam und sich zu ihnen an den Tisch setzte. »Es ist alles geklärt«, rief er fröhlich.

Valentina war im ersten Moment erleichtert. »Wird es sehr teuer?«, erkundigte sie sich zaghaft nach dem Haken.

»Nein, im Gegenteil. Du musst überhaupt nichts bezahlen. Die Reederei möchte sich bei dir in aller Form für die Umstände entschuldigen und dir die Reise spendieren.« Er lächelte. »Du musst dich nicht mehr verstecken.«

Eine Welle der Erleichterung durchströmte Valentina. War das zu fassen? »Wie hast du das hingekriegt?«

»Sagen wir mal so: Ich habe ganz gute Beziehungen zur Geschäftsführung der Reederei«, erwiderte er schmunzelnd. »Und die hat eingesehen, dass der technische Defekt zu dieser Situation geführt hat.«

Valentina sprang auf und umarmte ihn. »Danke«, rief sie fröhlich.

Als sie sich wieder gesetzt hatte, wandte er sich grinsend an Julie. »Und ich muss aufpassen, dass ich nicht mehr die falsche Frau küsse.«

Valentina lachte, als Julie rief: »Ja, das will ich dir auch raten!«

Kapitel 23

»Wie geht es dir?« Adrian beugte sich über Jasmin und küsste sie zärtlich.

»Erstaunlich gut.« Der Besuch bei Dr. Fredriksen hatte ihr allerdings zugesetzt. Nachdem Adrian inzwischen mit seiner Frau gesprochen hatte, wusste Eva Fredriksen also Bescheid. Jasmin war froh darüber. Einerseits. Die Fronten waren geklärt. Aber da war auch ihr Mitleid mit Eva Fredriksen. Dazu die Angst, dass die Situation zwischen ihr und Adrians Frau eskalieren könnte.

»Wie wäre es mit einem Ausflug?«, schlug er vor.

Jasmin freute sich. »Ich habe heute Nachmittag frei«, sagte sie.

Adrian lachte. »Ich kenne deinen Dienstplan.« Er hielt sie fest und küsste sie wieder.

»Können wir heute Wale beobachten?« Jasmin trauerte immer noch dem ausgefallenen Ausflug in Akureyri hinterher.

»Ja, das machen wir.« Er lächelte, dann deutete er auf das Buch auf ihrem Nachttisch. »Du lernst Norwegisch?«

»Ja. Ich möchte die Menschen in meiner neuen Heimat verstehen«, sagte sie lächelnd. »Dazu gehört ein Sprachkurs, den ich auf meinem Handy habe.«

»Was hast du denn schon gelernt?«, wollte Adrian wissen.

»Jeg elsker deg!«, sagte Jasmin zärtlich.

Adrian lachte. »Ich liebe dich auch«, erwiderte er.

Als sie gemeinsam das Schiff verlassen wollten, begegnete ihnen Eva Fredriksen. Ein peinlicher Moment, jedenfalls empfand Jasmin es so.

Eva blieb stehen. Sie ignorierte Jasmin, schaute nur Adrian an. Unverhohlene Wut zeichnete sich in ihrem Gesicht ab und lag auch in ihrer Stimme. »Es wäre nett, wenn du so viel Anstand besitzen würdest, deine Affäre nicht öffentlich zur Schau zu stellen.«

Jasmin zuckte zusammen und spürte, wie auch Adrian neben ihr sich anspannte. Behutsam legte sie ihre Hand auf seinen Arm. *Nicht darauf reagieren*, bedeutete sie ihm mit dem Blick.

Adrian nickte leicht und schaffte es sogar zu lächeln, dann gingen sie ohne ein weiteres Wort an Eva vorbei. Jasmin spürte, wie sich die Blicke der Frau in ihren Rücken bohrten, aber sie wandte sich nicht mehr um.

»Ich kann sie verstehen«, sagte sie ehrlich, als sie im Aufzug standen. »Sie ist zutiefst verletzt und fühlt sich gedemütigt, wenn sie uns zusammen sieht.«

»Ich habe auf eine friedliche Trennung gehofft.« Adrian stieß einen Seufzer aus. »Vor allem wegen Fenja.«

»Lass ihr ein wenig Zeit.« Jasmin griff nach seiner Hand und drückte sie, ließ aber sofort los, als der Aufzug die nächste Etage erreichte und die gläserne Tür sich lautlos aufschob. Herein kam Nele, zusammen mit ihrem Neffen und ihrer Nichte.

Emilia schaute Adrian streng an. »Was machst du hier? Wer fährt jetzt das Schiff?«

Noah seufzte tief auf. »Das fährt nicht«, erklärte er seiner Schwester. »Das parkt an der Insel, die sich Mama und dem Elias sein Papa angucken wollen.«

»So ist es, wir parken gerade«, antwortete Adrian grinsend. »Aber selbst wenn wir unterwegs sind, gibt es auch andere Leute, die das Schiff fahren können.«

»Klar.« Noah genoss sichtlich, dass er mehr wusste als seine Schwester. »Wenn der Kapitän krank wird oder ins Wasser fällt, müssen uns andere Leute nach Hause fahren.«

»So ungefähr ist das«, bestätigte Adrian. »Wobei die Gefahr sehr gering ist, dass ich ins Wasser falle. Da passe ich schon gut auf.«

Nele lachte. »Es ist auch für die Mitarbeiter sehr beruhigend, das zu wissen.«

»Obwohl du ja eigentlich im Moment zu den Passagieren gehörst«, sagte Jasmin lächelnd. »Ich finde es toll, dass du trotzdem als Aushilfe einspringst. Ich weiß von Rúnar, dass dir diese Zeit natürlich vergütet wird.«

»Ja, wir haben schon darüber gesprochen. Das freut mich. Aber es ist auch ein bisschen meine eigene Schuld«, sagte Nele grinsend. »Warum muss ich auch ausgerechnet auf dem Schiff Urlaub machen, auf dem ich arbeite? Ich hätte Herrn Tychsen gleich sagen sollen, dass ich lieber eine Karibik-Tour machen möchte.«

Wieder hielt der Aufzug an. Diesmal kam Rúnar Arnarsson dazu.

Jasmin bemerkte, dass Nele den Blick senkte, auch ihr Gruß klang befangen. Sie war sofort alarmiert: War da etwas vorgefallen?

»Hallo, ihr beiden.« Rúnar ging in die Hocke und sprach auf Augenhöhe mit den beiden Kindern. »Wie gefällt es euch auf dem Schiff?«

»Es ist toll!«, schwärmte Noah.

Emilia winkte ab. »Wir waren schon mal hier. Aber diesmal finde ich es cooler, weil wir uns nicht mehr vor dem schrecklichen Magnus verstecken müssen.«

»Nee, vor dem müsst ihr euch wirklich nicht mehr verstecken«, sagte Adrian. »Der ist weg.«

»Den habe ich aber gesehen«, behauptete das Mädchen.

»Wann?«, fragte zu Jasmins Verwunderung ausgerechnet Rúnar. Mit einem Mal lag eine unangenehme Spannung in der Luft, denn auch Adrian wirkte alarmiert.

»Eben.«

»Und wo hast du ihn gesehen?«, hakte Adrian sofort nach.

Jasmin hatte den Eindruck, dass Emilia die plötzliche Aufmerksamkeit zu genießen schien.

»Da, wo man aus dem Schiff rausgeht«, sagte das Mädchen. Aber der schreckliche Magnus kam *rein.*«

»Warum hast du mir das nicht erzählt?«, fragte Nele.

»Weil der schreckliche Magnus so gemacht hat, als der gemerkt hat, dass ich gucke.« Emilia legte ihren Zeigefinger über die Lippen.

»Und Sie haben nichts gesehen?« Rúnar hatte sich erhoben und schaute Nele an. Diese schüttelte leicht den Kopf, woraufhin sich sein fragender Blick auf Jasmin richtete.

»Nein. Sonst hätte ich bestimmt etwas gesagt.«

»Und ich habe nicht darauf geachtet«, sagte nun wieder Nele. »Meine Nichte ist allerdings ein sehr fantasievolles Kind«, sie wandte sich an das Mädchen. »Emilia, das ist jetzt ganz wichtig: Hast du Magnus wirklich gesehen, oder ist das nur eine deiner Geschichten?«

»Ich hab den wirklich gesehen!« Emilia hob zwei Finger wie zum Schwur. »Ganz in echt.«

»Ich glaube dir«, sagte Rúnar ernst. »Nicht wahr, Emilia, ich kann dir doch glauben?«

Emilia schaute ihm fest in die Augen. »Ja!«

»Gibt es denn keine Einlasskontrollen?«, wollte Rúnar von Adrian wissen.

»Stichprobenweise«, sagte Adrian. »Die *MS Kristiana* ist nicht so groß, dass ein blinder Passagier nicht auffallen würde.«

»Aber vielleicht sollten wir die Kontrollen verstärken.«

Adrian lächelte schwach. »Das wäre ein Fall für den Kreuzfahrtdirektor.«

Rúnar grinste. »Ich werde mich darum kümmern.«

»Soll ich an Bord bleiben?«, fragte Adrian.

Jasmin war enttäuscht, auch wenn sie einsah, dass das jetzt wichtiger war.

»Darum kümmere ich mich«, sagte Rúnar schnell. »Ich lasse das ganze Schiff absuchen.«

»Suchst du nach dem schrecklichen Magnus?« Emilia klang atemlos. »Darf ich mitsuchen?«

Rúnar ging wieder vor ihr in die Hocke. »Es ist sehr nett, dass du uns helfen willst, aber dafür brauchen wir Leute, die sich auskennen. Aber kannst du mir vielleicht sagen, in welche Richtung Magnus gegangen ist?«

»Der *schreckliche* Magnus«, verbesserte Emilia. »Der ist immer geradeaus gegangen. Und dann in den Flur, wo Marisol und Tante Nele wohnen. Aber jetzt wohnt Tante Nele bei uns in einer viel schöneren Kabine. Die ist riesig groß und hat zwei Schlafzimmer.« Das Mädchen neigte den Kopf ein wenig zur Seite. »Du kannst uns ja mal besuchen.«

»Das mache ich ganz bestimmt«, versprach Rúnar. Jasmin bemerkte, dass er nur Nele anschaute, die aber den Blick abwandte und so tat, als hätte sie nichts gehört. Irgendetwas stimmte da nicht!

Emilia tippte Rúnar an. »Heute kannst du aber nicht kommen. Wir holen jetzt nämlich den Elias und den Leo ab, die sind bei Marisol. Und dann gehen wir alle zusammen in den Kindergarten.«

»Marisol hat sich angeboten, kurz auf die Kinder von Herrn Adams aufzupassen«, erklärte Nele. »Miriam und Simon Adams haben sich zu einem Landausflug angemeldet. Aber Leo schlief noch, als sie aufbrechen mussten, und ich konnte nicht sofort zu den Kindern, weil Noah und Emilia noch nicht fertig waren.«

»Was für ein toller Einsatz!«, lobte Rúnar. »Um den Kundenservice muss ich mir hier offensichtlich keine Gedanken machen.«

»Marisol und Nele sind zwei Mitarbeiterinnen, auf die Sie sich immer verlassen können«, versicherte Adrian.

»Davon bin ich überzeugt.« Wieder schaute Rúnar nur Nele an, als er sprach.

Er mag sie, ging Jasmin mit einem Mal auf. Und das freute sie. Es wäre so schön, wenn Nele nach den vielen Enttäuschungen endlich ihr Glück finden würde.

»Ob Magnus wirklich auf der *MS Kristiana* ist?«, überlegte Jasmin, als sie mit Adrian schließlich das Schiff verließ. »Emilia hat wirklich sehr viel Fantasie.«

»Ich weiß es nicht. Irgendwie habe ich aber das Gefühl, dass sie die Wahrheit sagt. Wir sollten zumindest nichts ausschließen.« Adrian zog sein Handy aus der Hosentasche. »Vorsichtshalber werde ich Eva warnen.«

Jasmin war erstaunt. »Fürchtest du etwa, dass sie in Gefahr ist?«

»Ich weiß es nicht! Im Moment habe ich überhaupt keine Ahnung, welche Fäden da im Hintergrund gezogen werden. Aber Eva und Magnus …« Er zögerte kurz, doch dann erzählte er ihr von Evas kurzer Affäre mit Magnus und der daraus entstandenen Schwangerschaft, die Eva beendet hatte. »Ich habe immer gedacht, es wäre mein Kind gewesen, das sie nicht zur Welt bringen wollte«, schloss er dumpf.

Jasmin war stehen geblieben. »Hätte es etwas geändert, wenn sie dir die Wahrheit gesagt hätte?«, fragte sie sanft. In sich spürte sie wieder die Angst, dass Adrian doch noch mehr für seine Frau empfand, als ihm selbst bewusst war.

»Ich weiß es nicht.« Adrian hob in einer Geste der Hilflosigkeit die Arme. Dann lächelte er mit einem Mal. »Eigentlich zeigt mir das alles nur noch deutlicher, dass unsere Ehe schon damals nicht mehr richtig funktioniert hat.« Bittend schaute er sie an. »Sei mir bitte nicht böse, dass ich dir die Geschichte, wie es zur Trennung zwischen Eva und mir kam, bisher nicht erzählt habe. Ich … wollte nicht schlecht über Eva reden. Trotz allem ist sie immer noch die Mutter meines Kindes.«

»Das verstehe ich.« Jasmin war glücklich und auch erleichtert, weil Adrian ihr damit auch bewiesen hatte, wie sehr er ihr vertraute. Und das machte es ihr noch ein bisschen leichter, Verständnis für Eva Fredriksen aufzubringen. Denn es war klar, dass Adrians Frau schon wegen Fenja nie ganz aus ihrem Leben verschwinden würde. *Wir werden das schaffen.* Jasmin spürte tiefe Zuversicht. Weil Adrian sie liebte. Und sie ihn.

Die Nebelschleier hatten sich verzogen, doch die grauen Wolken hingen tief über Grímsey. Es war kalt, und die Wellen des Atlantiks schlugen hart gegen das Ufer.

Die Anlegestelle des Schnellbootes, das sie zu den Walen hinausfahren sollte, lag nicht weit von der *MS Kristiana* entfernt. Auf dem Weg dorthin begegneten sie Ben und Leonie.

Jasmin war überrascht. »Wer ist denn jetzt auf der Brücke?«

»Arvid Jensson«, erwiderten Adrian und Ben gleichzeitig und lachten.

»Arvid übernimmt meinen Posten als erster Offizier«, erklärte Ben. »Jetzt kann er dir beweisen, dass du dich während deiner Abwesenheit auf ihn verlassen kannst.« Ben versetzte Adrian einen freundschaftlichen Schlag auf die Schulter.

»Mir muss er gar nichts beweisen«, sagte Adrian. Er schaute Jasmin an.

Sie ahnte, was sein Blick sie fragte, und nickte leicht.

Adrian lächelte und ließ die Bombe platzen: »Nach der Island-Fahrt verlasse ich die Reederei und damit die *MS Kristiana.*«

Ben starrte Adrian an. Auch Leonie war sichtlich überrascht.

»Warum?«, fragte Ben schließlich.

Adrian legte einen Arm um Jasmins Schulter und zog sie an sich. »Weil ich die Frau gefunden habe, mit der ich den Rest meines Lebens verbringen will.« Er schenkte ihr einen liebevollen Blick. »Wir haben gemeinsam entschieden, dass wir zukünftig in Svolvær leben wollen.«

Ein Glücksgefühl durchströmte Jasmin. Es fühlte sich gut an, dass er es jetzt so offen aussprach. Sie war nicht mehr die heimliche Geliebte, sondern die Frau an seiner Seite. Es überraschte Jasmin, dass das einen so großen Unterschied machte.

»Ich kann es nicht fassen«, stieß Ben hervor. Sein Blick wanderte zu Jasmin. »Und du verlässt das Schiff auch!«

»Ich finde das toll!« Leonie umarmte Jasmin, dann Adrian. »Ich wünsche euch beiden alles Glück der Welt. Und ich freue mich so sehr, dass ihr als Paar zu unserer Hochzeit kommt.« Sie hielt einen Moment inne. »Aber wahrscheinlich wollt ihr das ja lieber noch geheim halten.«

»Jetzt nicht mehr.« Adrian drückte Jasmin an sich. »Wir haben uns lange genug versteckt. Nach dieser Reise ziehen wir zusammen nach Svolvær.«

Jasmin atmete tief durch. Besser hätte Adrian ihr nicht beweisen können, dass er sich seiner Entscheidung absolut sicher war.

Sie verbrachten die beiden nächsten Stunden zusammen mit Ben und Leonie, die zu berichten wussten, dass die Walfahrten ausfielen, weil sich ein Sturm zusammenbraute. Selbst der Fährbetrieb von Dalvík hatte seinen Betrieb für heute eingestellt.

Gemeinsam erkundeten sie die nur wenige Quadratkilometer große Insel aus Basalt. Kein Baum wuchs hier, es gab nur wenige Einwohner. »Etwa sechzig«, berichtete Ben, der einen Reiseführer auf sein Handy geladen hatte.

Ihr Weg führte sie durch eine Bucht mit wundervollen Basaltsäulen. Jasmin fand das ebenso beeindruckend wie die hundert Meter hohen Felsklippen im Osten der Insel. Der raue Charme gefiel ihr.

Leonie hingegen war begeistert von den unzähligen Vögeln, darunter Trottellummen, Küstenseeschwalben, Eissturmvögel und Möwen, die den Schiffen folgten. Selbst Papageientaucher waren überall zu sehen, auch wenn ihre Brutzeit längst vorbei war.

»Die sind so niedlich mit ihren bunten Schnäbeln und den roten Füßen.« Immer wieder blieb Leonie stehen und betrachtete die Vögel.

»Die Isländer nennen sie Lundi«, wusste Ben zu berichten. Ein Grinsen breitete sich auf seinem Gesicht aus. »Und sie haben die Papageientaucher zum Fressen gerne.«

Leonie starrte ihn entsetzt an. »Das ist ein sehr schlechter Witz!«, rief sie erbost.

»Keineswegs. Aber hier auf Grímsey wurde die Jagd auf die Vögel eingestellt, weil das bei den Besuchern überhaupt nicht gut ankam.«

»Gut so«, sagte Leonie, und Jasmin war vollkommen ihrer Meinung.

»Und ich habe noch eine gute Nachricht für euch: Es gibt

auf der Insel weder Ratten noch Mäuse.« Lächelnd schaute Ben in die Runde.

»Denen ist es hier zu ungemütlich.« Leonie umschlang sich mit beiden Armen.

»Wir sollten langsam zurückkehren«, schlug Adrian vor. Vom Meer her trieb neuer Nebel auf sie zu, das Wasser türmte sich zu hohen Wellen auf, und der Wind frischte auf.

Jasmin stimmte zu. Insbesondere, weil ihr wieder übel wurde. Außerdem war ihr schwindelig. Mit einem Mal so schlimm, dass sie Angst hatte, es nicht mehr zum Schiff zu schaffen. Auf den letzten Metern mussten Adrian und Leonie sie sogar stützen.

Als sie auf dem Kai standen, hatte Jasmin das Gefühl, in ein schwarzes Loch zu stürzen. Alles um sie herum schien sich zu drehen.

»So geht das nicht weiter«, hörte sie Adrian noch sagen, und dann war da nichts mehr als tiefe Dunkelheit.

Als Jasmin aufwachte, war die Übelkeit verschwunden. Vorsichtig sah sie sich um. Sie lag in der Krankenstation auf einer Behandlungsliege. Adrian diskutierte gerade mit Eva Fredriksen.

»Verdammt, Eva, ihr geht es schlecht!«, rief er aufgeregt. »Du bist hier die Ärztin, du musst doch wissen, was ihr fehlt.«

»Wie gesagt, die Ergebnisse liegen noch nicht vor«, erwiderte Eva. Ihre Stimme war erschreckend kalt.

»Warum nicht?« Adrians Stimme wurde lauter. »Du hast hier nun wirklich nicht viel zu tun. Was machst du eigentlich den ganzen Tag?«

»Ich glaube, du gehst jetzt besser«, versetzte Eva scharf. »Du wurdest schon vor zehn Minuten auf der Brücke angefordert.«

»Ich bleibe so lange, bis Jasmin aufwacht!«

Mühsam setzte Jasmin sich auf. »Ich bin wach«, brachte sie hervor.

Adrian fuhr herum, kam zu ihr. »Endlich! Ich habe mir solche Sorgen gemacht.«

»Es geht mir wieder gut«, versicherte Jasmin, auch wenn das nicht ganz der Wahrheit entsprach. »Du solltest auf die Brücke gehen, wenn du da gebraucht wirst.«

»Aber nur kurz. Ich bin in ein paar Minuten wieder bei dir.« Er hob mahnend den Zeigefinger. »Warte hier auf mich.«

Sie nickte, sah ihm nach, bis er den Raum verlassen hatte. Dann schaute sie Eva an. Lange und ohne ein Wort. Sie war sicher, dass die Ärztin zumindest den Verdacht, wenn nicht schon die Bestätigung einer Diagnose hatte.

Die Ärztin hielt ihrem Blick stand, lächelte arrogant.

»Sie wissen doch, was mir fehlt«, sagte Jasmin schließlich. »Warum sagen Sie es mir nicht?«

Eva Fredriksen zuckte nur mit den Schultern.

Jasmin spürte Ärger in sich aufwallen. Spielte die Ärztin ihre Position etwa aus, um Privates zu klären? »Glauben Sie, es würde etwas ändern, nur weil Sie die Untersuchungsergebnisse zurückhalten?«

Eva lächelte böse. »Nein, es ändert überhaupt nichts. Und es ist nur eine Frage der Zeit, bis Sie feststellen, was mit Ihnen los ist.«

Jasmin wusste nicht, worauf sie hinauswollte, aber sie begriff es in dem Moment, als Eva es aussprach: »Sie sind schwanger!«

Schwanger?

Die Nachricht schockierte Jasmin bis ins Mark. Niemals wäre sie auf diese Idee gekommen. Wie konnte das sein? »Wir haben doch Kondome benutzt«, sagte sie leise und mehr zu sich selbst.

»Vielleicht ist das Kind ja nicht von Adrian«, stieß Eva Fredriksen bösartig hervor. »Ist nicht Ihr früherer Lebensgefährte an Bord? Vielleicht war da ja mal wieder etwas zwischen Ihnen und ihm, nach der Neuseeland-Fahrt, und jetzt …«

Eine Welle der Wut erfasste Jasmin. »Halten Sie Ihr böses Mundwerk«, fuhr sie die Ärztin aufgebracht an. Sie stieg von der Liege und lief aus dem Raum. Kopflos eilte sie in ihre Kabine und schlug die Tür hinter sich zu, setzte sich auf ihr Bett und bedeckte ihr Gesicht mit beiden Händen. Ihr Gedankenkarussell begann sich zu drehen.

Ein Kind! Sie und Adrian bekamen ein Kind! Dabei waren sie erst seit so kurzer Zeit zusammen!

Sie hatten nie darüber gesprochen, ob sie überhaupt Kinder haben wollten. Ihre Zukunftspläne hatten sich ausschließlich um sie beide gedreht.

Ihr Handy klingelte. Adrian!

Jasmin nahm das Gespräch an.

»Eva sagt, du hättest das Behandlungszimmer verlassen.« Seine Stimme klang besorgt. »Ist etwas passiert?«

»Nein, es ist alles in Ordnung«, sagte Jasmin so ruhig wie möglich. Offensichtlich hatte Eva ihm nichts gesagt, und Jasmin war ihr dafür sogar dankbar. Sie wollte es ihm selbst sagen. Aber nicht jetzt, nicht am Telefon.

»Ich muss noch eine Weile auf der Brücke bleiben«, sagte er. »Wir erwarten einen rauen Seegang, außerdem wird der Nebel dichter.«

»Bring die *MS Kristiana* gut in den nächsten Hafen. Wir sehen uns morgen.«

Nachdenklich legte Jasmin das Handy neben sich. Jetzt musste sie sich damit abfinden, dass ihr Leben sich weitaus stärker verändern würde, als sie gedacht hatte. Und sie hatte keine Ahnung, wie Adrian darauf reagieren würde …

Kapitel 24

Zu Julies Erstaunen hatten weder Ingo Thann noch Carla Stein großartig Verwunderung geäußert, als sie gestern Abend im Doppelpack mit Valentina im Speisesaal erschienen war. Auch für Restaurantleiter Georg war das inzwischen selbstverständlich. Für Valentina wurde bei allen Mahlzeiten eingedeckt, ein Stuhl für sie war an der Kopfseite des Tisches platziert worden, sodass sie durch die großen Fenster direkt aufs Meer schauen konnte.

Heute Morgen brachte Ingo Thann das Thema allerdings zur Sprache. »Jetzt weiß ich auch, wieso ich mit Ihnen reden konnte«, er wies auf Valentina, »während Sie«, er deutete auf Julie, »mit Carla unterwegs waren.«

»Nicht ganz.« Julie grinste. »Es war genau umgekehrt. Sie haben mit mir gesprochen.«

Ingo Thann lachte auf. »Ich könnte Sie nie auseinanderhalten.«

»Ich auch nicht«, stimmte Carla ihm zu. »Und ich bin froh, dass die Sache sich geklärt hat.« Sie stupste Ingo leicht an. »Gib zu, du warst davon überzeugt, dass ich mich mit einem anderen Mann treffe.«

»Keine Sekunde«, behauptete Ingo. »Ich neige nicht zur Eifersucht.«

Carla lachte, ließ die Bemerkung aber unkommentiert.

»Ich hatte ein ziemlich schlechtes Gewissen«, gab Julie zu. »Die Vorstellung, dass Sie und Carla meinetwegen streiten, war ziemlich schlimm.«

»Es hätte schlimm werden können«, sagte Ingo Thann mit einem Seitenblick auf Carla. »Aber wie ich bereits erwähnte, bin ich nicht eifersüchtig.«

»Es wird nicht glaubwürdiger, indem du es wiederholst.« Carla beugte sich zu ihm hinüber und hauchte einen Kuss auf seine Wange. Dabei streichelte ihre Hand zärtlich über seine.

Julie sah, dass Valentina die beiden beobachtete. Menschen, die Valentina nicht so gut kannten, bemerkten es nicht, aber Julie spürte, dass ihre Schwester sich einsam fühlte. Insbesondere in Situationen wie diesen, wenn andere Paare glücklich waren, auch wenn sie sich stets bemühte, ihre Gefühle zu verbergen, und das auch niemals zugeben würde.

Als sich ihre Blicke begegneten, lächelte Valentina, aber dahinter erkannte Julie eine tiefe Traurigkeit.

»Eine Sache würde mich aber interessieren«, wandte Carla sich an Valentina. »Wo hast du die ersten Tage gesteckt?«

»Das ist eine lange Geschichte.« Valentina erzählte, was passiert war.

Carla lachte. »Was für ein Mist. Aber irgendwie auch lustig, dass du so zu dieser Reise gekommen bist.«

»Das ist überhaupt nicht lustig«, brummte Ingo Thann ungehalten. »So etwas darf einfach nicht passieren.«

Carla stieß ihn liebevoll an, kam aber nicht mehr dazu, etwas zu sagen, weil Patrick an den Tisch trat.

Julies Herz machte einen Satz.

»Guten Morgen!« Er lächelte in die Runde, dann ging er zielstrebig auf Julie zu und küsste sie.

»Sie können die beiden auseinanderhalten?«, fragte Ingo Thann sichtlich verblüfft. »Woher wissen Sie, wer Julie ist?«

Patrick legte eine Hand auf seine Brust. »Das sagt mir mein Herz.«

Eine Welle der Zärtlichkeit durchfuhr Julie. »Es gibt außer

dir nur einen Menschen, der uns auseinanderhalten kann. Unser Mitarbeiter Marcus. Stimmt's, Valentina?«

Doch Valentina ging nicht darauf ein. »Heute Mittag erreichen wir Bakkagerði«, sagte sie stattdessen.

Dieses Ablenkungsmanöver war so durchsichtig! »Das wissen wir. Und es ist uns auch bekannt, dass wir heute Abend schon weiterfahren«, merkte Julie an.

Valentina zuckte die Schultern. »Für mich ist das etwas Besonderes. Ich muss mich nicht mehr verstecken und darf an Land gehen.«

»Warum gehen wir nicht alle zusammen?«, schlug Patrick vor.

»Ich komme gerne mit«, sagte Clara sofort.

»Ich kann leider nicht.« Ingo Thann zeigte eine bedauernde Miene.

»Dann bleibe ich bei dir«, sagte Carla schnell.

Sie liebt ihn aufrichtig, dachte Julie gerührt.

Ingo Thann lehnte ab. »Du weißt, dass ich zu tun habe. Ich bin froh, wenn du Gesellschaft hast.«

Carla drehte sich um. »Okay«, sagte sie. »Dann komme ich gerne mit.«

Als Julie und Valentina zurück zu ihrer Kabine kamen, erwartete sie dort eine Überraschung. Auf dem Tisch stand ein Obstkorb mit einem Kärtchen der Reederei.

»Sie entschuldigen sich noch einmal wegen der defekten Tür«, sagte Julie überrascht. »Und versichern gleichzeitig, dass dir für die Kreuzfahrt keine Kosten entstehen!«

»Puh. Das erleichtert mich wirklich«, sagte Valentina. »Patrick hat es zwar gesagt, aber diese schriftliche Bestätigung macht es perfekt.«

»Ja.« Julie schaute ihre Schwester nachdenklich an. »Hast du eigentlich noch einmal mit Marcus telefoniert?«

»Nein, warum sollte ich?«

»Weil du ihn magst«, sagte Julie ruhig.

Valentina schwieg.

»Und weil er verrückt nach dir ist.«

Valentina wandte sich ab und ging zur Balkontür.

»Warum lässt du diese Gefühle nicht einfach zu?«, fragte Julie sanft.

»Ich will nicht darüber nachdenken«, kam es unfreundlich zurück. »Und ich will auch nicht darüber reden.«

»Du bist meine Schwester! Ich will, dass du glücklich bist.«

Valentina wandte sich um. »Nur weil du neuerdings Herzchen im Auge hast, muss ich nicht auch auf einer Welle der Glückseligkeit schwimmen.«

»Da suhlst du dich lieber in deiner Einsamkeit, nur weil sich einmal ein Mann in deinem Leben als Mistkerl entpuppt hat.«

Valentina schluckte. »Ich habe ihn geliebt«, flüsterte sie. »Ich wollte ihn heiraten.«

»Du solltest froh sein, dass du es nicht getan hast«, sprach Julie ihren Gedanken direkt aus. »Stell dir vor, du hättest erst nach der Hochzeit seinen wahren Charakter erkannt.«

»Du konntest ihn sowieso nie leiden«, warf Valentina ihr vor.

»Ja, weil er so ein Mistkerl ist!« Julie lächelte sie an. »Marcus kann ich aber sehr gut leiden.«

»Ich kann mich nicht auf einen Mann einlassen, nur weil du ihn magst«, gab Valentina zurück, allerdings nicht mehr ganz so bissig.

»Du kannst ihm aber eine Chance geben«, wagte Julie sich weiter vor.

Valentina drehte sich wieder um und starrte durch die Balkontür nach draußen. »Das nächste Mal fahre ich im Sommer nach Island«, wechselte sie das Thema. »Das heißt, wenn ich mir das irgendwann selbst leisten kann.«

»Wenn du Marcus magst, solltest du ihn anrufen«, sagte Julie bestimmt. »Sonst verlierst du ihn irgendwann für immer.«

Kapitel 25

Die Blicke, die Miriam und Simon einander seit dem gemeinsamen Ausflug am Vortag zuwarfen, waren vielversprechend.

Nele mochte den jungen alleinerziehenden Vater sehr und hoffte, dass er und Miriam sich ineinander verliebten. Für die Kinder wäre das auch perfekt.

Emilia hatte Elias und Leo sozusagen schon adoptiert und bevormundete die beiden ebenso wie ihren Bruder. Alle Kinder waren an diesem Morgen im Kindergarten. Ihre kleine Gruppe wurde durch die beiden fünfjährigen Jungen Ludwig und Kilian komplettiert.

Fünf Jungen, die sich von dem einzigen Mädchen im Raum herumkommandieren ließen.

»Ich bin die Königin«, bestimmte Emilia. »Und ihr müsst alle machen, was ich euch sage.«

»Nö«, sagte Ludwig. »Dazu hab ich keine Lust.«

»Dann sperrt dich der König ins Verlies.«

Ludwig sah sich um. »Hier ist aber kein König.«

Genau in diesem Moment betrat Rúnar Arnarsson den Kindergarten.

»Da ist der König«, sagte Emilia triumphierend.

Ludwig stand der Mund offen vor Staunen. Der Junge war sichtlich beeindruckt.

Nele auch, aber das zeigte sie nicht. »Kann ich etwas für Sie tun?«, fragte sie freundlich.

Rúnars intensiver Blick traf sie mitten ins Herz. Er ließ sich Zeit, bis er antwortete: »Ich habe mitbekommen, dass Sie innerhalb der Crew fast alle duzen. Mich noch nicht. Sollen wir das nicht endlich ändern?«

»Ja, klar«, gab Nele betont locker zurück. Ganz so, als würde ihr Herz dabei nicht schneller klopfen.

»Schön. Und ich habe gesehen, dass heute Nachmittag keine Kita-Kinder eingetragen sind.«

Nele freute sich auf einen freien Nachmittag. Ludwigs und Kilians Eltern waren miteinander befreundet und wollten am Nachmittag mit den Kindern an Land gehen. Das Gleiche hatten Miriam und Simon mit ihren Kindern vor. Freie Zeit für sich selbst! Zumindest hatte sie das gedacht.

»Was soll ich machen?«, fragte sie wenig begeistert.

Rúnar lachte. »Wenn du so schaust, traue ich mich fast nicht, dich zu fragen.«

Gegen ihren Willen musste Nele lachen. »Frag einfach.«

»Gehst du heute Nachmittag mit mir an Land?«

»Nein!«, sagte Nele spontan, dabei hätte sie nur zu gerne zugestimmt. Sie war durchaus bereit, sich wieder zu verlieben, aber nie wieder in einen Kollegen. Es war so mühsam, wenn es dann doch nicht klappte, dafür war Mirko das beste Beispiel …

»Schade«, sagte er und verabschiedete sich. Ohne nach dem Warum zu fragen und ohne auch nur den geringsten Versuch, sie umzustimmen.

Entgegen jeder Vernunft war Nele enttäuscht. Sie weigerte sich aber, weiter darüber nachzudenken. Vor allem an Rúnar wollte sie nicht denken!

Zum Glück machten die Kinder es ihr leicht, sich abzulenken. Der helle Raum mit der riesigen Fensterfront war groß genug für Bewegungsspiele, und alle Kinder machten begeistert mit. Sogar Emilia.

Am Mittag wurden alle Kinder von ihren Eltern abgeholt.

Miriam und Simon kamen gemeinsam, was Nele erneut als gutes Zeichen wertete.

»Kommst du mit in den Speisesaal?«, fragte Miriam.

»Ich habe keinen Hunger. Falls wir uns vorher nicht mehr sehen, wünsche ich euch viel Spaß auf eurem Landausflug.«

Miriam und auch Simon hatten ihr angeboten, mitzukommen, doch Nele hatte abgelehnt. Sie genoss die Zeit mit ihrer Schwester und den Zwillingen, aber heute Nachmittag hatte sie die große Suite für sich allein. Sie hatte keine Pläne geschmiedet. Einfach nur faulenzen konnte auch mal sehr schön sein …

Mit Rúnar Bakkagerði erkunden wäre sehr viel reizvoller!

»Halt die Klappe«, sagte sie laut zu der Stimme in ihrem Innern und räumte den Kindergarten auf. Als die *MS Kristiana* in den Hafen einfuhr, trat sie ans Fenster, gefangen von dem faszinierenden Panorama. Die grandiosen Rhyolithgipfel und das atemberaubende Dyrfjöll-Gebirge rahmten das Dorf ein. Es war traumhaft!

Vielleicht sollte sie doch an Land gehen. Ganz allein, nicht mit ihrer Familie und schon gar nicht mit Rúnar.

»Schade!«, hörte sie ihn sagen. Sie fuhr herum, doch da war niemand. Jetzt bildete sie sich sogar ein, seine Stimme zu hören!

Sie musste daran denken, wie er sie jedes Mal anschaute, wenn sie einander begegneten. Sie lächelte, doch plötzlich verwischte sich das Bild, und sie sah Mirko vor sich. Auch er hatte sie so angesehen, hatte um sie geworben, und jetzt war sie ständig bemüht, ihm aus dem Weg zu gehen.

»Das brauche ich nicht noch einmal«, sagte sie laut.

»Das ist sicher eine vernünftige Einstellung.«

Wieder fuhr Nele herum, und diesmal hatte sie sich Rúnars Stimme nicht eingebildet. Er stand hinter ihr und betrachtete sie mit genau dem Blick, an den sie eben gedacht hatte.

»Wenn ich auch keine Ahnung habe, worum es geht«, fügte er schmunzelnd hinzu.

»Willst du zu mir?« Eine dämliche Frage, sonst wäre er ja nicht hier. Aber Nele war fest entschlossen, den Kontakt und auch die Kommunikation mit Rúnar auf das Berufliche zu beschränken.

»Ich habe hier die Liste mit den Kindergartenanmeldungen für die nächsten Tage.« Er hielt das Blatt in seiner Hand hoch. Dann suchte er ihren Blick. »Und außerdem wollte ich dich fragen, warum du meine Einladung ausgeschlagen hast. Liegt es an mir?«, fragte er ruhig.

»Nein!«

Sein Blick war intensiv, zärtlich …

… und brachte ihr Herz erneut zum Schwingen. Sie wollte das nicht und stieß ungehalten hervor: »Du siehst einfach zu gut aus.« Während sie es aussprach, wurde Nele bewusst, wie albern das klang. Kein Wunder, dass Rúnar amüsiert lächelte.

»Mit der Begründung habe ich noch nie einen Korb bekommen.«

Nele musste plötzlich selbst lachen. »Ich weiß, dass das bescheuert ist. Aber noch dazu bist du ein Kollege. Du weißt schon, gebranntes Kind und so.«

Gebranntes Kind scheut das Feuer. Kannte er die deutsche Redewendung?

Er zog eine Augenbraue hoch. »Darauf antworte ich mit einem isländischen Sprichwort: Nicht alle Männer sind schlecht, nur weil einer es war.«

»Das hast du doch gerade erfunden!«

»Ja.« Rúnar lachte. »Aber deshalb ist es nicht falsch.«

Sie mochte sein Lachen, und auch die Art, wie er sie anschaute. Und seinen Humor.

»Aber ich muss wohl akzeptieren, dass ich dich nicht umstimmen kann. Ich wünsche dir noch einen schönen Tag.« Damit wandte er sich um.

Plötzlich war da dieses intensive Gefühl, dass es ein Fehler war, ihn jetzt gehen zu lassen. »Warte bitte!«

Verdammt, Nele, was machst du da?

Er schaute sie erwartungsvoll an.

Ihre Gefühle wirbelten durcheinander. »Ich komme mit«, brachte sie hervor.

»Sehr schön, ich freue mich«, sagte er strahlend.

»Ich mich auch!« Das Gefühl Freude konnte sie jedenfalls eindeutig zuordnen.

»Da kommen Tante Nele und Rúnar«, rief Emilia begeistert und ziemlich laut vor der Àlfaborg. Sekunden später legte sie den Zeigefinger über die Lippen und wandte sich an die beiden. »Ihr müsst ganz leise sein«, flüsterte sie. »Hier wohnt der Elfenkönig.«

»Hast du ihn schon gesehen?«, flüsterte Rúnar.

Emilia schüttelte den Kopf. Aufmerksam ließ sie ihren Blick zwischen Nele und Rúnar hin und her wandern. »Ist der Rúnar jetzt dein Freund?«, wollte sie wissen. Und ganz Emilia-typisch sprach sie gleich weiter, ohne die Antwort abzuwarten: »Dann ist der Mirko aber bestimmt traurig.«

»Mirko also.« Rúnar grinste.

»Vergiss es«, murmelte Nele.

Miriam trat vor sie und umarmte sie. »Wie schön, dass du es dir anders überlegt hast.«

Nele machte Rúnar mit Miriam und Simon bekannt. Die Kinder kannten ihn ja bereits, und selbst Emilia hatte inzwischen das Interesse an ihm verloren und starrte auf ein Loch in der Felswand.

»Was ist denn da?«, fragte Nele.

»Pst, nicht so laut«, zischte Emilia. »Da wohnt die Elfenkönigin.«

»Woher weißt du das?«, fragte Nele flüsternd.

»Das sieht man doch.« Rúnar beugte sich neben sie über das Loch. So nahe, dass sein Arm ihre Schulter berührte und ihre Gefühle erneut in Aufruhr brachte. Zu viel Nähe war schwierig für sie, und doch rückte sie nicht ab.

Auch Rúnar wich nicht zur Seite. »Das ist ganz eindeutig der Eingang zum Königreich der Elfen«, sagte er leise. »Deshalb heißt dieser Hügel ja auch Àlfaborg. Das ist isländisch und heißt Elfenburg.«

Alle schauten nach oben. Majestätisch erhob sich die Elfenburg vor dem gelben Rhyolithgebirge, das von grauen Basaltadern durchzogen wurde.

»Das sieht aber aus wie ein oller Berg, nicht wie eine Burg«, sagte Noah.

»Ein Berg kann auch eine Burg sein.« Rúnar lächelte.

»Ich glaube nicht an Elfen«, sagte Noah. »So was gibt es nicht.«

»Ich glaube auch nicht dran«, erwiderte Rúnar. »Aber vielleicht gibt es sie ja doch, wer weiß das schon? Deshalb fragen wir in Island immer, wenn eine neue Straße gebaut werden soll, erst einmal eine Elfenbeauftragte, ob wir die Straße auch so anbringen können wie geplant.«

Nele lauschte ihm ebenso fasziniert wie die Kinder. Auch Miriam und Simon hörten aufmerksam zu. Die beiden standen eng nebeneinander, und Nele sah, dass sich ihre Finger kurz berührten. Ihre Schwester lächelte, und das stimmte Nele glücklich.

Sie genoss auch den Rest des Ausflugs, es waren wundervolle Stunden an einem herrlichen Ort. Nele bedauerte insgeheim, dass das Schiff heute schon wieder ablegte.

»Wir müssen zurück«, sagte Simon in diesem Moment. Wieder berührte seine Hand kurz Miriams Finger. Niemand außer Nele bemerkte es. Auch nicht den Blick, den ihre Schwester und Simon sich zuwarfen.

Allein dafür hat es sich gelohnt, dachte sie. *Nicht nur dieser Ausflug, sondern die ganze Reise.*

Plötzlich spürte sie, dass Rúnar sie beobachtete. Er lächelte, als sie ihm ins Gesicht schaute, und sie lächelte wie von selbst zurück. Es war nur ein kurzer Moment, dann wandte er sich auch schon wieder den anderen zu. »Ja, wir müssen zurück«, bestätigte er. »Sonst fährt die *MS Kristiana* ohne uns ab.«

In diesem Moment war weit hinter ihnen ein Dröhnen zu hören, das stetig lauter wurde.

»Ponys!«, rief Emilia begeistert. »Guckt mal, ganz viele Ponys.«

Mit fliegenden Mähnen jagte eine Herde über das Land unweit der Berge. Mindestens zwanzig Tiere, gefolgt von einer Gruppe Reiter, die sie in eine Richtung trieben.

»Das sind keine Ponys«, sagte Rúnar. »Sondern richtige Pferde. Wir Isländer sind da ein bisschen empfindlich.«

Und dann schauten sie einfach nur zu, wie die herrlichen Tiere mit erhobenem Haupt und wirbelnden Hufen vorbeigaloppierten. Darüber zog ein Vogel mit ausgebreiteten Flügeln gemächlich seine Kreise.

»Þetta er fálki. Fálki er rávnfugl«, sagte Rúnar mit einem breiten Grinsen.

Nele schaute ihn amüsiert an, dann lachte sie laut auf. »Ich habe keine Ahnung, was das bedeutet, aber ich mag den Klang dieser Worte.«

»Das ist ein Falke. Der Falke ist ein Raubvogel«, übersetzte Rúnar. »Wenn du möchtest, bringe ich dir gerne noch mehr lebenspraktische Weisheiten in meiner Sprache bei«, ergänzte er augenzwinkernd.

Nele nickte. Natürlich wollte sie das!

»Jetzt wird es aber Zeit für den Aufbruch«, drängte Rúnar.

»Was passiert denn, wenn das Schiff ohne uns wegfährt?«, fragte Noah.

»Dann müssen wir hinterherschwimmen«, behauptete Emilia.

»Das Schiff fährt nicht ohne uns weg, wenn wir uns jetzt beeilen«, erwiderte Rúnar.

Der Weg zum Hafen war nicht weit, trotzdem behauptete Emilia plötzlich wieder, dass ihre Beine zu kurz wären und sie keinen Schritt mehr gehen könnte. Sie ließ sich einfach auf den Boden fallen.

Leo schloss sich ihr sofort an. »Meine auch«, verkündete er und setzte sich neben sie.

Kurzerhand hob Rúnar das Mädchen auf und warf sie über seine Schulter. Als Simon es mit Leo ebenso machte, quiekte der Kleine vor Freude.

»Babys«, meinte Elias verächtlich und stupste Noah an. »Mein Freund Noah und ich können allein gehen.«

»Mein Freund Noah«, sagte Nele leise und sehr begeistert zu Miriam. »Hast du das gehört?«

Miriam nickte lächelnd.

Kurz vor der Anlegestelle wandte Rúnar sich Nele und Miriam zu, doch bevor er etwas sagen konnte, kreischte Emilia aufgeregt: »Da ist der schreckliche Magnus!«

Mit dem Kind auf den Schultern fuhr Rúnar herum. Nele schaute sich suchend um, konnte Magnus aber nirgendwo sehen.

Rúnar stellte das Mädchen zu Boden. »Wo hast du ihn gesehen?« Seine Stimme war ruhig, aber in seinem Gesicht war die Anspannung deutlich zu erkennen.

»Da.« Emilia wies auf die Gangway, die in den Eingang des Schiffes führte.

»Bis später«, verabschiedete sich Rúnar und lief ohne weitere Erklärung los.

»Was hat das alles zu bedeuten? Und wer ist dieser Magnus?«, wollte Simon verwundert wissen.

Emilia setzte eine geheimnisvolle Miene auf. »Er ist der *schreckliche* Magnus, und wir müssen von jetzt an alle sehr, sehr vorsichtig sein.«

»Emilia«, stöhnte Miriam auf. »Erfinde jetzt bitte keine Geschichten!«

Emilia grinste nur, und Nele beschlich mit einem Mal das Gefühl, dass das Mädchen ihnen allen etwas vormachte.

Es war Neles Vorschlag gewesen, dass Miriam und Simon diesen Abend gemeinsam in der Piano-Bar verbrachten. Sie würde bei den Kindern in der Suite bleiben.

Elias und Leo waren begeistert, dass sie diese Nacht bei ihren neuen Freunden wohnen durften.

Jetzt schliefen die Kinder tief und fest. Nele hatte gerade noch einmal nach ihnen gesehen und kam zurück in den Wohnsalon, als es leise an der Tür klopfte.

Sie öffnete und war nicht wirklich erstaunt, Rúnar zu sehen. Sie trat zur Seite und ließ ihn herein. »Hast du Magnus gefunden?«, fragte sie sofort.

Rúnar schüttelte den Kopf.

»Das ist nicht gut.« Nele atmete tief durch. »Ich bin mir allerdings nicht sicher, ob Emilia die Wahrheit sagt. Sie erfindet gerne Geschichten«, bekannte sie.

»Ja, vielleicht«, erwiderte er ausweichend.

»Warum sollte er sich auch heimlich aufs Schiff schleichen?«, überlegte sie laut.

Rúnar lächelte. »Nele, ich bin nicht hier, um mit dir über Magnus zu reden«, sagte er leise. »Ich will dir etwas zeigen.«

Er griff nach ihrer Hand und ging mit ihr hinaus auf die Terrasse. Das Rauschen des Meeres war zu hören. Die weite Fläche des Atlantiks verschmolz mit der Dunkelheit, und darüber, wie von Zauberhand gezeichnet, tanzten Polarlichter in grünblauen Schleiern, durchzogen von gelben und grünen Tönen. Noch nie zuvor hatte Nele etwas derart mystisch Schönes gesehen.

Rúnar stand direkt hinter ihr, und als er seine Hände auf ihre Schultern legte, lehnte sie sich einfach gegen ihn. Da war so viel Wärme und Verbundenheit. So stark, wie sie es nie zuvor empfunden hatte.

»Hab Vertrauen«, flüsterte er dicht an ihrem Ohr. »Ich verspreche dir, ich werde es nie enttäuschen.«

Langsam drehte sie sich um, schaute ihn an. Ihr Herz machte einen Satz, ihre Gefühle für ihn drängten ungehindert an die Oberfläche. Sein Blick bohrte sich in ihren, dann senkte er den Kopf und küsste sie.

Kapitel 26

Die Aufregung nahm mit jedem Tag zu. Leonie stand auf dem Balkon der Kabine, die sie mit Ben teilte. Gemächlich fuhr die *MS Kristiana* in den schmalen Hafen von Heimaey ein. Vulkanische Klippen säumten den Weg, und Leonie verstand bereits jetzt, warum die Westermännerinseln das Pompej des Nordens genannt wurden. Bis übermorgen gingen sie hier vor Anker.

Im Moment ließ sie sich vom Anblick ablenken, aber lange hielt das nicht an. Es gab so viel, was sie beschäftigte. Bens bevorstehender Abflug nach Hamburg am nächsten Tag und die Frage, was sie noch alles für ihre Hochzeit organisieren musste.

Ich habe noch nicht einmal die Kirche gesehen, in der wir heiraten werden. Ich kenne das Hotel nicht, in dem unsere Gäste untergebracht und wir feiern werden, weiß nicht, wie die Küche dort ist.

Ihre Vorstellung von einer perfekten Hochzeit, so wie sie es in dem isländischen Film gesehen hatte, zerbröckelte unter all den schlimmen Fantasien, die sie mehr und mehr heimsuchten.

»Hör auf, dir Sorgen zu machen.« Ben trat hinter sie und umfasste sie mit beiden Armen.

»Macht das nicht jede Braut vor ihrer Hochzeit?« Sie drehte sich um und schlang die Arme um seinen Hals. Die schlimmste ihrer Fantasien kannte er nicht: die Angst, dass sie allein vor dem Altar stand und Ben ihr per SMS mitteilte, dass er es sich anders überlegt hatte.

Das wird nicht passieren, sagte sie sich selbst immer wieder.

Das wird einfach nicht passieren. Niemals würde Ben mir so etwas antun.

»Ich bin unsagbar glücklich«, flüsterte er dicht an ihrem Ohr.

»Ich auch.« Sie schloss die Augen und atmete tief durch, ließ sich von der Ruhe tragen, die er ihr vermittelte. Es war völlig egal, wenn während der Zeremonie nicht alles perfekt war. Oder wenn der Tischschmuck im Hotel nicht so sein sollte, wie sie sich das vorgestellt hatte. Wichtig war nur, dass sie sich liebten und sich an diesem Tag ihr Versprechen für ein ganzes Leben gaben.

»Morgen fliege ich nach Hamburg«, sagte er leise.

»Ja.« Leonie wusste, dass ein anstrengender Tag vor ihm lag. Es gab keinen Direktflug, sodass er erst von Heimaey nach Reykjavík und dann weiter nach Hamburg fliegen musste.

»Ich wünschte, ich könnte bei dir bleiben. Aber ich bin pünktlich zurück.«

»Das hoffe ich«, sagte sie leise.

Ben war bereits wieder auf der Brücke, und Leonie beschloss, Jasmin einen Besuch abzustatten. Von Marisol erfuhr sie, dass es der Hotelmanagerin wieder schlecht ging an diesem Morgen, und so machte Leonie sich auf den Weg zu ihrer Kabine.

Sie erschrak, als Jasmin ihr die Tür öffnete. »Du lieber Himmel, du siehst schrecklich aus!«

»So fühle ich mich auch«, sagte Jasmin matt.

»Darf ich reinkommen?«

Es war Jasmin anzusehen, dass ihr Leonies Besuch nicht gelegen kam. Trotzdem trat sie beiseite und ließ sie eintreten.

»Was ist los mit dir?«, fragte Leonie besorgt. Als sich Jasmin aufs Bett setzte, nahm sie neben ihr Platz.

»Ich …« Jasmin sprach nicht weiter, ihre Augen füllten sich mit Tränen.

»Bist du immer noch krank?«

»Ja, das auch.«

Leonie legte einen Arm um Jasmins Schulter. »Und was ist noch?«

»Ich … kann nicht.«

»Ist etwas zwischen dir und Adrian vorgefallen? In Grímsey wart ihr doch so glücklich.«

»Ich bin schwanger!«, brach es aus Jasmin heraus.

Leonie war vollkommen überrascht. *Aber ist das denn keine gute Nachricht?*, überlegte sie. »Und du willst das Kind nicht?«, fragte sie vorsichtig. »Oder Adrian?« Vorstellen konnte sie sich beides nicht.

»Ich weiß es nicht«, sagte Jasmin leise. »Wir sind doch noch nicht so lange zusammen. An ein Kind habe ich keinen Gedanken verschwendet, und Adrian bestimmt auch nicht. Und bevor du fragst: Wir haben verhütet.«

»Wenn es dann trotzdem passiert, soll es einfach so sein«, sagte Leonie ruhig. »Was sagt Adrian denn dazu?«

»Er weiß es noch nicht. Ich musste das erst mal für mich verarbeiten.« Jasmin erzählte ihr, wie sie von ihrer Schwangerschaft erfahren hatte.

Leonie lauschte mit wachsendem Erstaunen. »Ich mag diese Frau nicht«, stieß sie hervor, als Jasmin geendet hatte.

Jasmin zuckte die Schultern. »Für sie ist es auch nicht einfach.«

»Das mag sein, aber als Ärztin ist ihr Verhalten nicht akzeptabel«, erwiderte Leonie ernst. »Aber das ist im Moment auch nicht dein Problem.«

Jasmin seufzte tief auf.

»Jasmin, du musst mit Adrian reden«, drängte Leonie. »So schnell wie möglich.«

Jasmin schwieg. »Ja, du hast recht«, sagte sie schließlich. »Ja, das mache ich«, fügte sie mit fester Stimme hinzu.

»Das ist gut.« Leonie war sicher, dass das die einzig richtige Entscheidung war, und hatte auch das Gefühl, dass Jasmin nicht mehr ganz so blass war. »Du siehst sofort schon viel besser aus.«

»Das liegt vor allem daran, dass mir gerade nicht schlecht ist.«

»Erfreulicherweise wissen wir ja jetzt, dass du nicht ernsthaft erkrankt bist.« Leonie nahm ihren Arm von Jasmins Schulter. »Kann ich etwas für dich tun?«

Jasmin schüttelte den Kopf und brachte jetzt sogar ein Lächeln zustande. »Das hast du schon. Ich weiß jetzt wieder, was ich zu tun habe.« Jasmin erhob sich, und Leonie stand ebenfalls auf.

Jasmin umarmte sie zum Abschied. »Danke«, sagte sie leise.

Kapitel 27

»Hallo, Eva.«

Eva fuhr herum. Sie starrte die Frau mit dem schwarzen Pagenkopf an, dann lachte sie befreit auf. »Fiona! Ich habe dich fast nicht erkannt.«

»Das ist auch Sinn der Sache«, erwiderte Fiona trocken und schloss die Tür des Sprechzimmers hinter sich.

Eva spürte einen Kloß im Hals, so sehr freute sie sich, die Freundin ihres Vaters zu sehen. Dabei war ihr Verhältnis zueinander bis vor Kurzem alles andere als spannungsfrei gewesen.

»Eigentlich darf ich überhaupt nicht hier sein«, sagte Fiona. »Aber Clemens hat mir gesagt, dass du inzwischen Bescheid weißt.«

»Aber nur, weil ich ihn zufällig im Büro unseres neuen Kreuzfahrtdirektors angetroffen habe«, erwiderte Eva. »Sonst wüsste ich jetzt noch nicht, dass ihr an Bord seid.«

»Sei bitte nicht böse«, bat Fiona. »Aber du kennst ja die Gründe. Sobald in Reykjavík die Verträge unterschrieben werden, ist das Versteckspiel vorbei.«

»Warum hat Papa nicht einfach Anzeige erstattet, um Magnus und Kristiana das Handwerk zu legen?« Die Antwort gab sie sich gleich darauf selbst. »Ich verstehe schon, er will nicht gegen seine eigene Tochter vor Gericht aussagen.«

»Er ist sehr verletzt«, sagte Fiona leise. »Er sagt es nicht, aber ich spüre es. Kristiana ist seine Tochter, und Magnus war für ihn mehr als ein Angestellter. Er hat ihm eine berufliche

Perspektive geboten, nachdem er seinen Onkel vor dem Ruin bewahrt hatte.«

»Ja, das weiß ich alles.«

»Es ist seine Art, mit Kristiana und Magnus abzuschließen.« Fiona trat zu Eva und nahm ihre Hände. »Er will sich danach nur noch auf das konzentrieren, was ihm wirklich wichtig ist. Du, Fenja und ich.«

Eva nickte nachdenklich. »Ein Neuanfang ist nur möglich, wenn mit Altem abgeschlossen wird«, sagte sie langsam.

Fiona musterte sie aufmerksam. »Das klingt, als würde dich das Thema auch beschäftigen.«

»Ja, das tut es.« Eva atmete tief durch. »Ich werde die *MS Kristiana* verlassen und zurück nach Hamburg gehen. Lothar hat mir eine Stelle auf seiner Station angeboten«, verriet sie.

»Wie schön! Dann sind wir bald alle wieder zu Hause.« Fiona freute sich sichtlich. »Und ich glaube, dass du glücklicher wirst, wenn du in einem Krankenhaus arbeitest.«

»Ja, ich freue mich wirklich auf die Arbeit.« Eva ließ Fionas Hände los. »Aber glücklich …? Nein, glücklich kann sie allein mich nicht machen. Als ich die Stelle als Schiffsärztin angenommen habe, war ich voller Hoffnung, Adrian damit wieder nahezukommen. Inzwischen weiß ich, dass ich ihn für immer verloren habe.« Es riss ihr noch immer das Herz aus dem Leib und stopfte sie voll mit Hass auf Jasmin Andres. Ohne diese Frau wäre alles anders gekommen.

»Sobald du ihn nicht mehr täglich siehst, wirst du loslassen können«, sagte Fiona ruhig. »Und irgendwann wirst auch du wieder glücklich sein.«

»Ja … vielleicht …« Vorstellen konnte Eva sich das nicht.

Fionas Miene wurde ernst. »Ich soll dir noch etwas von Clemens ausrichten: Er bittet dich noch einmal um Verständnis, dass er sich auch weiterhin von dir fernhält.« Sie schwieg einen

Moment. »Es könnte nämlich sein, dass Magnus auf dem Schiff ist.«

»Nein!«, rief Eva überrascht. Angst verspürte sie nicht, Magnus konnte ihr nichts mehr anhaben. Das Geheimnis, mit dem er sie unter Druck gesetzt hatte, war längst gelüftet.

»Es ist nicht sicher, ob er wirklich hier ist. Ein kleines Mädchen hat ihn angeblich zweimal gesehen. Es war Clemens jedenfalls wichtig, dass du das auch weißt.«

Eva drückte Fionas Hand. »Danke.« Sie stieß einen Seufzer aus. »Ich bin froh, wenn das alles vorbei ist.«

Fiona umarmte sie. »Das sind wir alle.«

»Dann sehen wir uns also erst in Reykjavík wieder?«, wollte Eva wissen.

»Ja. Wir treffen uns alle in der Anwaltskanzlei, in der die Kaufverträge unterschrieben werden. Danach fliegen wir zusammen nach Hause.« Fiona lächelte. »Es ist deinem Vater wichtig, dass wir beide dabei sind. Und ich finde es auch richtig, dass er in diesem so wichtigen und für ihn nicht ganz leichten Moment nicht allein ist.«

Eva ahnte, wie schwer ihrem Vater dieser Gang trotz allem fallen musste. »Natürlich komme ich mit«, versprach sie.

Kapitel 28

»Wo bleibt er denn?«, fragte Valentina ungeduldig.

Julie betrachtete sie lächelnd. »Wieso hast du es denn so eilig? Wir haben Urlaub und liegen noch bis morgen Abend hier in Heimaey im Hafen. Das ist auch gut so, es gibt eine Menge zu entdecken auf den Vestmannaeyjar.«

»Woher weißt du denn etwas über die Westmännerinseln?«

Julie grinste. »Ich habe mich tatsächlich ein bisschen mit Island beschäftigt. Allmählich begreife ich, was dich an diesem Land so fasziniert.«

Sie standen an der Gangway und warteten auf Patrick. Julie freute sich auf den Ausflug, Valentina neben ihr allerdings fühlte sich sichtlich unwohl.

»Ich glaube, ich gehe zurück. Ich finde es nett, dass ihr mich heute mitnehmen wollt, aber wohl fühle ich mich nicht in Gegenwart eines Liebespaares«, warf sie jetzt ein.

»Nein, du musst mitkommen«, rief Julie. Sie hörte selbst, wie entsetzt ihre Stimme klang. Valentina musterte sie erstaunt.

»Man könnte fast meinen, du willst mit Patrick nicht allein sein«, sagte ihre Schwester ernst.

»Quatsch«, erwiderte Julie grob. »Wir haben doch gestern schon zu zweit einen Ausflug gemacht. Bitte, Valentina, du musst mitkommen.«

Misstrauisch zog Valentina die Augenbrauen zusammen. »Warum?«

»Weil …« Angestrengt suchte Julie nach einer plausiblen Erklärung. »… du die Island-Kennerin bist.«

Valentina tippte sich mit dem Zeigefinger gegen die Stirn. »Du weißt ganz genau, dass ich noch nie hier war. Ich kenne Island nur aus Büchern oder Filmen.«

Julie war froh, dass Patrick in diesem Moment dazukam. »Endlich«, seufzte sie. »Valentina wollte gerade schon den Rückzug antreten.«

»Es wäre schade, wenn du nicht mitkommst.« Patrick hängte sich bei ihr ein.

Julie war erleichtert, als Valentina endlich nachgab.

Vestmannaeyjar bestand aus Inseln und Steinschären, die aus dem Wasser vor der isländischen Küste aufragten. Im Osten erhoben sich die Schlackenkegel des Helgafell und Eldfell über der Stadt Heimaey auf der gleichnamigen Insel.

Valentina deutete in die Richtung. »1973 hat sich eine Spalte des Eldfell geöffnet, die austretende Lava zerstörte vierhundert Häuser«, erzählte sie. »Wie durch ein Wunder wurde kein Mensch verletzt.« Fragend schaute sie Julie und Patrick an. »Wo gehen wir hin?«

»Folgt mir einfach«, sagte Patrick fröhlich und setzte sich in Bewegung.

»Aber wo gehen wir hin?«, wiederholte Valentina ihre Frage.

»Keine Ahnung.« Julie fühlte sich unbehaglich und hoffte, dass Valentina ihr das nicht ansah. »Wir lassen uns einfach überraschen.« *Dabei ist es nur Valentina, die überrascht werden soll.* Sie griff nach Valentinas Hand und zog sie hinter sich her.

Der Weg führte sie durch den Ort. Vorbei an Geschäften, einer Apotheke und einem Haushaltswarengeschäft. Und dann erreichten sie auch schon die riesige Lavawand, die sich durch den Ausbruch des Eldfell bis an den Rand des Ortes geschoben hatte.

Julies Herz klopfte schnell und heftig, als sie die Holztreppe am Kirkjuvegur nach oben stiegen.

»Schau mal, hier stehen noch blühende Lupinen«, wunderte sich Valentina und wies auf die lila Blütenstände rechts und links. Dadurch bemerkte sie die Person nicht sofort, die am oberen Ende der Treppe stand.

Julie hatte sie aber gesehen. Ihr war schlecht vor Aufregung …

… Valentina blieb abrupt stehen. »Marcus!«

Sekundenlang schien die Welt stillzustehen. Dann wandte Valentina sich langsam zu Julie.

»Sei bitte nicht böse«, sprach Julie ihre Befürchtung aus.

»Es war meine Idee«, sagte Marcus schnell. »Als ich vorgestern mit Julie telefonierte …«

Valentina ließ ihn nicht ausreden. »Du hast mit ihm telefoniert?«, stieß sie aufgebracht hervor.

»Wenn du mich bitte mal ausreden lassen würdest«, sagte Marcus.

»Ihr verabredet euch hier hinter meinem Rücken und …«

Diesmal war es Marcus, der sie unterbrach. Er trat einfach auf sie zu, umfasste ihr Gesicht mit beiden Händen und küsste sie.

Julie hielt gespannt den Atem an. Valentina erstarrte, doch dann schlang sie ihre Arme um Marcus' Nacken und erwiderte seinen Kuss.

Endlich! Eine Welle der Erleichterung durchfuhr Julie. Das war so viel mehr, als sie erhofft hatte!

Patrick griff nach ihrer Hand. »Lassen wir die beiden allein«, flüsterte er dicht an ihrem Ohr.

Julie lag längst im Bett, schlief aber noch nicht, als Valentina nach Hause kam. Sie schaltete die Nachttischlampe ein und setzte sich auf.

»Du warst lange weg«, merkte sie an, konnte sich ein Lächeln aber nicht verkneifen.

Valentina schaute sie böse an, hielt das aber nicht lange durch. Lachend warf sie sich aufs Bett und umarmte Julie. »Danke! Das hast du gut gemacht«, sagte sie fröhlich.

»Du gibst ihm eine Chance?«

Valentina nickte. Sie schluckte schwer, dann sagte sie leise: »Er hat mir gesagt, dass er mich schon lange liebt. Und mir ist auf der Reise ebenfalls längst klar geworden, wie sehr er mir fehlt und dass ich ihn ebenfalls liebe.«

»Das freut mich sehr.« Julie umarmte ihre Schwester noch einmal. »Wo ist Marcus jetzt?«, wollte sie wissen.

»Er wohnt in einem Hotel am Hafen. Morgen früh treffen wir uns wieder. Und am Ende der Reise fliegen wir alle zurück nach Hamburg«, sagte Valentina glücklich. »Und dein Patrick kommt auch mit.« Sie schaute Julie nachdenklich an. »Sag mal, wer ist er eigentlich wirklich?«

Julie wusste nicht, worauf ihre Schwester hinauswollte. »Was meinst du?«

»Marcus hat mir erzählt, dass wir in den letzten Tagen ein paar sehr lukrative Aufträge bekommen haben. Und einige der Auftraggeber haben Marcus mitgeteilt, dass sie unsere Kontaktdaten durch ihren Anwalt bekommen haben, Patrick Haardt.«

Julie starrte ihre Schwester an. Sie freute sich über die Aufträge und war Patrick sehr dankbar für die Vermittlung, auch wenn sie das alles gerade nicht einordnen konnte.

»Ich habe das Gefühl, dass jetzt alles gut wird«, sagte Valentina leise. »Dass wir nach all diesen schrecklichen Jahren endlich wieder glücklich werden dürfen.«

Julie empfand genauso. »Wenn ich daran denke, dass ich diese Reise eigentlich überhaupt nicht antreten wollte ...«, sagte sie grinsend.

»Und jetzt sind wir beide auf dem Schiff und in festen Händen. Und mit der Gärtnerei geht es auch bergauf.« Valentina stupste ihre Schwester leicht an. »Das war nicht nur eine gewonnene Urlaubsreise, das war unsere Reise ins Glück.«

Kapitel 29

Am Vormittag des folgenden Tages hatte Jasmin immer noch nicht mit Adrian gesprochen, obwohl sie nach dem Gespräch mit Leonie sofort zu ihm gegangen war, um ihm von ihrer Schwangerschaft zu erzählen. Es ergab sich einfach keine Gelegenheit, und es wurde immer schwieriger, je länger sie wartete. Dazu kam die Angst, dass Eva ihr zuvorkam. Auch wenn sie sich immer wieder sagte, dass die Ärztin an ihre Schweigepflicht gebunden war, so traute sie es ihr trotzdem zu.

Er muss es von mir erfahren. Heute!

Adrian hatte sie vor zehn Minuten angerufen und sie gefragt, ob sie einen Ausflug mit ihm machen wollte. »Ich muss dir unbedingt etwas zeigen«, hatte er gesagt.

»Und ich muss dir unbedingt etwas sagen«, hatte sie erwidert.

Adrian wollte sie um elf Uhr an der Gangway treffen.

»Es ist nicht besonders originell, dich ausgerechnet zu einer Seereise einzuladen«, sagte Adrian amüsiert, als sie nebeneinander an der Reling des Schnellbootes standen. Sie fuhren vorbei an der schroffen Felsenküste, es war kühl, aber der Himmel war tiefblau und spiegelte sich im Wasser.

Plötzlich verringerte der Bootsführer das Tempo.

»Schau da, das wollte ich dir zeigen.«

Jasmin folgte seinem ausgestreckten Finger mit dem Blick und bemerkte den vorspringenden Felsen. Schon von Weitem war dessen besondere Form zu sehen.

»Das sieht aus wie ein versteinerter Elefant, der seinen Rüssel ins Meer gesteckt hat!«, rief sie amüsiert.

»Das ist aus der Eruption des Vulkans Eldfell entstanden«, sagte Adrian. »Was die Natur zu leisten imstande ist, ist einzigartig. Ich wollte unbedingt, dass du das siehst.«

Aufgeregt umfasste er plötzlich ihre Schultern. »Und guck, da sind auch endlich die Wale, die wir uns schon die ganze Zeit ansehen wollten.«

Eine Gruppe von Orcas jagte an ihrem Boot vorbei, schwamm vor ihnen her, wendete und kam zurück. Eine Welle der Freude durchfuhr Jasmin. Was für ein wunderbarer Anblick, was für ein grandioser Augenblick! Und da platzte es einfach so aus ihr heraus: »Ich bin schwanger!«

Adrian starrte sie an, sein Mund öffnete und schloss sich, ohne dass ein Ton herauskam, und plötzlich zog ein strahlendes Leuchten über sein Gesicht. »Ist das wahr?«

Sie nickte, ließ den Blick nicht von seinem Gesicht, unfähig, sich zu regen.

»Freust du dich denn kein bisschen?«, fragte er und musterte sie aufmerksam.

Jasmin spürte ihren Gefühlen nach. »Ich habe mir die ganze Zeit nur Gedanken darüber gemacht, wie du dazu stehst. Es kommt sehr plötzlich, und wir haben nie darüber gesprochen, ob wir Kinder wollen.« Sie legte beide Hände auf ihren Bauch, und mit einem Mal spürte sie eine tiefe Ruhe in sich. »Ja«, sagte sie leise. »Ich freue mich. Sehr sogar.«

Gegen neunzehn Uhr legte die *MS Kristiana* ab und trat die letzte Etappe zurück nach Reykjavík an. Während der Fahrt aus dem Hafen blieb Adrian auf der Brücke, danach übernahm der neue erste Offizier.

Die Nacht verbrachten sie gemeinsam in Adrians Kabine. Sie schliefen kaum, es gab zu viel, was sie beide beschäftigte. Morgen galt es Abschied zu nehmen. Von der *MS Kristiana*, und damit auch von liebgewonnenen Kollegen. So viele Erinnerungen hatten sie hier gesammelt, jeder für sich und zusammen. Und da war die Zukunft, die vor ihnen lag. Das Haus auf den Lofoten, Adrians neuer Job bei einer Umweltorganisation. Und vor allem ihr gemeinsames Leben zu dritt.

Irgendwann schlief Jasmin in Adrians Armen ein.

Als die Schiffssirene sie früh am Morgen weckte, lag er immer noch neben ihr. *Und so wird es jetzt jeden Tag sein*, dachte Jasmin zutiefst glücklich und stieg leise aus dem Bett. Ein weiteres Mal war die Schiffssirene zu hören und dann noch ein drittes Mal. Durch die Terrassentür konnte sie den Hafen sehen.

Wehmut überfiel sie. Es war eine schöne Zeit gewesen, sie hatte viel erlebt auf diesem Schiff. Und jetzt würde sie zum letzten Mal die Gäste verabschieden …

An der Rezeption stand bereits Miriam zusammen mit Emilia und Noah und verabschiedete sich von Nele und Marisol.

Jasmin war überrascht. »Du bleibst?«, fragte sie erstaunt.

»Ja! Leonie hat mich auch zu ihrer Hochzeit eingeladen.« Neles Wangen färbten sich rot, als sie hinzufügte: »Und Rúnar schien es auch wichtig zu sein, dass ich dabei bin.«

»Das freut mich sehr!« Jasmin war begeistert. »Und ich finde, er passt sehr gut zu dir. Ich freue mich für euch.«

»Ich mich auch!« Marisol legte einen Arm um Neles Schultern und drückte sie kurz an sich.

Nele strahlte vor Glück. »Außerdem erfahren wir übermorgen, wohin die nächste Reise uns führt«, sagte sie aufgeregt, dann änderte sich ihr Gesichtsausdruck. »Aber dann bist du ja nicht mehr dabei.« Ihre Augen füllten sich plötzlich mit Tränen.

»Bitte, Nele, nicht weinen«, bat Jasmin. »Sonst fange ich auch an, und das geht jetzt nicht.« Sie beugte sich zu Emilia und Noah hinunter. »Wie hat euch beiden denn diesmal die Reise gefallen?«

»Super!«, sprudelte Noah hervor. »Ich hab jetzt einen besten Freund. Den Elias. Und den kann ich zu Hause ganz oft treffen. Und heute fliegen wir alle zusammen zurück.«

»Ich bin dein bester Freund«, sagte Emilia eifersüchtig.

»Du kannst nicht mein bester Freund sein«, widersprach Noah prompt. »Du bist nur meine Schwester.«

»Das kann ja heiter werden.« Simon Adams trat mit seinen Söhnen dazu.

»Das hoffe ich doch sehr«, erwiderte Miriam fröhlich.

Jasmin grinste.

»Ich bin froh, dass du nicht allein nach Hause fliegen musst.« Nele umarmte ihre Schwester, danach die Kinder und zu guter Letzt auch Simon. »Schön, dass wir dich und die Jungs auf dieser Reise kennengelernt haben. Ich freue mich darauf, euch demnächst in Hamburg wiederzusehen.«

»Alles Gute«, verabschiedete sich auch Simon.

Jasmin und Nele schauten ihnen nach. »Wie schön, dass auch deine Schwester endlich wieder glücklich ist.«

»Sie ist sogar bereit, sich mit dem Vater der Zwillinge auszusöhnen«, berichtete Nele. »Die beiden haben einige Male miteinander telefoniert, und er ist offensichtlich endlich so weit, Verantwortung für die Kinder zu übernehmen. Er will jetzt Unterhalt zahlen und die Kinder regelmäßig sehen.«

»Alles wendet sich zum Guten«, sagte Jasmin. Zum Glück kamen Valentina und Julie Ziegler mit ihrem Gepäck an die Rezeption, bevor sie sentimental werden konnte. Patrick Haardt begleitete die beiden, allerdings hatte er kein Gepäck dabei.

»Ich bleibe noch ein paar Stunden auf der *MS Kristiana*«, teilte er Jasmin mit.

Sie war überrascht. »Tatsächlich?« Ein Blick in ihre Unterlagen verriet, dass er von der Reederei wirklich bis zum Mittag eingetragen war. Sehr ungewöhnlich.

Sie verabschiedete sich von den Zwillingen, und wieder gelang es ihr nicht, sie auseinanderzuhalten.

Im Gegensatz zu Patrick Haardt. Als er eine der Schwestern umarmte, wusste Jasmin, dass es sich um Julie Ziegler handelte. »Sofort nach dem Termin nehme ich die erste Maschine nach Hamburg«, versprach er. »Vielleicht sehen wir uns heute Abend schon wieder.«

»Ja«, hauchte sie und küsste ihn zärtlich.

»Ich will ja nicht drängen«, sagte ihre Schwester nach einer Weile. »Aber ich will auch nicht das Flugzeug verpassen.«

Julie lachte. »Du willst doch nur zu Marcus.«

»Ja, er wartet am Flughafen auf uns.«

Noch einmal küsste Julie den Anwalt, dann verabschiedeten sie sich von Jasmin und Marisol.

»Alles Gute«, rief Jasmin ihnen nach.

Leonie erschien mit ihrem ganzen Gepäck und einem Kleidersack, in dem sich ihr Hochzeitskleid befand. Sie war blass. »Ich fahre jetzt zum Flughafen und hole da meine Familie und meine Freundin ab. Danach fahren wir zum Hotel.«

»Bleib einfach ruhig.« Jasmin drückte sie lachend an sich. »Heute Abend bist du längst mit Ben verheiratet!«

Leonie lächelte, aber die Nervosität war ihr weiterhin anzusehen. »Bis später.«

Jasmin begleitete sie bis zu der Abzweigung, die zur Gangway führte. Als sie zurück zur Rezeption wollte, sah sie einen Mann und eine Frau auf dem Weg zur medizinischen Abteilung.

»Das ist doch Magnus«, flüsterte sie. Sie wollte dem Paar folgen, wurde jedoch von einem weiteren Passagier aufgehalten, der sich für die schöne Reise bedanken wollte.

Jasmin konnte ihre Ungeduld nur schwer hinter einem Lächeln verbergen, während sie ihm lauschte. Als er endlich ging, eilte sie selbst zur Krankenstation.

»Wo ist Papa? Was hat er vor?«, hörte sie schon Weitem die wütende Stimme einer Frau.

»Ich weiß nicht, was du von mir willst, Kristiana.« Das war eindeutig Eva Fredriksen.

Kristiana? Wer war diese Frau, die ebenso hieß wie das Schiff?

»Du weißt ganz genau, was wir von dir wissen wollen.« Diesmal sprach der Mann, und das war eindeutig Magnus! Seine Stimme war heiser vor Wut.

»Clemens hält uns hin, aber das lasse ich mir nicht gefallen.«

»Das lassen wir uns nicht gefallen«, verbesserte ihn die Frau mit unangenehm schriller Stimme.

Jasmin nahm ihr Handy aus der Tasche ihrer Uniformjacke und tippte eine Nachricht an Adrian: *Magnus bedroht Eva in der Station!*

»Ihr verschwindet besser, bevor ich den Sicherheitsdienst anrufe.« Obwohl Eva Fredriksen kühl und unfreundlich sprach, lag doch Angst in ihrer Stimme. Schnelle Schritte waren zu hören, dann schrie die Ärztin plötzlich schmerzerfüllt auf.

Jasmin fasste einen Entschluss. Sie konnte nicht warten, bis Hilfe kam. Mit einem Ruck stieß sie die Tür auf. Die fremde Frau saß auf der Behandlungsliege und lächelte böse, während Magnus den Arm der Ärztin auf deren Rücken gedreht hatte.

»Lass sie los, Magnus!«, sagte Jasmin hart.

Magnus starrte sie verblüfft an, dann lachte er laut auf. »Ausgerechnet *du* kommst ihr zu Hilfe?« Er wandte sich an Eva. »Seid ihr jetzt beste Freundinnen?«

Kristiana war von der Liege gerutscht und kam jetzt auf Jasmin zu. »Verschwinde«, zischte sie. »Kümmere dich gefälligst nicht um Angelegenheiten, die dich nichts angehen.« Ihre Lippen verzogen sich zu einem hämischen Lächeln. »Eva, sag ihr, dass es Familienangelegenheiten sind. Komm, sag es ihr, Schwesterchen.«

Schwesterchen? Jasmin schwirrte der Kopf.

»Scher dich zum Teufel«, murmelte Eva, woraufhin Magnus den Druck auf ihren Arm verstärkte. Wieder schrie Eva laut auf.

»Wo ist Papa?« Mit einem Mal lag eine Gefährlichkeit in Kristianas Stimme, die keinen Zweifel daran ließ, dass sie zu allem bereit war. Sie schaute Magnus an. »Vielleicht sind wir die Sache falsch angegangen! Ich bin sicher, Papa lässt einiges dafür springen, dass wir seiner Lieblingstochter nichts antun.«

Jasmin stockte der Atem. Das konnte doch nicht ihr Ernst sein! Doch sie erkannte an Magnus' Miene, dass er tatsächlich über diesen Vorschlag nachdachte. Auch die Angst in Evas Augen und der Schmerz, weil Magnus ihren Arm nicht losließ, ließen keinen Zweifel.

Jasmin zögerte keine Sekunde. Mit dem Mut der Verzweiflung stürzte sie nach vorn und verpasste Magnus einen Stoß. Der war von ihrem plötzlichen Angriff so überrascht, dass er Eva losließ, nach hinten taumelte und hart mit der Schläfe gegen ihren Schreibtisch fiel. Er verdrehte die Augen und blieb reglos auf dem Boden liegen.

Mit einem lauten Schrei stürzte sich Kristiana auf sie, doch dann war plötzlich Adrian da. Zusammen mit Rúnar und zwei Sicherheitsbeamten, die Kristiana schnell überwältigten. Als

Adrian Jasmin tröstend in die Arme nehmen wollte, schüttelte Jasmin kaum merklich den Kopf. Sie hatte großes Mitleid mit Eva und wollte ihr nicht noch zusätzlichen Schmerz zufügen.

In diesem Moment erwachte Magnus aus seiner Ohnmacht. Er tastete nach der Beule an seinem Kopf und verzog schmerzerfüllt das Gesicht, bevor er eine Reihe von Flüchen von sich gab.

Und dann kamen weitere Personen in den Raum. Patrick Haardt, dazu der Passagier, den Jasmin als Ingo Thann kannte, und dessen Freundin Carla Stein. Die eilte sofort zu Eva und umarmte sie.

»Ich habe doch gewusst, dass du auf dem Schiff bist!«, kreischte die blonde Frau in Richtung des älteren Herrn.

»Herr Thann? Was hat das zu bedeuten?« Fragend sah Jasmin ihn an.

»Nein, das ist nicht Herr Thann«, sagte Adrian ruhig. »Das ist Clemens Tychsen.« Er wies auf die Frau mit dem schwarzen Pagenkopf. »Und das ist Fiona, seine Lebensgefährtin. Allerdings mit einer völlig neuen Haarfarbe«, fügte er lächelnd hinzu.

Fiona zog die Perücke ab, und feuerrotes Haar fiel über ihre Schultern. »Endlich kann ich das verdammte Ding abnehmen!«

Jasmin war fassungslos. Hatte Adrian etwa gewusst, dass die beiden auf dem Schiff gewesen waren?

Er schien ihre Gedanken zu erraten. »Ich hatte selbst keine Ahnung«, sagte er entschuldigend, dann wandte er sich an seinen Schwiegervater: »Ich glaube, ihr habt uns eine Menge zu erklären«, sagte er.

»Ja, das stimmt. Du wirst gleich alles verstehen.« Clemens Tychsen nickte ihm zu, dann trat er vor Kristiana und Magnus. »Ich wollte es eigentlich vermeiden, aber mein Rechtsanwalt«, er wies auf Patrick Haardt, »wird Klage einreichen. Das hier ist einfach zu viel.« Er warf Magnus einen verächtlichen Blick zu. »Dabei waren eure Bemühungen sowieso vergeblich. Glaubst du wirklich, wir hätten keine Sicherheitsvorkehrungen getroffen? Ihr habt unser Netzwerk für ein paar Stunden außer Gefecht setzen können, aber es funktioniert seit Wochen alles wieder einwandfrei. Es war nur ein bisschen unbequem für unsere Mitarbeiter, weil wir das nicht sofort bekannt gegeben haben.« Er bedachte ihn mit einem langen Blick. »Magnus, du wirst die Reederei deines Onkels nie wieder zurückbekommen. Und ich werde die komplette Tychsen-Flotte an die Arnarsson-Reederei verkaufen.«

Es war Magnus anzusehen, wie sehr ihn diese Mitteilung traf.

»Gibst du deinem Schiff dann einen anderen Namen?«, fragte Kristiana spöttisch.

Clemens Tychsen schüttelte den Kopf. »Warum sollte ich? Die *MS Kristiana* ist ein wundervolles Schiff und kann diesen Namen gerne behalten. In wenigen Stunden interessiert sie mich nicht mehr – so wie ihre Namensgeberin.«

Er trat vor Jasmin, deren Gedanken rasten. Sie fühlte sich durch die vielen Neuigkeiten vollkommen überfordert. »Danke für Ihren Einsatz«, sagte er mit bewegter Stimme, dann verließ er mit Eva, seinem Anwalt und Rúnar den Raum. Magnus und Kristiana wurden von den beiden Sicherheitsleuten abgeführt.

Als alle Gäste von Bord gegangen waren, stand Jasmin in ihrer Kabine und nahm Abschied. Bei der nächsten Fahrt würde ihr Nachfolger oder ihre Nachfolgerin hier leben. »Möge er oder sie so glücklich werden, wie ich es war«, flüsterte sie. Dann drehte sie sich um, öffnete die Tür … und schaute direkt in Evas Gesicht.

»Danke«, sagte die Ärztin leise. Dann streckte sie Jasmin

die Hand entgegen. »Es tut mir leid. Ich wünsche Ihnen und Adrian alles Gute.« Damit wandte sie sich um und ging.

Jasmin schaute ihr nach. »Ich wünsche Ihnen auch alles Gute«, flüsterte sie und meinte es auch auch so.

Kapitel 30

»Wo bleibt er denn?«, fragte Leonie zum wiederholten Mal. Es war der Albtraum schlechthin.

»Beruhig dich«, sagte ihre Schwester Iris. »Er kommt bestimmt gleich. Er hat dir doch geschrieben, dass er das Flugzeug pünktlich erreicht hat und pünktlich gelandet ist.«

Kerstin legte einen Arm um ihre Schulter. »Fang jetzt bloß nicht an zu weinen, das ruiniert dein Make-up.«

Leonie warf ihrer besten Freundin einen finsteren Blick zu. Im Moment interessierte sie nichts weniger als das Make-up.

Ihr war unbehaglich zumute bei dem Gedanken daran, dass bereits alle in der Þingvallakirkja saßen und auf das Brautpaar warteten.

Leonie hatte die zauberhafte kleine Kirche heute direkt nach ihrer Ankunft in Reykjavík besucht und angesehen. Nicht größer als ein Haus mit einem kleinen Turm und grünen Fensterläden, stand sie inmitten des Þingvellir-Nationalparks. Die Straße zum Hotel führte am Ufer des Þingvallavatn entlang.

Hier traten die Kontinentalplatten von Amerika und Eurasien zusammen. Bereits auf der Hinfahrt hatte Leonie feststellen können, wie besonders diese Umgebung war. Dramatisch zerklüftete Schluchten, die deutlich zeigten, wie sehr diese Platten auseinanderdrifteten. Sie hatte sich darauf gefreut, die Umgebung mit Ben zu erkunden. Aber jetzt kam er einfach nicht.

Wieder schaute sie auf die Uhr. Sie trug ihr traumhaftes weißes Hochzeitskleid, das sie in Deutschland zusammen mit ihrer Schwester gekauft hatte. Weiß und schlicht geschnitten.

Dazu ein blaues Strumpfband, eine geborgte Kette, der Schleier in ihren kunstvoll frisierten Haaren war mit einem alten Kamm ihrer Großmutter befestigt, und ihr Handgelenk zierte ein neues Armband. Alles war perfekt – nur der Bräutigam fehlte.

»Ich bringe ihn um, wenn er mich sitzenlässt!«

»Ich auch«, zischte Iris.

»Mädels, ihr müsst euch einigen«, sagte Kerstin grinsend. »Umbringen geht nur einmal.«

»Darüber macht man keine Witze.« Leonie sprang auf. »Oh mein Gott! Vielleicht ist sein Flugzeug abgestürzt!«

»Die Maschine ist planmäßig gelandet, das weißt du doch«, sagte Kerstin. »Hab doch ein bisschen Geduld, er ist sicher gleich da.«

Doch Ben kam nicht. Eine weitere halbe Stunde verging. Zwischendurch meldete sich Jasmin per Handy. »Die Gäste werden unruhig.«

»Nicht nur die Gäste«, murmelte Leonie. »Ruf mich bitte sofort an, wenn er da ist.«

So war es von Anfang an geplant. Leonie wartete zusammen mit ihrer Schwester und ihrer Freundin im Hotel, bis sie die Nachricht erhielten, dass Ben eingetroffen war. Er sollte dann am Altar auf seine Braut warten.

»Was ist mit dem Pfarrer?«, fragte Leonie unruhig.

Jasmin lachte. »Das ist der Einzige in der Kirche, der Ruhe bewahrt. Er sagt, wenn er nicht überraschend zu einer Letzten Ölung gerufen wird, hat er drei Tage lang Zeit.«

»Wie beruhigend.« Leonie rettete sich in Ironie. »So lange warte ich aber nicht auf Ben.« Sie beendete das Gespräch und trat ans Fenster. Draußen wurde es langsam dunkel, aus dem Speisesaal war das Klappern von Geschirr zu hören. Vermutlich wurden gerade die Tische für das Hochzeitsessen gedeckt.

Das es vielleicht nicht geben wird, dachte Leonie. Sie hatte dagegen angekämpft, bis jetzt. Aber mit einem Mal wusste sie, dass ihr mit Ben das Gleiche widerfahren würde wie damals mit Malte. Ben hatte es sich ebenfalls anders überlegt. Und in seinem Fall war es sogar noch schlimmer. Malte hatte sich eine Woche vor der Hochzeit von ihr getrennt, Ben ließ sie quasi vor dem Altar stehen.

Sie wartete eine weitere Viertelstunde, dann war ihre Geduld erschöpft. »Schluss!«, schrie sie und riss sich den Schleier vom Kopf. »Ich sage alles ab!«

»Leonie, das kannst du nicht machen«, sagte Iris erschrocken. »Die Gäste …«

»Was soll ich denn sonst machen?«, fiel Leonie ihr aufgebracht ins Wort. »Ben kommt nicht.« Unvermittelt brach sie in Tränen aus.

»Sein Flugzeug ist doch pünktlich gelandet. Er hatte den Wagen im Vorfeld gemietet.« Kerstin schaute sie aufmunternd an.

»Ja, genau. Er ist auf Island, er wollte in die Kirche kommen. Es hat also alles geklappt, er müsste seit zwei Stunden hier sein. Also hat er es sich doch noch anders überlegt.«

»Bitte gib ihm noch ein bisschen Zeit, vielleicht gab es auf der Strecke einen Stau.« Iris sah sie beschwörend an.

Leonie lachte böse auf. »Als wir hierhergefahren sind, ist uns nicht ein einziger Wagen begegnet. Er kommt nicht, findet euch damit ab.«

Sie musste sich vor allem selbst damit abfinden … »Könnt ihr mich bitte allein lassen?«, bat sie leise und mit einem Mal sehr erschöpft.

Iris und Kerstin warfen sich einen Blick zu, sagten aber nichts und verließen das Zimmer.

Leonie trat ans Fenster und schaute hinaus, ohne jedoch etwas wahrzunehmen. Sie konnte nicht einmal mehr weinen, alles in ihr war stumpf und leer.

Plötzlich registrierte sie ihr eigenes Spiegelbild in der Fensterscheibe, und von diesem Moment an schien das weiße Hochzeitskleid auf ihrer Haut zu brennen. Mit zitternden Fingern zog sie es aus, knüllte es zusammen und stopfte es in den Kleiderschrank. Sie schlüpfte in eine Jeans und ein T-Shirt, dann legte sie sich aufs Bett und schloss die Augen.

Ihre Gedanken reisten zurück, führten sie auf die *MS Kristiana*, zu den glücklichen Tagen mit Ben. Und plötzlich kamen wieder die Tränen, strömten über ihre Wangen. Es war schlimmer als damals mit Malte, denn damals war es nur ein Traum gewesen, von dem sie sich verabschieden musste. Ben hingegen war die Liebe ihres Lebens. Dass er sie verlassen hatte, würde sie nie verwinden.

Sie hörte, wie die Hochzeitsgäste ins Hotel kamen. Sie alle hatten wegen der geplanten Feier für die Nacht Zimmer gebucht.

Leonie war außerstande, das Zimmer zu verlassen. Irgendwann würde sie hinausgehen und den anderen unter die Augen treten müssen, aber nicht jetzt.

Lange lag sie so da. Eine gefühlte Ewigkeit später hielt ein Wagen mit quietschenden Reifen vor dem Hotel. Laute Stimmen waren zu hören – und dann wurde die Zimmertür aufgerissen.

»Leonie!«

Das war Ben! Leonie fuhr hoch. Sie schrie auf, als sie sein blutverschmiertes Hemd sah. Eine Schramme zog sich über seine Stirn, sein Haar war zerzaust, und in seinem Blick lag tiefe Sorge.

»Es tut mir so leid.« Er kam zu ihr aufs Bett, riss sie in die Arme, während hinter ihm die Gäste ins Zimmer drängten.

»Ich hatte auf dem Weg hierher einen Unfall. Der Mietwagen ist in einen Graben gerutscht, und ich war eingeklemmt, sodass ich mich nicht selbst befreien konnte. Ich kam auch nicht an mein Handy, und die ganze Zeit musste ich daran denken, dass du glaubst, ich würde dich im Stich lassen!« Er schob sie auf Armeslänge von sich und blickte ihr tief in die Augen. »Das würde ich niemals machen, Leonie«, sagte er eindringlich. »Ich liebe dich, ich will mein Leben mit dir teilen. Willst du mich heiraten? Jetzt und sofort?«

»Mein Kleid …« Sie fasste sich ins Haar. »Meine Frisur …«

»Wir brauchen kein Kleid, keinen festlichen Anzug. Ich ziehe mir nur schnell ein sauberes Hemd an, und dann heiraten wir. So, wie wir sind.«

Plötzlich waren Gitarrenklänge zu hören, eine Trommel gab den Takt dazu an.

»Das sind die Jungs, die mich aus dem Graben gezogen haben«, sagte Ben grinsend. »Eine Band aus Reykjavík. Sie feiern heute mit uns.«

Ihre Hochzeit war ganz anders, als Leonie sie sich vorgestellt hatte. Sie trug eine Jeans, ebenso wie Ben. Und den Schleier hatte Kerstin ihr ins Haar gesteckt.

Die Gäste hatten in der kleinen Kirche Platz genommen, Kerzenlicht flackerte, der Pfarrer sang ein isländisches Lied, in das die vier Bandmitglieder einstimmten, während Ben seine Leonie zum Altar führte. Leonie war mit einem Mal ganz ruhig. All das hier fühlte sich gut und richtig an. Genau so und nicht anders musste ihre Märchenhochzeit sein!

Der Pfarrer trat vor. »Willst du, Ben Meermann, deine Braut Leonie Harder zur Frau nehmen?«

»Ja, ich will.«

»Und willst du, Leonie Harder, deinen Bräutigam Ben Meermann zum Mann nehmen?«

»Ja, ich will«, sagte Leonie, und ein tiefes Glücksgefühl durchströmte sie.

Der Pfarrer reichte ihnen die Ringe, die sie einander ansteckten.

Ben nahm sie in die Arme. Ganz tief schaute er ihr in die Augen. »Ich liebe dich.«

»Ich liebe dich«, flüsterte sie.

Als Ben sie küsste, löste sich die ganze Last der letzten Stunden auf. Sie war glücklich und wusste mit der ganzen Kraft ihres Herzens, dass sie nie wieder an seiner Liebe zweifeln würde.

Als sie aus der Kirche kamen, machte ihnen die Natur ein besonderes Hochzeitsgeschenk. Grünes Polarlicht tanzte über das Firmament, vermischte sich mit blauen und roten Streifen.

Ben legte einen Arm um Leonies Schultern, zog sie fest an sich. Gemeinsam schauten sie in den Himmel, lange, genossen schweigend das Spektakel. Zwischendrin ließ Leonie den Blick durch die Runde schweifen. Adrian hielt Jasmin fest im Arm. Die beiden wirkten glücklich und verliebt.

Rúnar hielt Neles Hand. Kerstin küsste ihren Kai. Bens Bruder hielt seine Frau im Arm. Auch Marisol hatte ein zärtliches Lächeln auf dem Gesicht. *Ob sie gerade an ihren Mann denkt?*, überlegte Leonie.

Und dann wandte Leonie ihren Blick wieder dem Himmel zu. Sie war dankbar, dass sie all dieses Glück erleben durfte. Zusammen mit ihren Freunden und vor allem mit dem Mann, den sie über alles liebte.

Epilog

Adrian stand am Kai und schaute noch einmal hinauf zur *MS Kristiana.* Er empfand keinen Abschiedsschmerz, nur tiefe Dankbarkeit für die Zeit, die er auf diesem Schiff verbracht hatte.

Jetzt wurde es Zeit, dieses Kapitel zu schließen. Alles war in Veränderung. Fenja hatte ihn am Morgen angerufen und ihm erzählt, dass es Eva nach ihrer Rückkehr gutging. Sie freue sich auf die neue Arbeit im Krankenhaus, und Fenja hegte den Verdacht, dass Dr. Lothar Beck nicht nur berufliches Interesse an Eva hatte.

»Der ist ganz okay«, hatte Fenja gesagt. »Und wenn du jetzt eine neue Frau hast, würde ich mich freuen, wenn Mama sich irgendwann auch neu verliebt.«

Fenja würde ihn und Jasmin nächstes Jahr in den Sommerferien besuchen, um ihr Halbgeschwisterchen kennenzulernen. »Und deine Jasmin kenne ich auch nicht richtig«, hatte sie hinzugefügt. »Aber wenn du sie liebst, kann sie ja nicht ganz so übel sein.«

Wieder ließ er seinen Blick über den Bug gleiten. »Leb wohl, meine Schöne, wir hatten eine gute Zeit miteinander.« Ein letzter Blick, dann ging er.

Adrian drehte sich nicht mehr um. Hinter ihm lag die Vergangenheit, aber vor ihm, in dem Taxi am Ende des Kais, saß Jasmin und wartete auf ihn, um gemeinsam mit ihm in eine neue Zukunft zu starten.

Eine unvergessliche Reise entlang der norwegischen Fjorde

Greta Jänicke
MS KRISTIANA -
SOMMERLIEBE AM FJORD
Roman

320 Seiten
ISBN 978-3-404-18367-8

Salzige Meeresluft, Möwenschreie, ein strahlend blauer Himmel: Aufbruchstimmung auf der *MS Kristiana,* die Kurs nach Norwegen nimmt. Adrian, der Kapitän des neuen umweltfreundlichen Kreuzfahrtschiffes, tritt die Reise mit gemischten Gefühlen an. Er ist gerade von einer Arktis-Expedition zurück, die ihm Abstand zu seiner Frau Eva bringen sollte. Nun ist sie überraschenderweise als Schiffsärztin mit an Bord. Sie möchte Adrian zurückgewinnen, aber sie ist nicht die Einzige, der etwas an Adrian liegt … Auf dem Schiff befinden sich außerdem eine Braut ohne Bräutigam, eine Kinderbetreuerin in der Zwickmühle und zwei blinde Passagiere.

Lübbe

Mittsommer in Schweden: stimmungsvoll, fröhlich und romantisch

Mia Jakobsson
EINE LIEBE ZU
MITTSOMMER
Schweden-Roman

320 Seiten
ISBN 978-3-404-18446-0

Die alleinerziehende Eva leitet ein idyllisches Hotel in Värmland und schreibt heimlich unter dem Namen Mikael Käkelä sehr erfolgreich Kriminalromane. Jon, in Stockholm, ist frustriert vom Leben und der Liebe, bis ihn plötzlich alle für den berühmten Schriftsteller Käkelä halten. Eva will ihr Geheimnis nicht lüften und muss zusehen, wie sich Jon feiern lässt. Dieser aber macht sich mit seinem besten Freund Sten und dessen Kater Curt auf die Suche nach dem echten Schriftsteller. Die Spur führt zu einem kleinen Hotel am See – und Eva …
Ein Roman wie ein Urlaub in Schweden – mit leckeren Rezepten zum Nachkochen und Nachbacken

Lübbe